JN057536

永遠の卑弥呼

Himiko

溝口禎三
Mizoguchi Teizo

春燈社

永遠の卑弥呼

溝口禎三

目次

人物紹介

邪馬壹国他の倭人の国

ヒミコ（二一八年頃～二四八年頃）	卑弥呼（日御子）	ウガヤフキアエズの子。幼名テル。邪馬壹国女王に即位して日御子となる。二三八年、魏に朝貢し、「親魏倭王」の称号と金印紫綬を授かる。
ウガヤフキアエズ	鵜葺草葺不合	ホヲリノミコト（山彦）の子。邪馬壹国の王。ヒミコ、イワレビコの父。
イツセノミコト	五瀬命	ウガヤフキアエズの長男。ウガヤフキアエズの死後、邪馬壹国の王となる。
イナヒノミコト	稲氷命	ウガヤフキアエズの次男。父王の死後、兄弟との方針の対立から排除される。
ミケヌノミコト	御毛沼命	ウガヤフキアエズの三男。父の訃報に接し邪馬壹国へ帰国の途中、難破して死去。
カムヤマトイワレビコノミコト	神倭伊波礼毘古命	ウガヤフキアエズの四男。ウガヤフキアエズの死後、邪馬壹国の軍事を担当し「魔人」と恐れられる。後に東征して大和王朝の基を築き、神武天皇となる。
タカアマヒコ		ウガヤフキアエズの子。ヒミコとともに邪馬壹国を治める。
イヨ（二五〇年頃～）	壹与	ヒミコの死後、邪馬壹国の女王となり、二六六年、西晋皇帝に遣使団を送る。
ノロ		アマ族の語り部。幼少期の卑弥呼を預かる。後に卑弥呼の補佐役、宮殿の女子の教育係となる。
ナンショウマイ	難升米	伊都国の王。倭国の女王・日御子の朝貢団の大夫として魏の帝都・洛陽に行く。
ヒミクコ	卑弥弓呼	狗奴国の王。ホデリノミコト（海彦）の子孫。邪馬壹国に敵対している。
イザナギノミコト		対馬アマ族興国の祖。筑紫平野に九州王朝を築く。交易で国を豊かにしようと奔走。出雲に進出、成功するが、その地を追われ九州に戻る。アマテラス、ツキヨミ、スサノオの三貴子の父。
アマテラスオオミカミ	天照大神	イザナギノミコトの子。太陽神で巫女でもあり、ヒミコが手本とする国づくりをした。
スサノオノミコト		イザナギノミコトの子。気性が激しく父と対立して追い出され、出雲に行って国を建てる。

ニニギノミコト　アマテラスオオミカミの孫。筑後平野に天孫降臨して邪馬壹国の初代王となる。

ホヲリノミコト　ニニギノミコトの子。山彦。

ホデリノミコト　ニニギノミコトの子。海彦。

中国（魏・晋・蜀）

陳寿（二三三年〜二九七年）ちんじゅ　三国志時代の蜀の人。蜀・晋の歴史局長官である著作郎となる。『三国志』の著者。

張政（二一三年頃〜）ちょうせい　魏の幽州帯方郡の塞曹掾史。二四七年に倭国に赴任して足掛け二十年間、倭国の統治に当たる。

盧平　ろへい　張政とともに倭国に渡る。張政の補佐役。

張華（二三二年〜三〇〇年）ちょうか　西晋の武帝の信頼の厚い大学者で軍人政治家でもある大実力者。陳寿の後ろ盾。

譙周（二〇〇年〜二七〇年）しょうしゅう　蜀第一の大学者で大政治家。陳寿の師匠。蜀の最後を和睦論でまとめ、蜀壊滅を救った。

倭国の官職

邪馬壹国（一五〇年頃〜）やまいこく　大官・伊支馬（いしま）、次官・弥馬升（みましょう）、次官・弥馬獲支（みまかくし）、次官・奴佳鞮（のかてい）

対海国　たまこく　大官・卑狗（ひこ）、副官・卑奴母離（ひのもり）

一大国　いちだいこく　官・卑狗、副官・卑奴母離

伊都国　いつこく　官・爾支（にし）、副官・泄謨觚（せつもこ）、副官・柄渠觚（へいきょこ）

奴国（北の奴国）　のこく　官・兕馬觚（しまこ）、副官・卑奴母離

不弥国　ふみこく　官・多模（たも）、副官・卑奴母離

投馬国　とまこく　官・弥弥（みみ）、副官・弥弥那利（みみなり）

狗奴国　このこく　官・狗古智卑狗（くこちひこ）

倭人の三十国地図
［三世紀中葉］

倭国	いこく	九州北部を領土とした邪馬壹国を中心とする二十九の国邑の連合国。
邪馬壹国	やまいこく	一五〇年頃、ニニギノミコトが天孫降臨により筑後平野に建国した倭国の支配国。
高良山	こうらさん	現在の福岡県久留米市にある高良山。倭国王である邪馬壹国王の王宮があった。
対海国	たまこく	アマ族の本拠地。現在の対馬。幼少期、ヒミコがここに預けられた。銀や海産物が特産。
一大国	いちだいこく	現在の壱岐島。即位後一年間、ヒミコ、タカアマヒコが暮らす。
伊都国	いつこく	倭国北部を統括する検察官庁があり、外国の使者を迎える賓館が設置された国。倭国の中で邪馬壹国以外にただ一国、王をいただく国でヒミコ女王の当時の王は難升米。
末盧国	まつろこく	現在の佐賀県唐津市周辺にあった国。魏から倭国に入る海の玄関口となる国。
奴国（北の奴国）	のこく	現在の佐賀県佐賀市付近にあった国。倭国北部の穀倉地域。奴国はもう一国、倭国南部にもあった。
不弥国	ふみこく	筑後川の河口近くの北岸にあった港湾国。邪馬壹国、投馬国への出入港の拠点。
投馬国	とまこく	現在の奄美・沖縄地方にあった多島国で倭国に属する。装飾品材料となるゴホウラ貝が特産。
狗奴国	このこく	倭国と南の境界を接する敵対国。現在の鹿児島県と宮崎県南部の国。王は卑弥弓呼。
出雲国	いずもこく	九州島から日本海を北上した現在の島根県出雲地方にスサノオノミコトが建てた国。

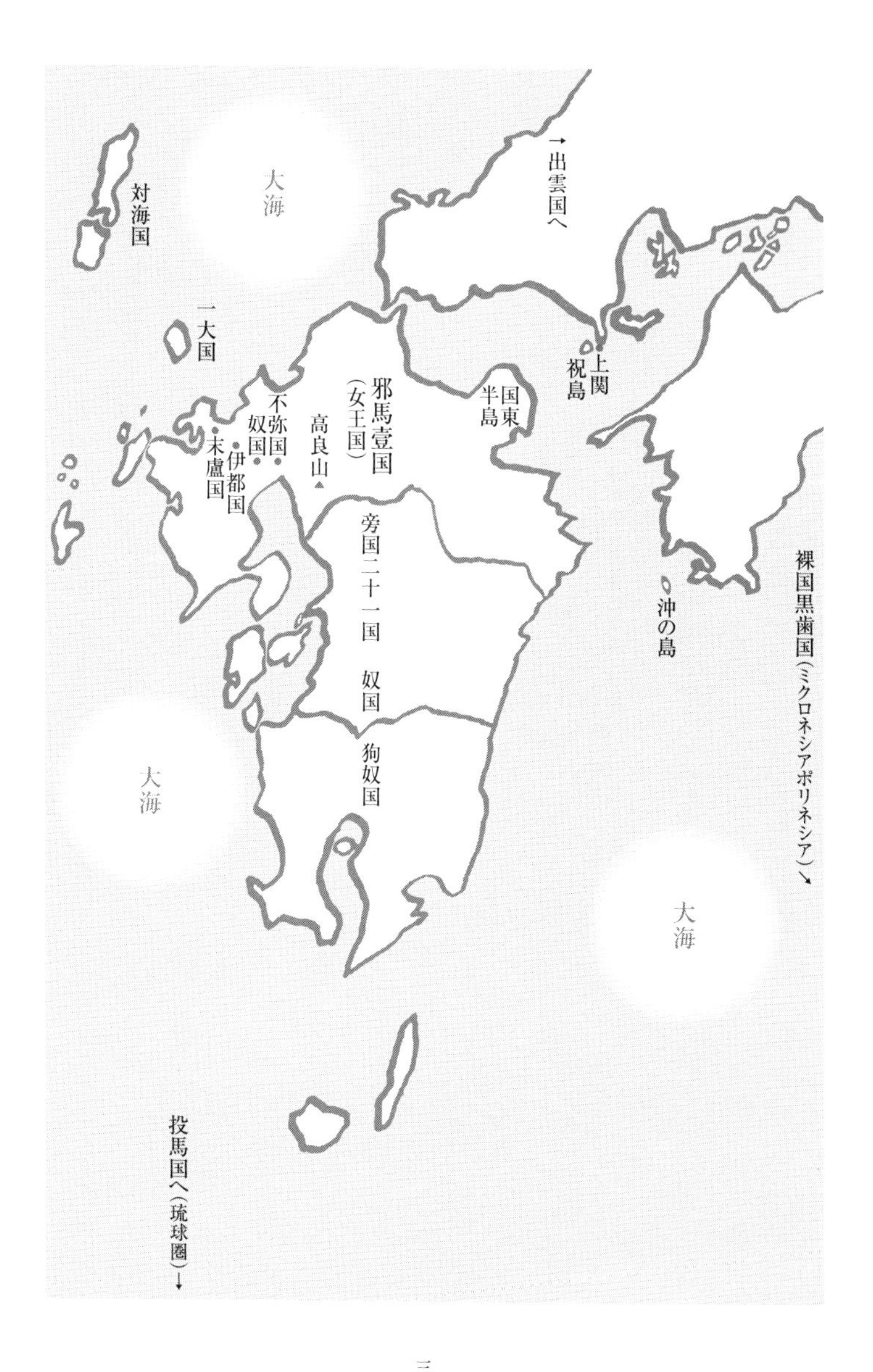
大海
対海国
一大国
→出雲国へ
上関
祝島
国東半島
邪馬壹国（女王国）
不弥国
奴国
末盧国
伊都国
高良山
旁国二十一国
奴国
狗奴国
沖の島
裸国黒歯国（ミクロネシアポリネシア）→
大海
大海
投馬国へ（琉球圏）→

倭人の三十国地図

東夷伝地図［三世紀中葉］

魏（二二〇年〜二六五年）	ぎ	中国の三国時代に華北を支配した王朝。曹氏の王朝であることから曹魏とも。首都は洛陽。
晋（西晋二六五年〜三一六年）	しん	魏の曹操に仕えた司馬懿一族が力を持ち、魏の曹奐から禅譲を受け司馬炎が建てた国。
楽浪郡	らくろうぐん	中国が漢の時代から朝鮮半島に置いた東夷統治の拠点。現在の北朝鮮ピョンヤン市付近。
帯方郡	たいほうぐん	現在の韓国ソウル特別市周辺。後漢時代からの朝鮮半島南部統治の拠点。後に公孫氏国が支配。
公孫氏国	こうそんしこく	魏の東北部の遼東地方にあった国。後漢の地方官・公孫度が中央の混乱に乗じて独立国家を建てた。
馬韓・弁韓・辰韓	ばかん・べんかん・しんかん	まとめて「三韓」という。朝鮮半島南部の韓民族の国。
狗邪韓国	くやかんこく	朝鮮半島南岸にあった国。倭国への航海の拠点となる統営（とんよん）の港がある。
高句麗	こうくり	朝鮮半島の北部に広がる、中国の支配を受けない独立国。
夫余	ふよ	高句麗の北部にあった国。
沃沮	よくそ	高句麗の東にあった国。東は日本海に接する。
濊	わい	楽浪郡、帯方郡の東にあった国。東は日本海に接する。
粛慎	しゅくしん	沃沮の北東部にあった異民族の国。

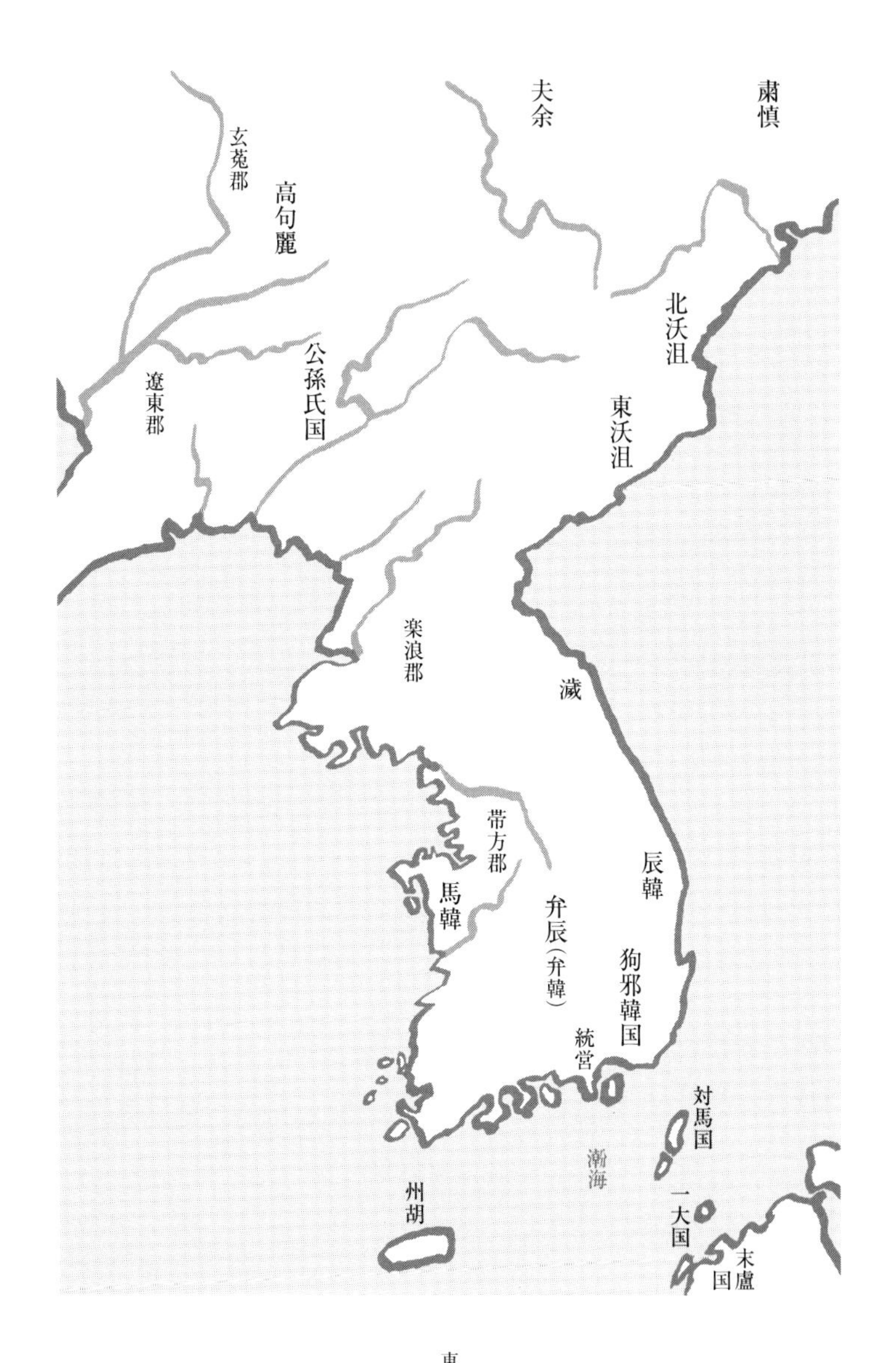

夫余
粛慎
玄菟郡
高句麗
北沃沮
公孫氏国
遼東郡
東沃沮
楽浪郡
濊
帯方郡
辰韓
馬韓
弁辰（弁韓）
狗邪韓国
統営
対馬国
瀚海
州胡
一大国
末盧国

東夷伝地図

年表

西暦	魏暦	倭国の出来事	外国の出来事
五七年		楽浪海中に倭人がいる。分かれて百余国を為す。 折々に前漢を訪れて献見する（漢書） 委奴国王、後漢に遣使して、光武帝から金印を授与される（後漢書） （委奴国王はイザナギノミコトと推定）	
一〇七年		倭国王・帥升等、後漢に生口百六十人を献上し、皇帝に面会を求める（後漢書） （帥升の中国読みはスシャ、つまりスサノオノミコトと推定）	
一五〇年頃		邪馬壹国の始まり （ニニギノミコトの天孫降臨によると推定）	
一九一年			陽人の戦い、董卓軍が孫堅に敗れ、洛陽を焼き払い長安へ
二〇〇年			官渡の戦い、曹操が袁紹を撃破
二〇八年			赤壁の戦い
二一三年頃			張政誕生
二一八年頃		卑弥呼誕生	
二二〇年			曹操死亡
二二三年			劉備死亡
二二五年頃		ウガヤフキアエズ王、死亡	
二三二年			陳寿誕生
二三三年頃		卑弥呼、邪馬壹国の女王、倭国王に共立される	
二三四年頃		イツセとイワレビコ、東征へ	五丈原の戦い、諸葛亮孔明死亡

二三八年	景初二年	卑弥呼、魏に遣使団を送る 「親魏倭王」の称号と金印、銅鏡百枚ほかを授かる 遣使団の長・難升米は帝都・洛陽まで行き、「率善中郎将」の称号を授かる	司馬懿、遼東の公孫淵を討つ
二四〇年	正始元年	帯方郡太守・弓遵、建中校尉・梯儁を倭国に派遣、 卑弥呼に詔書と金印紫綬を授与	
二四三年	正始四年	卑弥呼、伊声耆掖邪狗等八人を、帯方郡に派遣 伊声耆掖邪狗、「率善中郎将」の称号を授かる	
二四五年	正始六年	難升米、黄幢を授かる	
二四七年	正始八年	卑弥呼、倭載・斯烏越等を帯方郡に派遣 倭載・斯烏越、帯方郡太守・王頎に狗奴国との不和を話す 太守・王頎、倭国に塞曹掾史・張政等を派遣 倭国の視察と卑弥呼の処分を通達	帯方郡に太守・王頎到官
二四八年頃	正始九年	卑弥呼、倭国の統治能力に問題ありとして死を賜る 卑弥呼の亡き後、難升米が王となる	
二五〇年頃		壹与誕生	
二五一年			司馬懿死亡。司馬昭、後を継ぐ
二五二年			呉の孫権死亡
二五五年			毌丘倹が司馬師の罪状をあげ 反乱を起こすが、殺される
二六三年頃		壹与、邪馬壹国女王、倭国王に即位	蜀の劉禅、魏に降伏。蜀滅亡
二六五年	泰始元年		司馬昭死亡。司馬炎、魏帝より 帝位の禅譲を受け晋国建国 司馬炎、武帝と称し、 都を洛陽に置く

西暦	魏暦	倭国の出来事	外国の出来事
二六六年	泰始二年	壹与、朝貢団を洛陽に派遣。張政、壹与の朝貢団とともに帰還する	
二七七年頃	咸寧三年		陳寿、三国志正史著作のため、張政と面会取材する

人名、地名、発音等の扱いについて

この小説は三世紀中葉の九州地方、中国、韓国が舞台であり、基本的事項については、晋（西晋）の歴史家・陳寿の『三国志』と、八世紀初めに成立した『古事記』の記述をベースにしている。

三世紀当時の中国語には母音の「O＝お」の発音がなかったという説があり、そのため、日本語の「お」に相当する音は、「U＝う」の字を当てて表記されているという。

この関係で「のこく」も「ぬこく」も中国人の漢字表記では同じ「奴国」となり、区別がつかない。

そのため、「魏志倭人伝」にある「奴国」は、通常は「ぬこく」とされてきたが、この本では本来の日本語の意味に従って「のこく＝野国」と稲作地帯の性格にふさわしい読みを採用した。

同様に「狗」も「く」「こ」であり、「狗奴国」は「このこく」、「卑狗」は「ひこ」など、その本来の意味に近づけて発音表記するようにした。

また、「ゐ」と「い」など、現代においては区別がない発音については、基本的に現代仮名表記を採用した。

例外的に、『魏志倭人伝』の文章に出てくる読みに関しては、中国語のリズムが感じられるように表記した。

人名については、例えば、『古事記』で初代天皇とされる神武天皇の「イワレビコ」の名前は、奈良地方の地名から来ているという説が有力であり、三世紀当時には異なる名前であっただろう。

しかし、「イワレビコ」は日本人に親しみがある名前であり、この本ではそのまま「イワレビコ」の名前を採用した。

地名についても同様に、「魏志倭人伝」にある地名については、「対海国＝現在の対馬」等と表記したが、記述が無い地名については、例えば、仁川（いんちょん）、統営（とんよん）など、現代の地名をそのまま便宜的に使用した。

違和感を持たれる方もおられるかもしれないが、小説として書いたものなので、ご了解いただきたい。

プロローグ
洛陽の春

洛陽は爛漫の春である。桃や杏の花が城壁から望む野山に咲き乱れ、洛水は陽の光に映え滔々と流れていた。

後漢末の大乱の時代に一度は董卓に破壊されつくした洛陽の都であった。それが曹魏の都としてよみがえり、司馬炎（諡号・武帝）が魏の皇帝から禅譲を受けて晋（西晋）を建国して以来、帝都の整備が急速に進み、かつての絢爛たる街並みが戻っていた。

北邙山のふもとにある晋の史局の別邸の庭は、よく手入れの行き届いた花木が短い命を燃やしながら、その美を池の水面に映していた。なだらかな南側斜面にある庭には昇る陽の光が存分に差し込んでいる。

この土地が運気の良い場所であることは、幾分緊張している武骨者の張政にも感じられた。

高齢となり帯方郡太守の任を解かれた張政は、退任に伴う雑多な事務のために朝鮮半島の帯方郡治（現在のソウル市周辺）からこの洛陽に上京していた。

張政は以前から晋の史局長官である著作郎の陳寿から面談を請われていた。張政に、東夷地域での見聞を話してほしいというのである。

史局の長官の要請は六十五歳になる張政にとって少し気の重いものだった。辺境の夷蛮族を相手に中華の秩序を維持する仕事はきれいごとではない。張政自身、人一倍の経験も実力もあり、信念をもって職務に当たってきたとの自負はあったが、歴史、文化、習慣の異なる異民族と、その国を相手に安定を維持することは、はたから見るほど楽な仕事ではないのだ。

辺境の異民族を統治するということは、圧倒的な数の蛮族を、帝国の権威と武力を背景にして抑え込まなければならない。

しかし、力で抑えるだけでは不満がたまり、たまった不満はいつか肥大して爆発する。実際に張政が若い頃に、些細なことから韓の民の不満が爆発して戦闘状態になり、帯方郡太守・弓遵が戦死するということもあった。

足掛け二十年の倭国統治から帰任した後、帯方郡の太守となった張政は、この倭国での経験のほか、かつて仕えた優秀な上司の夷蛮統治法を研究した。そして、治水灌漑や産業振興に努め、民衆には温和に接することを心がけ、よく帯方郡での統治を遂行した。

これにより張政は地元では「張撫夷将軍」と畏敬の念をもって呼ばれた。

しかし、評価は人の業である。どんな成功にもその裏には少なくない小さな失敗や瑕疵はあり、その小さな傷が大きな失策と評価されることはままあることである。

　実際、張政は若い頃身近に仰ぎ見ていた幽州刺史・毌丘倹と、直属の上司であった王頎将軍の二人ともが魏の官僚組織での権力争いに巻き込まれて失脚し、毌丘倹に至っては造反者として殺されてしまったのを目の当たりにしていた。

強く男らしく、夷蛮人にも一目置かれる武人であり統治者でもそうなのである。

帯方郡から洛陽への道すがら、張政は晋の著作郎との面談は、通り一遍のやり取りで済まそうと考えていた。口は禍の元ということを張政は年相応によく心得ていたのである。

だが、三回目の面談のために洛陽の城壁を出て北邙山のふもとに向かう時、その思いとは裏腹に、張政の心には何か、これまでに感じたことのない高揚感があった。

「陳寿とは何者だろう。彼は今まで知っている誰とも違う」

　陳寿は張政を知っていると言った。その時からずっと話を聞きたいと思っていたとも言った。それは思いもよらない言葉だった。

　十一年前の泰始二年（二六六年）、張政は洛陽に来たことがある。それは張政にとって人生最大の栄誉の時だった。

　その前年の晋国の建国を祝して、帯方東南の海中、女王国として知られる倭国の女王・壹与が壮麗な朝貢団を洛陽に送ってきたのだ。

　その朝貢団を引率してきたのが、当時帯方郡の派遣軍として倭国に足掛け二十年駐留し、倭国の安定に尽くしてきた張政だったのである。その時の張政は晴れがましいことこの上ない凱旋将軍だった。

陳寿はその入場式の時に張政に会っていたと言うのである。

張政にその記憶はなかったが、一瞬にしてその晴れがましい場面が浮かんできた。

張政と壹与の遣いの一行は、倭国の女王の都のある邪馬壹国（やまいこく）から、水行十日陸行一月の長旅を経て洛陽の都に着いた。

倭国の朝貢団を歓迎する入場式典は、張政にとっても倭国の正使である倭の太夫（たいふ）・掖邪狗（えきやく）たちにとっても途方もない壮麗なものだった。

夕方、朱雀門場外の広場に篝火（かがりび）があかあかと灯された。一行が待っている間に、この入場式を楽しみにしていた洛陽の民衆が彼ら一行の後ろに続々と集まってくる。

ほどなくして城門が開き、広い通路の両側の篝火の列の傍に武器を手にして正装した屈強な兵士が整列する。その前を美しく華麗な衣装に身を包んだ帝室の舞踊団が優雅な踊りで出迎え、その後、入場門の奥から数人の文官が進み出て、皇帝の歓迎の辞を舞台の役者のように述べる。美しい舞踊団と屈強な兵士に導かれて城内に入ると、そこには城門を背景として大きな舞台がしつらえてあり、本格的な迎賓入場式典が始まった。

次から次に繰り出される民族の踊り、衣装、楽器、食事、酒など、すべてが物珍しく華やかで荘厳なものだった。倭国の朝貢団は中華帝国の偉大さを否応なく知らされた。

何よりも倭国にはない石造りの城壁の堅牢さ、高さ、見事さ、それに囲まれて果ての見えない広大な街並みに、遣いたちは度肝を抜かれ圧倒された。

それは初めて洛陽を訪れた田舎者の張政にしても同じだった。歓迎式の主賓の一人が自分であり、皇帝の代理の帝国の首脳が隣にいるということが誇らしくも信じられない思いだった。

晋の史局に入ったばかりの陳寿は、その式典の末席に連なっていたという。驚くべきことに陳寿は魏の生まれではなく、以前は蜀の著作郎であったというが、果たして魏に降伏した蜀の歴史家が晋の歴史長官になれるものだろうかという疑問を張政は抱いた。

「恐れながら、蜀王の劉禅様は魏に降伏し、蜀は滅亡したのではなかったか。その敵対国であった蜀の著作郎だったあなたが、何ゆえに今晋の著作郎となっておいでなのか」

「武人ならば私の命と使命はそこで終わっていたでしょう。しかし、私には国も皇帝も関係なく、国史を撰述すること、ただその一事の能力しかありません。幸運と運命が私を今の境遇に導きました」

聞きようによっては生意気な言い方である。しかし目の前の陳寿は質直を絵に描いたような朴訥な男だった。口数は多くはないが、質問に対して答えられることは誠実に答えようとする男である。博学であり、口にするすべてのことは、自分の主観を交えずに、深く正確に知って話す男だった。

張政が帯方郡太守・王頎から倭国に派遣されたのは正始八年（二四七年）のことだった。

以後、張政は現地の報告書を帯方郡に送ることになったが、帯方郡治から魏の中央官庁に転送された報告書を陳寿はすべて読んでいて、張政自身が忘れているようなことまでもよく記憶していた。

「私は先の魏・蜀・呉の三国時代で中華の正統を継ぐものは魏国であると思い、この事績を晋の正統性を保証する国史として著作し後世に残したいのです」

朴訥な男の大志大望の表明だった。確かに晋の著作郎の本来の仕事とは、そのことに違いなかった。

張政は嘘をつく人間をよく見てきた。倭国派遣軍の長や帯方郡太守に対して嘘をつくことは大罪だが、人間というものはそんな相手にも命がけで嘘をつくということを張政は知っていた。だが、陳寿の言葉に嘘の気配や身の丈以上の気負いは感じなかった。

張政はもう一つ、陳寿に質問した。

「私の経歴のどの部分に興味がおありか」

「長老様は」

陳寿は、自分よりも二十歳ほど年上で顔に年相応のしわを刻んだ張政に対して、親しみを込めて長老と呼びかけた。

「長老様は比すれば、前漢の時代、黄河の河源を窮め、西域諸国を経歴した張騫のようなお方です。張騫は匈奴に二度も囚われながらも脱出して、多くの年数を費やして西域をくまなく巡り、その後中華の版図は大きく拡大しました。そのことは司馬遷が『史記』に詳載しています。

そして現代においては、なお未踏の地であった東北の幽州の先の絶域と、その先の東南海中の島国である倭国を、長老様は長年月をかけて窮められました。その功は晋建国直後のあの倭国の壮麗な朝献に成果となって現れ、皇帝の徳は広く東夷の果てにまで及ぶことが証明されました。そして、このことこそ、前史のいまだ備えざるところに接ぐ特筆すべき中華の宝玉であると私は考えています」

「この張政を張騫にたとえるか」

同じ張姓でもあり、張政は張騫の冒険譚のことを知っていた。張騫は漢の武帝の命を受け、匈奴に対抗する遠交近攻策を説くために大月氏に志願して赴いた外交官である。大月氏との同盟は果たせなかったが、帰路には南回りの崑崙山脈を通り、結果的に西域諸国をくまなく巡って、中華帝国に重大かつ有益な情報をもたらした。

陳寿は魏帝国中華の版図の最前線を記録しようとしているのだ。

張政は皇帝が陳寿を晋の著作郎の最適任者と認めたことが腑に落ちた。

それならば、遼東の公孫氏と戦い、高句麗の位丘を追って、夫余、沃沮から粛慎の大海までも到達し、また、南下して朝鮮半島の楽浪郡、帯方郡で馬韓、弁韓、辰韓を統治し、果ては帯方東南の海中、絶遠の地の倭国にも駐留した自分こそが東夷の最前線を語るにふさわしい。いや自分を置いてほかにそれを語れる者はないだろうと張政は思った。

張政は少し考え、居住まいを正して陳寿に向き合い、逆に自分から陳寿に願い出た。

「私のこれまでの人生は東夷の真っただ中にありました。幽州の遼東郡以東の広大な地域の蛮族との付き合いがこれまでの私の人生のすべてでした。それまでは未知の女王国として知られるだけだった東南海中の倭国に、私は足掛け二十年も赴任して統治し、武人の目で詳細に観察してきました。彼らは夷狄の国とはいうものの、儀礼の決まりをもって存在しています。私の命はもう長くありません。今ここで私の経験し見聞したことをあなたに正直にすべて伝え託します。ぜひ、東夷諸国の法俗を小大区別し、詳しく順序立てて国史に記していただきたい」

　確かに張政は一介の辺境の魏の武人として、自他ともに認める十分な人生を送ってきた。しかし、今、退役するに当たって、何か物足りないもの、やり残したことがあるような心の隙間を感じていた。それが陳寿と話していてはっきりとわかった。

「長老様の一番印象に残っていることは何でしょうか」

「倭の女王国です。そこはまさに日出ずるところに近く、異面の人がいました。そこはこの中華の国とも、また辺境の蛮族や半島の東夷の国とも全く異なる国でした」

　陳寿が張政に会ったこの時、後に『三国志』と言い慣わされる魏の正史の執筆は帝紀、列伝と進んでいた。そうした中、「魏志」の最後に置かれる中国周辺の夷蛮の取材をする中で、張政と面談をしているのである。

　陳寿は、目の前の長老の話を聞き確認しながら、この倭国に関する「倭人伝」は「魏志夷蛮伝」の掉尾を飾るのにふさわしいと考えるようになっていた。

中華の東には大海が広がっていることは誰もが知っている。しかし、その海の先には何があるのかは、古い史書にわずかな記事があるばかりで、その詳細はこれまで謎に包まれていた。倭国は女王の支配する国であるということが卑弥呼と壹与の朝献によって明らかになり、洛陽では人々の間で大きな評判になっていた。中華人には女王国というものが想像もできなかったのである。

長老の話はその謎を解き明かすものであった。

そして史書として重要なのは、魏皇帝がこれまで未知の国だった帯方東南の大海中にある女王国までも支配下に置き、版図を拡大したことである。まさに皇帝の徳があまねくこの世の果てまで及んだというべきことであった。

陳寿は張政が真実を話したい気持ちになったことを見て取った。控えの間にお茶を入れ替えるように命じ、一息入れてから、一番気になっていたことを尋ねてみることにした。

「前女王の卑弥呼は魏が遼東の公孫淵を討伐して洛陽と倭国との径路がつながった後、すぐに洛陽に遣使を送ってきて貢献しました。皇帝はその忠孝を喜び労い、卑弥呼に親魏倭王の称号を与え、金印紫綬を仮授されました。しかし、その後、その倭国と近隣国との不和が露呈し、拡大して紛争となりました。結局、女王・卑弥呼は国をまとめる能力に欠けるとして、『以て死を与えた』と報告書にありました。この間、わずか十年ほどです。この大きな明暗の裏にいったい何があったのでしょう」

庭のほうから鳥の鳴き声が聞こえてきた。それを聞きながら、長老はゆっくりと小さな茶碗に手を伸ばし手元に寄せて、庭のほうに目をやった。

「親魏倭王に死を命じるなどということは、郡の太守はもちろん、州の刺史にもできないことです。魏が決定を下した。そして私は若く、その命令を忠実に遂行した。当時はそれしかありませんでした。しかし今になってみれば、果たしてよかったのかどうか、私は今も考えることがあります」

倭国乱

ウガヤフキアエズ王

夏の初めに冷たい風が吹くと、民は不安になり、心が沈む。冷たい風はたいてい一月ほども続くことが多い。そうなるとその年は冷夏となり、稲の稔りが悪くなる。冷夏が長引くと秋の台風にやられる可能性も高くなる。

もちろん山には秋の恵みや獣が貴重な食料としてあり、海にも魚や磯の恵みはある。しかし、食料自給の中心が稲をはじめとする穀物に移ってきて、多くの人を養うようになっていたこの時代、稲の不作は、多くの民の労働がかかわるだけに、民の命の問題に直結した。

倭国の民はそうした厳しい自然の中で、寄り添うように暮らしていた。

当時の倭国には正式な暦はないが、西暦でいえば二二四年頃のことである。その年は春の終わりになっても、民は稲藁で作った防寒服を手放すことができず、寒さに震えていた。

倭国はまだ建国して七十年から八十年しか経っていない若い連合国家で、支配国である邪馬(やま)壹国(いこく)王の力は、経済面でも政治体制面でもまだ盤石とはいえなかった。

天災は国家を危機に陥れる大きな危険性をはらんでいたのである。

梅雨の終わりがなかなか見えなかった。邪馬壹国王のウガヤフキアエズ（鵜葺草葺不合）は、居城とする筑後平野の東端にある高良山(こうらさん)（＝福岡県久留米市にある山）の城郭の楼観に自ら上って、眼下に広がる平野を眺めていた。

曇天の下、笠沙(かささ)の御前(みさき)の田んぼはくすんだ生気のない曇り色をしている。いつもはきらきらと輝き、銀色の龍の姿で流れる筑後川もともするとかすんで消えそうになる。

大きな銅鏡を向かいの山の斜面に向けてみた。そこには山守りの役人が常時いて、高良山から発する銅鏡の光に反応するはずだが、こちらに向かってくる光はなかった。火を焚いて煙で合図しても反応がない。

「弥馬升(みましょう)を呼べ」

はっ、と声を発して警護の者の一人が走り去り、しばらくして邪馬壹国の弥馬升のカクサイが楼観に上ってきた。弥馬升は邪馬壹国において稲の種まきと刈入れの時期を決定することもその任である。

「見ろ、龍が地に伏せて眠っているぞ。占い師の卜(ぼく)は何と出たか」

「はい。とびきり大きい牡鹿を捕まえてその肩甲骨を焼くところに私も立ち会いました。大きな二本の割れ目が縦に、そしてこれもまた太く大きな一本の横割れ線が入りました。巫女が言うには今年は気候不順、稲はよく稔らず、そしてもう一つ何らかの大きな厄災がこの国を襲う兆しもありとのことでした」

「大きな横割れ線は何を示している」

「はい。滅相もないことを気がふれたように語っておりましたので、巫女には毒を与え殺しました」

「あの巫女はこれまで十年以上も豊年満作の卜を語ってきて、よく当たった」

「巫女は選ばれた年若いおなごに備わる天の神の意思を解する力を持っておる者。年を取り、欲を知るようになれば、その力はすぐなくなってしまうものです」

「不吉は死を以てあがなわなければならぬ。しかし、どうやら、縦割れ線の最初の卜は当たっていたかも知らん」

「はい。今の時期にしては田んぼの緑の色が濃すぎます。夏の太陽が遅れています」

カクサイはその対策として、ほかの粟、稗、麦、豆の植え付けに力を入れていると言い、また、筑後川上流域の開墾の様子についても報告しようとしたが、王はいら立ち、さらに聞いた。

「それで巫女はその横割れ線を何と言ったか」

「はい。それを口にするものは皆命を捧げなければなりません。私にはまだすべきことがありますゆえ、口に出すことはできません。これを」

カクサイは左腕を顔の高さに挙げて口を隠し、しっかりとした目で王を見ながら、右手の竹冊(ちくさく)を手渡した。そこには矢で体を貫かれ、血を流して倒れているウガヤフキアエズ王が描かれていた。矢羽根には狗奴国(このこく)の紋章である特徴的な図柄が描かれていた。

「おのれー、ウォーーーーーーーーッ」

高良山全山に、獣のような王の咆哮(ほうこう)が響き渡った。

その王の叫びに合わせるように、突然足元が揺れた。楼観が大きく揺れ、立っていることができずに思わず王もカクサイもしゃがみ込んだ。

「地揺れだー」

そう叫んだ守衛が、手に持った矛もろともその背丈の三倍ほどもある下の地面に落ちてうなっている。

断続的に強い揺れが続いたこの大きな地震は、巫女のもう一つのトが当たっていたことを示していた。

この地震が川の堤防を崩し、開墾した農地を壊し、粗末な民家を押しつぶして大きな被害をもたらすことは確実だった。カクサイは先のことを思って気が遠くなりそうになりながらも、楼観の下に降りて、部下に各地の被害の確認の指示を出した。

強い揺れに目を覚まされたように、ウガヤフキアエズ王は冷静さを取り戻した。

「兵を集めろ。伊支馬(いしま)を呼べ。海に近づくな」

地面が大きく揺れた後には人の背丈の十倍もある大きな壁のような波が海から襲ってくる。そして、人も家もすべてを奪い去っていく。彼は母の豊玉姫(とよたまひめ)と妻の玉依姫(たまよりひめ)から、津波の恐ろしさをことあるごとに聞かされていた。ウガヤフキアエズ王の母と妻は、邪馬壹国の同盟国である対海国(たまこく)(=対馬)の海神王の娘で年の離れた姉妹だった。

自然がもたらす災いは、この島国に生きる者の宿命だった。毎年秋には大雨、大風が必ず来て、川が氾濫(はんらん)し、山崩れが起き、家や田んぼを壊した。収穫直前の稲を台無しにしてしまうこともよくあった。また、山が怒って火を噴き、空から噴石や灰が降ってくることもある。それにより、人が死に、家や田畑が壊されるのだ。

今回もそうした自然災害の一つだと彼は思おうとした。冷害と地震が重なることがあっても不思議ではない。もう一つ壁のような大波が来るのかもしれない。しかし、それでも何でも、われらはここで生きるしかないのだ。

「ご無事でしたか。お姿を見て、安心いたしました」

政(まつりごと)を補佐する役人の長である伊支馬のツツロイが駆けつけてきた。

「警備を厳重にしろ。兵隊を要所につけて混乱が起きないようにするのだ。特に食糧庫には誰も近づけないように」

「はっ」

「大きな地揺れの後には海から大波が来ると聞いたことがある。主だった者に知らせて山に逃げるように言え」

「はっ、狗奴国への備えが手薄になりますが、その対策はどうしましょうか」

「大波は一瞬だ。すぐに海辺にいる者を避難させるのだ。そして、譜代の王と主だった官に、明日午後に集まるように伝えよ」

「はっ」

ツツロイが去り、少し揺れが落ち着いてきた。もう一度楼観から平野を見ると、何か所も黒い煙が高く昇っているのが見える。火事が起きているようだ。

狗奴国は攻めてくるだろうとウガヤフキアエズ王は冷静に考えていた。今年の冷夏も今の地震も南の隣国の狗奴国でも被害は同じようなはずである。

しかし、狗奴国の平地は火山灰土が多く水はけがよすぎるために稲作が定着していない。だから、平野で米作りをしている倭国のほうがこの地震の被害が大きいだろう。その弱みを狗奴国が狙わないはずはない。

もともと、倭国と狗奴国の王は同じアマ族出身の末裔だが、今は不倶戴天の敵国同士だ。巫女の占いに出ていたように、相手を殺さない限りずっと不安は消えない。本意ではないがこの国の王として生きる以上、敵国討伐は仕方のないことであった。

夜になっても大波は来なかった。

ウガヤフキアエズ王は侍女のチヨを呼び寝所に入った。チヨは木国（＝鬼国）の土地の豪族の娘で、二十を少し過ぎた、肉づきのいい女であった。

王はいきなりチヨを抱き寄せるとチヨの股間に手を当てて、言った。

「お前のこの欠けて足りないところにわしの一つ余分なところを差し入れて、子を産もう。子をどんどん産むとこの国はもっと豊かになれる」

「はい。強い子を産ませてください」

チヨは、邪馬壹国の大王だけに許される額の小さな日輪と、波型の入れ墨に口づけをしながらそう言った。

「お前は素直でいい」

「王の喜びを喜び、王の望みを自分の夢とすることが私は嬉しいのです」

「そうか。しかし、世の中には全く逆の奴がいるのだ。わしが喜ぶと怒り、わしが苦しむことには大笑いする奴だ。もしわしが死んだら、国を挙げてお祭り騒ぎだろう」

「狗奴国の卑弥弓呼王のことですか」

ウガヤフキアエズ王は少し目を逸らし、別のことを言い出した。

「巫女の占いに二本の縦線が出ていて、三本ではなかった。今年の稲の不作と今日の大きな地揺れが縦の二本だ。そして、大波は来なかった」

「それが何か」

大波が来なかったということは、巫女の占いが当たったことになる。とすると、と考え、王は身震いしてそれを打ち消した。

「いや……お前の生まれた国は山国でいい木が取れるな」

「はい。この国に来るまで、私は海を見たことがありませんでした」

「木国の暮らしは楽しかったか」

「私の父は小さな邑（ゆう）の者に、食べ物を行き渡らせることにいつも汲々としていました。山の暮らしは不安定で、山の獣との戦いはいつも生死をかけたものです。男たちは朝出て夕になっても帰ってこないことがよくありました。一家で食べていくのが大変なのです。邪馬壹国の米や粟や稗といった穀物と、木国の木や肉を取引することで、生活が安定するようになりました」

「卑弥弓呼はそうは思わぬようだ」

「その王は土地と民を自分のものと思っているのでしょう。国邑を取られ、民を取られ、恨んでいるかもしれませんが、民はそうではありません。邪馬壹国から米が来る限り、民の暮らしは昔よりもよくなって、皆喜んでいるのです」

ウガヤフキアエズ王は、素直な物言いをするチヨと話すのが好きだった。

チヨは普段、奴婢（ぬひ）に交じって生活しており、城内の噂話によく通じていた。

女たちの関心は暮らしそのものや、それ以上に男のことにある。考え方や興味のありよう、物事を見る視点が男たちとは大きく違うことで、チヨの話は男たちから上がってくる情報とは別の系統の情報を王にもたらした。

女たちによるとカクサイはまじめで仕事を確実にこなす男というが、女を物として扱うことが多く、初物が好きですぐ乗り換えるので、女から恨まれて信用がない。ツツロイは女から強気で命令されることを好む変な性癖があるという。また男たちは女との寝物語で上役の悪口を言ったり、正直な人物評を語ったり、女からモテた自慢話をすることが多く、そういうことが女たちの間で、よく噂話として語られているのだ。

中華の皇帝の中には後宮三千人などといって、大勢の女を独り占めする王がいるそうだ。確かに手放した女が自分の性格や性癖、病気、誰にも言っていない考えなどをほかの男に漏らされては危険極まりない。

飽きてしまった女は殺してしまうか、さもなければ、生涯飼い殺しにすることを覚悟するしかない、そう中華の皇帝は思うのだろう。

しかし、倭国には経済的にも人的にもそんな余裕はなかった。したがって、まず口の堅い女を選び、王の立場を使ってでも惚れさせること、そして情の薄れた後は確かな生活の保証をしてやるなど、気を配る必要があった。

女の扱いを間違えると身の破滅につながることがある。ウガヤフキアエズ王はその例を身近に知っていた。初代の倭国王である祖父のニニギノミコトのことである。ニニギはその妃であるコノハナサクヤ姫の貞操を疑い、なじり、馬鹿にしたことで妃の怒りを買い、寝ている時に家に火をつけられて焼き殺されたという噂があった。真偽は不明ながらも、この国の民の間では、コノハナサクヤは九州女の気骨を示した女傑として伝えられていることである。

ウガヤフキアエズ王はこの夜、明け方まで眠れなかった。原住民の熊襲たちはアマ族の天孫降臨を侵略という。しかし、海の向こうの後漢の崩壊と混乱、そして、その混乱に伴って対馬海峡を越えて大量に流入する人と技術を思えば、海と山の恵みに頼って細々と暮らしてきた熊襲たちのこの九州は、倭人自身の手によって、一段と開放を加速して生まれ変わらなければならないことは自明の理であった。

それは侵略ではなく人々を豊かに開放することなのだ。

道は半ばである。ウガヤフキアエズ王はここで開放、改革の道を閉ざされるわけにはいかないのだった。

王は巫女の占いのもう一つを無効にするために、どうするかを考えていた。

動乱の倭国

冷夏と大地震は倭国に大きな被害をもたらした。

稲の収穫は前の年に比べて半分ほどに減り、地震では家屋倒壊や火災、土砂崩れによる田畑の被害が各地で起こり、集計してみるとその死者は千人以上に達した。秋の収穫期になっても、崩れた家屋がそのまま放置されるところが目立った。

倭国は、筑後平野と福岡平野の二つの大きな稲作平野をもつ邪馬壹国と、北と南の二つの奴国(=野国)の平野部の国邑が、経済的に大きな力を占める。その経済力で木国、邪馬国(=山国)などの山間部の国邑と、斯馬国(=島国)、不呼国などの海岸部の国邑との間の交易を通じ、米を流通させて食の安定を支えていた。

しかし、この年の二つの災害は倭国の基幹産業の土台を直撃して倭国全体を疲弊させ、不安定にさせた。

この危機を乗りきるために、倭国は朝鮮半島の馬韓、辰韓、弁韓との交易を活発化させた。食料や国土再建のための機具製造のもととなる鉄を輸入するのである。しかし、倭国から輸出できる製品は対海国で産出される銀、そして木綿加工製品、海産物や、南の投馬国(=奄美、沖縄地方)で産出されるゴホウラ貝を加工した宝飾品などが主であり、それだけでは到底足りなかった。

この貿易の不均衡はそれまでの倭国の構造的な問題であり、そのため倭国では不足分の穴埋めとして生口と呼ばれる奴隷を特産品として輸出していた。

ウガヤフキアエズ王は、危機を打開するためには稲作を早く再開して収穫を上げることが一番と考えた。壊れた田んぼを整備し、水路を通すためには多くの人手がいる。

倭国では罪人は邪馬壹国に集め奴隷としていたが、その中から輸出品の生口とする者をまず選抜し、その他を農地整備等の作業に従事させていた。しかし、今回の大きな災害から国土を再建するためには、何としても人手が足りなかった。そのため、倭国軍の武力を背景に、官僚組織を通じて各国に通達して、毎日二千五百人工（にんく）を割り当てて労働徴発することにした。後の社会から考えればこれは税金の一種といえる。

国に働き手を提供することはそれぞれの国邑にとって大きな負担となる。

海山で食料を得る人手を回すことになるので、特に邪馬壹国南部の諸国はますます困窮した。中には一家の労働の柱を無理やり徴発されて、餓死するような家族も出てきた。特に農耕地整備が直接地域に関係するわけではない山間部と海岸部の国邑では、邪馬壹国政権の方針に対する不満が高まった。

その不満は、もちろんウガヤフキアエズ王の耳にも届いている。伊支馬の報告の中に不穏なものが交じっていた。

「もともとの熊襲人の中には、正気を失ったか、生者、死者を問わずに刃物で傷つける者や、獣姦、母子間の近親相姦などを犯す者が出てきています。アマ族の出身者でも、邪馬壹国のやり方に反感を持ち、田んぼの水路や畔を壊して作業を妨害する奴、稲の成長を邪魔するために苗の二度播きをする奴、そんな変な輩が横行するようになってきています。罪穢（つみけが）れを何とも思わない奴らが出始めています」

「その奴らは我が国の存在の根幹を脅かす敵だ。野放しにしておけば、国が根腐れして死んでしまう。徹底的に捕まえて、見せしめとして殺すのだ」

大国主の出雲王朝に国譲りを迫り、九州島東北部を割譲させてニニギノミコトたちを熊襲支配の地に送り込んで成し遂げた天孫降臨、すなわちアマ族の筑後王朝建国が、その後もすんなりと進んだわけではない。

ウガヤフキアエズ王の親世代には、海彦、山彦の昔話として伝えられるような、海と山の自然採集による経済と、農耕経済の基礎的な産業構造の転換という大きな変化があった。

初代ニニギノミコトの息子であり、ウガヤフキアエズ王の父であるホヲリノミコト(山彦)が兄のホデリノミコト(海彦)を打ち負かし、まず海産物経済から農産物経済へと移した。しかし、その後も山に住む熊襲たちとは主導権争いの戦いが続いていたのだ。それが災害によって再燃、激化しているのである。

ウガヤフキアエズ王は後戻りするわけにはいかない。国内の不満を抑えてでも農地の整備を急ぎ、稲作と穀物主体の安定経済に早期に戻す必要があったのである。

他方、倭国はただ倭国だけで存在するのではなく、三方の敵と向き合っていた。

第一の敵は南の狗奴国である。ここは倭国が弱ったと見ればいつでも襲いかかってくるだろう。

第二の敵は倭国が建国の時に国譲りを迫って、博多湾周辺の福岡平野部を割譲させた関門海峡の向こうに本拠を持つ出雲王朝である。

この国ももともとはアマ族から出たスサノオノミコトの系統の国家で、倭国建国当時はその娘婿である大国主の息子世代が力を持っていたが、倭国は朝鮮半島から伝わった鉄剣と戦闘の組織戦を駆使して、出雲王朝を駆逐したのである。

しかし、出雲王朝はまだ力を持って存在していて、これも倭国の勢力が弱体化したと見れば国土奪回を目指してくるだろう。

そして、第三の敵として、朝鮮半島南岸先端部の馬韓、辰韓、弁韓の朝鮮族の国々があった。後漢末の三国志のこの時代、二二〇年に魏の曹操が死に、二二三年には蜀の劉備が死に、魏・蜀・呉の関係は第二世代に移っていた。

この中国大陸の混乱に乗じて、朝鮮半島の北東部の遼東地域に、魏の家臣であった公孫氏が独立国家建設を進めた。朝鮮半島南部にはその混乱を逃れてくる者が多かった。さらに玉突き式に対馬の対海国や壱岐島（いきのしま）の一大国（いちだいこく）に逃れてくる者もいた。倭国はこの公孫氏国に朝貢して臣下の礼を取ることにより、朝鮮南部三国を牽制（けんせい）していたが、この三国と交易をしながらも、彼らが倭国に対して侵略の手を伸ばすことにおささ注意を怠ってはいなかった。

ウガヤフキアエズ王の脳裏には、常にあの巫女の占いの凶兆があった。夢に見て自分の叫び声に目を覚ますこともあった。

王はこの備えとして高良山の城の周囲を囲むように神籠石（こうごいし）の城壁を築き、城の守りを堅固にした。そして、昼夜を問わず常に見張りを立て、城壁の外側から弓矢が届く距離には近づかないようにしていた。

災害の翌年の春、南部の平野部の国の若者が集団でその東部の山間部の国境を越えて山に入り、山の春の恵みを勝手に収穫したり、兎(うさぎ)や鹿の狩りをしたりするという事件が起こった。この小さな紛争は食糧事情のひっ迫している二つの国邑全体を巻き込む争いとなった。

倭国の法律で盗窃の罪は、程度が軽微であっても妻子を没収し、重ければ門戸を滅する重罪となる。しかもこの場合、個人の犯罪ではなく、集団での犯罪行為である。倭国の法をつかさどる官は奴佳鞮(のかてい)であるが、事の重大さに、その対処の判断は弥馬升、伊支馬からウガヤフキアエズ王のところまで上げられてきた。

「民は飢えています。餓死する者さえ出てきました。何とかしないと持ちません」

弥馬升が訴えてきた。山の区画と川の水は各国邑ごとに所有が決まっていて、占有利用権に属するものであり、これに手を付けるとなると、邑は感情的にも黙ってはいないだろう。

「秋の実りを待ってはいられないようだ。急場をしのぐ何か妙案はないか」

王は伊支馬ほか主だった官に意見を求めた。

「今、一方に我が国が加担するようなことがあれば、倭国全体が持ちません」

この言葉にウガヤフキアエズ王も、従うしかなかった。

倭国の判断は、この問題に対しては、大ごとにしないことを決めた。国々の交易問題とし、一般行政の問題として市場の監視の役目をつかさどる使大倭を派遣して、少しの食料を土産として調停に当たらせることにした。

使大倭は現地に赴き、両者の主張を聞き、結局、過去からの確執が影響しているとして、喧嘩両成敗の判定を下して引き上げようとした。

これに対して、その判定は平野部の国に甘すぎると、山間国の怒りが爆発した。使大倭一行がその帰り道に襲撃され、二人が殺されるという事件に発展した。

使大倭一行が襲撃されたことは、倭国の権威にかかわることである。国として何らかの措置が必要だった。しかし、問題は当事者二国にとどまらない。食糧危機に弱い平野部と狩猟採集でも暮らしていける海岸部、山間部の国の間ではどこでも同じ構図があるのだった。

兵を送って鎮圧することができるなら簡単だ。しかし、今は毎日、農地整備のためにすべての国から人工を徴発している最中である。また、山間部の熊襲たちは山の尾根伝いを渡って居所を簡単に変えるし、そもそも密度が高くないので、もろもろのことを考え合わせると非効率極まりない。

とりあえず、首謀者と邑長を召喚する手続きを取ったが、彼らはこれにも応じず、虚しく時が過ぎた。彼らが国境を接する狗奴国と接触している情報もあった。

邪馬壹国政権の調停が不調に終わったことが知れ渡ると、同様のことが次々と起こるようになってきた。隣接する国邑の国境が侵され、双方が攻伐して治まらなくなることが多くなった。

そのうち国境侵犯は邪馬壹国周辺部でも起こるようになってきた。そこまできてもウガヤフキアエズ王は同胞に対して軍隊を差し向け、鉄剣で打ち払うことはしなかった。倭国民に対して剣を向けることは自らの国を破壊する自殺行為であることを王は知っていた。

王は自分の体の自由がきかないような不快を感じる日々を送るようになった。この不自由はどこから来るのだろうと考えると、結局、王の自由とは民を食べさせてゆく責任を果たしたうえにしか存在しないことを、いまさらながらに思い知る。

その日、倒れ込むように寝所に入ったウガヤフキアエズ王の隣にはチヨがいた。自分の体がいくつも欲しかった。

「子供が欲しい、人が欲しい」

「あい」

「チヨ、子を産め」

「あい」

チヨは惜しみなく幾度も、王の要求にこたえた。やがて果てていつしか深い眠りについたが、唐突なあの巫女の占いの凶兆の夢がまた王を眠りから覚ました。

千人殺すなら千五百人産めばいい、ウガヤフキアエズ王の頭にはそんなイザナギとイザナミの決別の故事が浮かんだ。

「人の命とは何だ。チヨの命とわしの命は何が違う」

「大王さまが一生懸命に生きておられて、今そうお考えになられていることこそが何よりも宝物です」

　チヨの一生懸命という言葉がウガヤフキアエズの心に刺さった。

「御子たちのことがご心配ですか」

「どういうことだ」

「命のつながりのことです。私は自分の命を思う時にいつも、小さい頃に真っ暗闇の夜空にきらきら浮かんでいた星たちを思い浮かべます。命はあの星から降りてくる。あの星たちはいつも天上にあって、地上の汚濁にまみれることなく、輝きを失うことなく、一定の軌道で天空にとどまり彼ら自身の道を歩んでいます。大王様もそのようなお人です。ほかの人とは異なった思いを持ち、遠くを見ながら一人の歩みを進めていらっしゃいます」

　窓を開けて初夏の夜空を見上げると、チヨの思いとは別に星たちも揺らぎながら迷いながら、時に消え入りそうになりながら、一生懸命彼らの歩みを進めているようだった。

「今この国は少し危険です。大事を取って御子たちを疎開させてはいかがですか」

「王子たちをこの城から外に出せというのか」

「ふとそう思っただけです。子供のうちに、外からこの国を見る機会を与えて、将来大きな力となってもらうことも、この国にとっても大王様にとっても喜ばしいことではないかと、そう、思ったのです」

災害で、倭国は大きな傷を負った。たったそれだけのことで、この国は国邑同士、人同士の信頼が崩れた。初めから損得だけのつながりだったのだと自覚させられるような分断が起こってしまった。しかも、一度豊かさを知った各国邑は以前の素朴な暮らしに戻ることを拒否するような動きさえも出てきたのだ。

命とは思いのことかとウガヤフキアエズ王は考えた。この国はまだ若く完成にはほど遠い。自分はチヨの言うような星ではないとも王は思った。災害に揺さぶられ、周囲の国に脅かされ、民を食べさせることに汲々としているちっぽけな男が、天空の星であろうはずがない。しかし、チヨのように自分をまぶしく見てくれる者がいることを信じて、自分の思いを貫徹することが使命なのだ。

ウガヤフキアエズ王はこれまで自分の才能、能力、努力には絶対の自信をもって事に当たってきた。しかし、相次ぐ災害やそれに続く国同士の争い、時には邪馬壹国内でさえも無法者が暴れるような事態に、自分一人の力の限界を感じるようになっていた。

ウガヤフキアエズは六人の子供たちを二か所に分散させて疎開させることにした。長男のイツセノミコト（五瀬命）と次男のイナヒノミコト（稲氷命）は被害の小さかった東部の豊の国に。そして、その下のミケヌ（御毛沼）王子とカムヤマトイワレビコ（神倭伊波礼毘古、後の神武天皇）王子、側室の子であるテル姫、タカアマヒコ王子の四人は、妻の玉依姫の故郷であり、アマ族の故郷である対海国に疎開させた。

子供たちにはそれぞれ、一族の歴史を学ぶよう申し伝えた。

六人は二日後の朝、高良山を出発した。大事を取って二人ずつ少し時間をずらしての旅立ちである。対海国に渡るテル姫たち四人は夕方に筑後川南岸の邪馬壹国の玄関口の港の宿舎で合流し、旅立ち前の最後の夜を過ごした。

十六歳のミケヌ王子と十五歳のイワレビコ王子にしてみれば、まだ十二歳のテル姫とその下の弟タカアマヒコ王子は普段だと話し相手にもならない。しかし、海に漕ぎ出すとなると遭難する可能性もあり、これが今生の別れとなるかもしれない。

イワレビコ王子がテル姫に話しかけた。

「二人とも安心しろ。狙われるとすれば、我々のほうが先だ」

「父君を継ぐのは我々男兄弟だからな」

ミケヌ王子はそんな大人びたことを話した。あるいはそうかもしれない。

「いずれにしろ父の命令だから仕方がないが、母の故郷だといって何があるわけでもないだろう。長くいてもしようがない。俺はすぐ帰ってくるつもりだ。お前たちはどうする」

イワレビコ王子は逃げるように疎開するのが不満らしく、テルたちに同意を求めるように聞いた。二人ともまるで不安がないかのように勇ましい。

「私はまだ、今何が起こっているのかさえもよくわからない。長旅に出るのは初めてだし……。海を渡るのも怖いし、本当に帰ってこられるのかどうか、何もかも不安です」

「俺は対海国には行ったことがある。あんな山しかない遠くの国よりも一大国のほうが近い。俺たちはもう一人前の年だ。父には悪いが、こんな大事な時に遠くに逃げるなんて男の名折れだ」

テルは二人が何を考えているのかわからなくて黙っていた。

「まあ、テルはいい女になりそうだから、帰ってきたら、嫁にしてやってもいいぞ」

黙っているタカアマヒコを差し置いてイワレビコが軽口をたたいた。テルたちを元気づけようとしているのかもしれなかった。

いつ帰れるかは、倭国の安定次第だが、それがテルには永遠の先のことに思えた。

イワレビコたちは本当に一大国にとどまるつもりかもしれない。

夜が明けると、四人はまた二人ずつに分かれ対海国まで船旅をすることになる。

タカアマヒコはまだ十歳で、心配を口にしようとしても泣くことしかできないのだろう。気丈に耐えているが、なかなか寝付けない様子である。

テルは一通り考えられることは考えてみたが、いずれにしても先のことはわかるわけがない。なるようになると覚悟を決め、眠ることにした。虫の声が夜に消えていった。

食べるものを食べないと人は元気が出ない。それが長く続くと頭が冷静でいられなくなり、怒りの炎が燃え上がる。安定した食糧供給がないと人はそこはかとなく動物に近づいていく。

そんな人の生理にこたえられなくて、倭国の乱は収まらなかった。

一人の盗みが集団になり、喧嘩が戦に拡大して国邑同士の争いにまで発展した。各国邑は食糧生産どころか、国境を防衛することに人を取られ、なかなか穀物の安定した生産にまで手が回らない。

人間社会は身内が殺されると、相手を殺さなくては気が済まなくなる。情報の少ない内輪の論理はともすれば、強気一辺倒になりがちで止まらなくなる。悪循環である。

しかし、そんな中でも国力の一番強い邪馬壹国が国境の防衛を堅固にしながら徐々に国内の農業生産体制を回復しつつあった。

その筑後平野に待望の実りの季節がやってきた。高良山の高殿から、筑後川の両側に黄金に輝く稲穂の波が見える。稲穂は文字通りの黄金だった。これが民の胃袋を満たし、心を潤す。そして、争いに終止符を打つ日が来るはずだ。

ウガヤフキアエズ王の顔に笑みがこぼれた。稲作は普通の収穫さえできれば、多くの者を養える。彼が一番心配したことは、倭国内の争いではなく、外部からの侵略だった。そこは細心の注意をもって隙を見せないようにしてきた。

秋の収穫時期まで持ちこたえれば、また本来の国づくりに向かって歩き出すことができる。そう思うと、これまでの心労が一気に吹き飛ぶような思いだった。

王がもう一度、高殿から平野を見ようとしたその時、後ろから声がかかった。何気なく振り向いたその王の額に、胸に、護衛兵の放った矢が突き刺さった。矢羽根には邪馬壹国を示す「山と井戸」の印がついていた。

犯人は城内の警護のために増員した兵隊の一人だった。

「殺されたサルタヒコ(猿田彦)の恨み、思い知ったか」

その男は矢を放ちながらそう叫んだ。

サルタヒコは、邪馬壹国の建国の祖であるニニギがこの筑後平野に入って来た時に、この地を支配していた土地の豪族の名前である。サルタヒコはニニギ随身の家臣アマノウズメの策略により殺され、土地を奪われた。その一族は根絶やしにしたと思われていたが、生き延びた者がいたのだ。

時は国土の上をただ通り過ぎてゆく。しかし、人の思いは長くそこにとどまり、サルタヒコの恨みは今果たされたのだった。

ウガヤフキアエズ王は自らの血だまりの中に崩れ落ちた。

薄れゆく意識の中で彼はイザナギノミコトの姿を見た。道半ばで失意のうちに死んだアマ族の祖の魂が重なった。

イザナギの血脈

イザナギの海の道

テル姫たちの疎開先の対海国（対馬）は朝鮮半島と九州の間に浮かぶ古くからアマ一族の本拠地として知られる島である。

ノロはアマ国の祈り部、語り部で、彼女の社は浅茅湾の東の端の高台にある。テルはノロの社に預けられ生活していた。

ここは入江が東と西から深く奥まで迫っていて、地峡部となっているところだ。南北に細長い対馬の真ん中でここにくびれがあり、小さな船ならこの短い地峡を転がして渡すだけで、海の一日か二日の移動を稼げるという、交通の要衝である。

前面は東の海の入り江に開けていて朝日を邪魔するものは何もなく、ノロは毎日朝日の昇る時間には起きていて、場を清め、朝日に向かって礼拝する。テルも朝の掃除から礼拝まで一緒にするように言われ、そうしていた。

対海国に疎開したテルは島の歴史を語るノロの話を聞くのが好きだった。

「イザナギ様の九州博多湾の九州王朝も、スサノオ様の出雲王朝も、アマテラス様の孫のニニギノミコト様の邪馬壹国の倭国も、皆この島から出ていったアマ族の者たちがつくったのよ。テルにも対馬のアマ族の血が流れているのよ」

ノロはそう教えてくれた。

イザナギにはアマテラス、ツキヨミ、スサノオの三貴子がいたということや、父のウガヤフキアエズはアマテラスの系統であることをテルは母親から教えられていた。

イザナギと血がつながっていたとしても、その子供たち三人はそれぞれに違った性格で、別々の運命を歩んだはずだ。イザナギの血脈は自分にとってどういう意味があるのだろう。ノロは何を言おうとしていたのだろう。ノロが語る話に、テルは熱心に耳を傾けた。

対海国の対馬はすぐ南の一大国(壱岐島(いきのしま))に比べて、深林におおわれた険しい山が海辺まで迫り、稲作が可能な平地は少ない。民はもともと海のものを食して自活していたが、多くの人間を養えるような産業はない。

イザナギノミコトもスサノオノミコトもアマテラスオオミカミの孫のニニギノミコトも、神話の世界で活躍する伝説の神々はこの小さな貧乏な島から、対馬海峡を渡り日本列島に雄飛していったのだった。

イザナギノミコトより以前の島の男たちは多かれ少なかれ、外の世界を目指す「イザナギ」だった。

植物がうらやましいと島の男のイザナギは考えた。

この狭い島世界では、植物が地上の支配者のように島全体に繁茂していた。春になれば花を咲かせ、秋になって実をつけ、その種は自由に風に転がりあるいは鳥に運ばれて、落ち着いたその地を自らの天地として他の生き物たちがなしえない繁栄を謳歌しているのだ。

魚や野生の鹿や山猫や鳥なども立派なものだ。この島に生まれ本能のままに生きながらその命を全うしているのがイザナギにはうらやましいのだ。

人が生きていくのは大変だ。

島の人間は生き延びて、ただ命を次の世代につなぐことに苦心惨憺(さんたん)しながら生きていた。海と山と、そしてすべてを生かしてくれる太陽、その自然の力が、人の存在に対して圧倒的に大きかった。

アマ族の絶対的支配者は長らくこの自然だった。

海が怒れば人が死に、山が怒ればやはり人が死ぬ。自然の怒りを買わないためなら、何人かの命の犠牲を捧げることも仕方がない。アマ族の者はそう覚悟し認めてきた。

結局ここにいては、人々は成長を目指して生きていくことはできないのだ。

イザナギたちは親世代の古い社会を見てはそう感じていた。そして、ここではない世界を渇望していた。

海の向こうにはもっともっと豊かな大地があるらしい。

対馬には時折、大きな船に乗り、わからない言葉を話す人間が流れ着くことがあった。その者たちは対馬の民が見たことのない服を着て、聞いたことのない歌を口ずさみ、食べたことのない食べ物を持っていた。

彼らはまぎれもなく対馬の民よりも豊かに見えた。

何より、海に漕ぎ出せる船を作る技術があることがうらやましかった。彼らの船には海の上を水鳥が走るように渡る、大きな帆が付いたものもあった。

対馬は海中の島ではあったが、幸いなことに絶海の孤島というわけではない。山に登れば、北には朝鮮半島の島々が見え、南には壱岐島が見えた。その奥にはうっすらと平べったい大地らしきものもあった。

海には希望の道が伸びていた。

太陽が昇る時、対馬から壱岐島まで、海の上にまっすぐな黄金の光の道が見える。月が中天にある時にも、この島から朝鮮の島まで白銀の道筋が見えるのだった。

しかし、対馬の周囲は獰猛（どうもう）な海に囲まれ、まるで急な流れの川のように、常に海流が西から東へ、南から北へと流れていて、アマ国の小さな小舟が対岸の島まで渡るのを妨げていた。

船に乗ってきた者たちは、その船を作れるというわけではなかった。道具がないと作れないらしい。その材料がアマ国にはなかった。

海を渡る船はアマ国が発展するために、安定して民が食べていくために、どうしても必要な道具だった。

長い年月が虚しく過ぎた。

大勢のイザナギたちが果てない夢を見ながら幾世代も過ぎた後、ついにアマ族が望んでいた船が、今度は北のほうからやってくるようになった。それは漂流船ではなかった。

アマ国の遠い西に広大な大陸があり、そこには中華民族が住んでいるという。

その広い大地では米や麦を大がかりに栽培できるという。米や麦は年を越して保存できることに大きな価値があった。それは財産に変わる可能性があるのだ。

人間は最低限の生存条件である食が満たされれば、それを頼りに定住する場所も作ることができるし、身を守る着物を作る文化も生み出すことができるようになる。それは社会の豊かさといえる。

中国大陸では秦の始皇帝が紀元前二二一年に古代中国の全国統一を果たした。始皇帝の政治は法治主義が徹底され、民が塗炭の苦しみを味わい、始皇帝の死後、秦帝国はすぐに瓦解した。

その後を楚の項羽と漢の劉邦が争い、劉邦の漢帝国が出現した。この帝国も二百年ほど経つと様々な政権の矛盾が露呈して、新の王莽がこのいわゆる前漢に終止符を打った。

王莽の時代は秦帝国よりも短かった。

後漢の時代が始まり、しかしそれも、二百年もしないうちに民が離反し、その後に魏・蜀・呉の三国志の時代となる。

この中華の約五百年の興亡の混乱にかかわりなく、海を隔てた隣に対馬は位置していた。

中華の古代都市を囲む城壁がはからずも示すように、中国では敗戦国の民は悲惨な目にあうことが当たり前のこととなっていた。直接の戦闘員でもないのに敗戦国の住民というだけで皆殺しにされるなら、いっそのこと逃げたほうが生き延びる確率が飛躍的に高まることは誰でもわかる。

中華に限らず、戦乱の国では難民が発生する。

難民とは国を捨て他国に一縷の生の望みをかけて命からがら逃げ出す人たちのことである。命からがらであれ何であれ、殺されるとわかっているところにとどまるよりはマシだった。

中華帝国の王朝交代期には数多くの民が周辺の夷狄の国に逃れた。その夷狄の国にも追われてさらに辺境地域に逃れざるを得ないこともある。

また、逃れた者が周辺の国の中で力を持ち、もともと暮らしていた民を追い出すこともあった。そうすると、玉突き式に追い落とされたもともとの住民が外に出なければならなくなる。

そういうことが中華帝国の周辺ではよくあったのである。

命からがら逃げてくる人は、財産といえるものはほとんど持ち出せない。しかし、文明先進国の民だけあって、家作りや土木技術、工芸品製作などの技術を持つ者も多くいた。それは未開の民にとっては喉から手が出るほどに欲する最新の生活技術だった。

幸運なことに、対馬は中華から逃げてくる人、玉突き式に追い出された人たちが東南の海に漕ぎ出す時に、必ず立ち寄らなければならない通り道にあった。

「この人たちの作るものは、何もかも我々のものとは桁違いだ」

機が熟し、偉大な一人のイザナギが現われた。彼は大きな船でやってくる技術者が神様に思えた。

彼らは家を作らせれば、風に倒されることなく、雨露をも寄せ付けない壁と屋根のある家を作る。威厳のある門構えまでこしらえてくれる。

また、鉄製の鍬で水路を整備して、たくさん収穫できる田んぼを作る。船着き場も出入りしやすいように石組みする作り方を教えてくれるし、着る物の作り方も知っている。

彼らは民の生活を良くするすべをたくさん知っていた。彼らは神だった。

イザナギは小さな船で南北を行き来し、いつしか大きな夢を描くようになった。

対馬で産出する銀や海で取れる真珠は韓国の国々やその先の中国でも求められる商品だった。こうした品々を通じて韓国や中国の米や鉄や生活技術製品に代えて壱岐島や九州本土に持ち込み交易をしたら、喜ばれ、豊かにもなれるのではないか。

そうして基礎を築けば、いつか対馬のアマ族の夢であった稲作のできる大きな平地が手に入り、そこでより豊かに暮らしていけるのではないかとイザナギノミコトは考えた。

米が手に入り、雨風をうまくしのげるような家を作れば、生活が安定するし、何より女が喜ぶ。女が集まる国には多くの子供が産まれ、繁栄が約束される。

ただ、中華の国から逃れてくる者は、武力が国をつくるのだと一様に言った。

「本当にそうだろうか」

イザナギには鉄剣を使った武力での領土獲得は目指しようがなかった。

今や勢力圏となった壱岐島の一大国まで含めても、イザナギたちの国には戦える男は千人もいない。これではいくら切れ味のいい鉄剣があったとしても多勢に無勢、攻め込んで勝てる見込みは全くなかった。

何より、商売人であるイザナギにとって、商売相手を殺して自分が豊かになることなど思いもよらなかった。相手がいてこそ、自分も豊かになれるのである。

イザナギは人と争うことが好きではなかった。戦って勝利を収めるよりも、人にいいものを提供して喜ばれる商売をするほうが性に合っていた。ただ、当初はまだ、自分が何をしているのかを明確にわかっていなかった。朝鮮半島南部の狗邪韓国(くやかんこく)に行った時、イザナギは前漢末の混乱を逃れてここに流れ込んだ中国人の江衛(こうえい)という頭の良い男と話したことがあった。

「江衛さんは中国のどこから来たのかね」

「そんな危ないことは教えられない。だが、あなたはいい仕事を選んだものだね。大きい声では言えないが、人が勝手にどこでも行ってもいいということはなかったからね。うらやましいよ」

「へえ、中国ではこの朝鮮半島の一番南のあたりを野蛮人が住むド田舎と言ってるそうだが、わしはそのもっと先の海の中の島に住んでる。それでもうらやましいかね」

「この世の中、どこで暮らしてたって、自分のやれることで人に喜ばれながら生きていけるってのは、一番いいんじゃないかね。中国では『幸』という字があって、あなたのような幸せな状態のことをいうんだ」

「幸っていうのかい。それはいいや。わしは今、韓国、対馬、壱岐島、九州島を行き来して、米や服や、鉄や、珍しい貝の飾り物を船で運んで商って暮らしているんだが、こういうことを中国では何というんだい」

「それは南北市羅（なんぼくしてき）というんだ」

「南北市羅かね。南北というのは南と北だから、わかりやすいけど、市羅ってのは難しいね。どういうことなんだ」

「もともとは米を買うという意味だけども、今ではもっと広く、物を商うことをいうよ。あんたはつまり商売人ということになるね」

「はあ、商う、商売人か、そりゃいいね。わしのような倭人は九州島だけではなく、その東にある島やもっと大きなところにも住んでいるんだが、これからは南北だけではなく、そっちの東西のほうにもその市羅ってやつを広げたいと思ってるんだがね。これで東にも広げたら、それは何というだかね」

「それは同じ言葉じゃあまりかっこよくないから、『東西交易』ってつなげたらどうかね。『南北市羅、東西交易』、気宇壮大だ」

「南北市羅、東西交易、気宇壮大かあ。何かこう、気持ちが大きくなってくるねぇ。何でも知っていてうらやましいわ。江衛さんっていったかね。物知りだ。もしあんたが漢字の読み書きができるんなら、わしの手伝いをしてくれねえかね」

「あんた、気が早いね。名前は何というかね」

「わしの名前かね。名前はアマのトヨヒコっていうんだが、わしのような性格のものはアマの国では『イザナギ』っていうのさ。何でも、いざ、いざ、いざって前のめりにやっちゃうのさ」

「へえ、あんたの国では上から押さえつける、偉い人はいないのかね。中国ではそんな勝手に何でもできるってことはないよ」

「そういうもんかい。それじゃわしはその幸というやつだね」

「はっはっはっ。そうだ、幸だ。それでいざ、いざって、女もやるのかい」

「わしんとこはまだまだ人が少ないからね。男が動かないと。親子、兄弟姉妹で子を作ったりして何だか知らないがおかしくなっちゃうんだよ。わしみたいなのは女にも相手の親にも大歓迎されちゃうよ」

「はあ、そりゃ天国だ」

「いや、まあ、どこにだっていいとこと悪いところがあるんじゃないか。ここの女はきれいだし、食べ物も美味しいし、馬や牛もいてどこかに行くのも楽だ。わしのとこではそうはいかないよ。中国の商いでは字を必ず使わなくちゃならないけど、字の読み書きができる奴はいないし、大変といえば大変だよ」

「確かに商売には文字を使うね。馬はいないのかい。それじゃ戦もしにくいね」

「戦なんかないほうがいいよ。何の役にも立たん。わしは南北市羅、東西交易でいくよ。だから、こっちの商売で江衛さんに手伝ってもらえればほんとに助かるんだよ。何とかお願いするよ。ああ、それと、さっきの『南北市羅、東西交易』を文字に書いてくれんかね。忘れないようにに木の板に彫って飾っておこうと思ってさ」

「あんたと一緒にやると楽しそうだ。わかった。手伝うよ」

イザナギは江衛に書いてもらった「南北市羅、東西交易」の額を自分の部屋に掲げて人に自慢していた。

自分は商売によって相手の中に入り込む。良い生活を広め、自他ともに豊かになり、そこで土地と女を調達し、子供を産んで皆が豊かになる道を行こう。そうイザナギは思い定めた。幸いなことに日本列島にいる人々は、海岸の近くと山のすそ野に居住していた。

倭人はイザナギが稲作のために求めている平地や湿地を、無益の荒野とみなして人も住まないし、狩りに適した場所でもないと考えている。

つまり、彼らとイザナギは共存共栄することができるのだ。

交易は、お互いが持っているものの価値を認め合い、自由な立場で物と物を交換するところに始まる。その自由さは何物にも代えがたいと海の男であるイザナギは思った。

イザナギは東西交易にも乗り出し、精力的に九州から瀬戸内海の小島を駆け抜け、日本海のほうまで商売の手を広げていった。

イザナギの売り物として一番需要があり、高値で取引できるものが鉄製品だった。農機具や鉄剣、土木作業にも鉄製品は欠かせなかった。鉄の原料は朝鮮半島の南部の弁韓（べんかん）地方で産出され、製品化される。

鉄は山の特定の鉱物から作り出すことをイザナギは知っていて、各地に出かけるたびに、山を見て歩いた。海を越えて鉄を買ってくるよりも国内で生産できるなら、もっと大儲けできる。それこそ、一山当てることができるのだ。

その鉄のもととなる砂鉄が出雲の山奥にあった。砂鉄から鉄を取り出すには火力の強い膨大な木炭が必要だ。また製造工程が複雑であり、多くの職人が必要とされた。イザナギはこの地に腰を据えて山と格闘した。

この出雲で一人の気のいい働き者の女と出会い、一緒に行動するようになった。互いにいざない合うように知り合い交わったその女はイザナミといった。

イザナギたちの出雲での鉄作りは成功を収めた。

アマ族の男たちは日本の島々にいた女たちと出会い、互いにいざないあい、大いに子を産んだ。土地の者たちのためにその地で家を作り、鉄の使い方を教え、田んぼを整備し、稲を植えて米を作った。それがイザナギの共存共栄の方法だった。

イザナギはイザナミに多くの知識を教え、習得させ、多くの子供も産ませた。出雲の民は新技術を伝え生活を豊かにしてくれるイザナギを神と崇め、感謝した。

しかし出雲でのイザナギの幸は長くは続かなかった。イザナミがさらわれたことがその発端となった。

鉄の万能の力は、出雲の男たちの欲望を刺激した。鉄を豊かさのために使うよりも、人を支配するために使うほうが効果的と、イザナギと異なる考えを持つ者たちが現れたのである。

男たちは出雲出身のイザナミを懐柔して、イザナギの代わりとし、イザナギを追い出しにかかった。

イザナギの山は奪われ、館は焼き討ちにあった。イザナギが思う共存共栄の関係は幻だったのだ。イザナギは無邪気な英雄だった。自由な交易の中で、豊かさも女も、人々の尊敬さえも手に入れることができると自惚れていた。

しかし、自由な交易の中の鉄こそが、砂鉄を過熱して鉄を作る技術こそが、男たちの求める最重要なものだった。その技術が移転されると、イザナギは無用の人となった。

　出雲に居場所を失ったイザナギは、イザナミの心変わりが信じられずに深夜、イザナミの居所に忍び込んだ。

「お前はわしを裏切った。お前はそんな女ではなかったはずだ。なぜだ。何があったのだ」

「ああ、愛しいあなた。私はあなたを裏切った。そうなる前に死ぬべきだった。でも、ここには親も、子供もいて、私は死ねなかった。私は弱い女です。こんな姿をあなたに見られたくなかった」

「わしがこの地でどんなに苦労してきたか、お前ならわかってくれると思っていた。お前は死ぬべきだったのだ。死ぬことがわしらの生の証（あかし）になるのだ。今からでもいい。お前は死ぬべきなのだ」

「ああ、イザナギ様、それが私にできたのなら、どれほど幸せなことか」

「幸せか。お前が死ななければ、このわしが死ぬことになるだろう。わしが死ねばお前は迷いなくわしを忘れて幸を得ることができるかもしれない。しかし、今のわしはまだ死ぬ前にしなければならないことがある」

　ただならぬ気配を感じたのか、館の周りで守護の者が騒ぐ様子が中に伝わってきた。

「愛しいあなた。許してください。私も今はまだ死ねません。あなたは逃げて生きてください。護衛の者は私が食い止めます。必ず逃げてあなたの思う国を打ち立ててください」

イザナギはもう後も見ずに確保していた逃げ道をまっすぐ西に向かって走り、海に出て、用意しておいた船に乗り一路九州島の筑紫を目指した。

残った職人たち、女たちはそのまま奪われた。家や産業の道具もそのまま残して身ぐるみを剝がれるようにイザナギは逃げた。関門海峡をほうほうの体（てい）で九州に渡ってようやく追っ手を逃れた。

イザナギの中に初めて敵国という意識が浮かんだ。

これまでのイザナギの人生は「南北市糴、東西交易」という言葉に象徴されるような、商いで人と人、地域と地域を結び、お互いにない物を交易して豊かにすることに喜びを感じる人生だった。それは誰よりもうまくいっていたはずだった。

しかし、鉄の商いが増えて以来、男たちの目の色がぎらぎらしたものに変わってきたこともイザナギは感じていた。意図せずして、鉄が人々や地域のありようを変え、いつしか鉄がイザナギにその刃（やいば）を向けるようになったのだ。

それがたまたまイザナミのいた出雲だったのだ。出雲が引き金を引かなくとも、遠からず、ほかの地で同じことが起こることになっただろう。その必然を感じ、イザナギは暗澹（あんたん）たる気持ちになった。

イザナギは結局、日本列島の最初の拠点とし、同族も多くいる九州の博多湾近辺の本拠地に戻り、二度と東の海峡を渡ることはしなかった。

運命の予感

島の夜、満天の空に無数の星が輝いている。波の音が心地よいリズムを刻んでいる。テルは夜空を見上げた。星は高良山と変わらない。北の天空に不動の北極星があり、その回りを多くの星が規則的に回っていた。

地上の様子は筑後平野と対馬の海では大いに違っていた。

テルは高良山から眺める優しい筑後平野の景色が好きだった。真ん中に龍の川が流れていて、その両側に田んぼが広がっている。点在する家々から朝な夕なに食事を煮炊きする煙が立ち昇り、それを見るとその家族の笑顔が見えるようで、何とも言えず幸せな気持ちになるのだった。

しかし、この対馬では周囲に広大な海原が広がる。太陽や月に照らされて輝く晴天の海はきらきらして美しいが、そこは人が住むところではない。そして、荒天の海、冬の海は人を寄せ付けない怖さがあった。

この島には邪馬壹国のような安定した生活がないとも思った。

田んぼはほとんどなく、あっても狭くて山影に太陽の光と熱が妨げられて米がほとんど取れない。大きな岩が激しい海の波に削られたような山険の地形で、山道には人の通れる道らしい道はなく、ほとんど獣道のように草が生い茂っている。民は隣の集落に行くにも急峻な山道を避けて揺れる小舟で海を行くのが普通だった。

「もし、イザナギ様が船で南北の交易を開拓してくれなかったら、この島の民たちはいまだに、細々と小さな小舟に頼って日々の生活に追われるように生きていたのかもしれない」

それは命がけの開拓だったとノロは言う。

命がけとは死そのものよりもつらいのかもしれない。

テルは邪馬壹国から海を渡ってきた日のことを思い出した。

よく晴れた穏やかな日を選んだと言ってはいたが、沖に出てみると波は自分の背丈よりもはるかに大きく高く、漕ぎ手八人ほどのその船は海の上で木の葉のように舞った。テルもタカアマヒコも胃の中のものを全部吐き出し、すぐにそれもなくなって、まるで内臓そのものまで口から出てきそうだった。二人は船底でただ、のたうち回るしかなかった。

四人は体力が回復するまで三日間、一大国にとどまることになったが、壱岐島の一大国にはまだ平地があって、この対馬よりは穏やかな自然を感じたものだった。

しかし、この対馬に壱岐島のような平地と大地の恵みがあったなら、もしかして、この島にイザナギノミコトは生まれなかったかもしれないともテルは漠然と思った。

自然の厳しい対馬に住む人間にとって、南北交易は必然だったのかもしれない。

何人ものイザナギが海に命を散らしたことだろう。そして最後のイザナギが命を賭して成し遂げたことは偉大なことだった。

対馬には邪馬壹国にない先進的な感じが子供のテルにも見て取れた。

食器の肌合いが滑らかで模様がきれいで、洗練されているように感じられるのだ。食べ物にしても、どういう風に作るのかはわからないが、味付けに深みがあり、美味しかった。

狭い田んぼの上に、ため池のようなものがあった。山の湧水を田んぼに直接引くよりも水が温かくなり、収穫量が多くなる工夫だという。

港のつくりも石組みがしっかりしていて、船を着けやすく、また乗りやすかった。

この時代の対馬の対海国は倭国の北辺の一国邑ではあったが、アマ族の高祖国として壱岐島の一大国を従える権利を有していた。

交易で成功を収めたアマ族は当初から壱岐島を開拓し、田んぼを作り、そこに下戸(かこ)を働かせて、収穫を上納させていたので、裕福な家が多かったのである。

「それでも、やはり私はここでは暮らせないかもしれない」

テルはノロには言えなかったが、心の中で思っていた。

ある日、ノロが朝日を拝んでいる時、テルは聞いてみた。

「どうして毎朝昇ってくる太陽を拝んでいるの」

テルも何となく太陽に向かって拝みたくなる気持ちはわかるような気がした。しかし、ノロに言葉で話してもらいたくて聞いてみたのだ。

「そうねえ、テルはどういう風に生きたい」

ノロはテルのほうに向きなおり、テルの目を見つめて聞いた。

「えっ、どう生きたいか……。私が」

朝日が優しく部屋に入り込んできた。

「あの……、あの太陽のように」

テルは無意識のうちにそう答えた。

「あの太陽のように……、そう、あなたはやはりテルなんだわ」

ノロの顔に満面の笑みが浮かび、その目はいくぶん涙でにじんでいるようだった。

テルはどういう意味なのかわからなかった。

「近いうちに日子（ひこ）様のところに一緒に行って今日のことをご報告しましょう。ついでだからタカアマヒコ様にも会えるように伝えておきましょう」

ノロは嬉しそうな声で言った。

日子は対海国を預かる大官の官職で、中国人の漢字では「卑狗」と表記される役職である。テルの弟のタカアマヒコは副長官の日の守（卑奴母離）のところに預けられていた。もし会えるとすれば、一年ぶりくらいになるだろうか。

　対海国に来てテルの生活は大きく変わった。高良山では自分の身の回りのことまですべて奴（ぬ）婢（ひ）が世話を焼いてくれた。しかし、ここではそうはいかなかった。

　ノロは一人で暮らしているわけではなく、社には奴婢十人くらいがいて、様々な仕事をしていた。しかし、テルの世話を誰かがしてくれることはなかった。それはノロも同じで、テルはノロのすることを見て、同じように自分のことは自分でするようになった。

時には奴婢たちの仕事である着物作りを手伝ったり、根気のいる勾玉を作るまねごとをしたりもした。

奴婢たちの仕事ぶりはまじめで、細かい作業に慣れているのか、着物でも宝飾品でも同じものを同じようにたくさん作ることができた。テルにはそんな技術はなく、一回作るごとに大きさや形や色合いが違い、不格好だった。

邪馬壹国にいた頃には着物や勾玉などの宝飾品を作るなどということは、考えもしなかった。しかし、自分で作ってみると、何にしても教わってから長年月をかけて熟練しないと、形にならないものばかりということを知った。

奴婢たちは黙々とこの仕事をこなしているが、きっと若い頃から一方ならぬ努力と研鑽を積んで今こうして働いているのだろう。

もしここで働けなければ、もっと厳しい仕事をして、厳しい生活をしなければならないのかもしれない。

奴婢たちが作る着物は、自分たちで使う分を超える量だった。

そのことを疑問に思い、ノロに聞いてみた。

「この島の船が北の国から鉄とか米とか、いろんなものを運んでくるのを見たことがあるでしょう。そういうものと交換するために作っているのよ。そうでないと、奴隷となる生口を作って渡さないといけないから」

奴隷を作って渡すというノロの言葉に、テルは衝撃を受け、しばらく言葉を発することができなかった。しかし、言われてみれば、邪馬壹国にもそうした人たちはいた。

倭国の普通の男たちは各国邑ごとの所属がわかるように、あるいは地位の上下などがわかるように、顔や体に入れ墨をしている。それは昔、海や山の魔物から身を守るためであったというが、今では出自を明らかにすることと、おしゃれのためとなっている。

しかしその中に、明らかに顔の特定の部分に雑な入れ墨を入れられている者たちがいた。おそらくそれが生口の印だったのだろう。

しかもノロは「生口を作る」と言っていた。

「嫌だ！」

奴隷がたくさん作られる国を、テルは想像してみた。

自分が大勢の奴隷を従え使える国と、自分が奴隷になり、親兄弟も奴隷になり、他人にモノのように扱われてしまう国、そのどちらも考えるだけでも嫌だった。

「残念なことだけど、この世の中にはそういうこともあるのよ」

嫌だ、と叫んだテルだったが、しかし、邪馬壹国にいた頃の自分はどうだったのか。

奴婢にかしずかれた生活は、そういう身分だったからだ。もし逆の立場で、自分が相手に無条件に四六時中従わなければならないとしたら、きっとその理不尽を呪い、相手を恨んでしまうだろう。

テルは悲しさがこみ上げ、思わず涙を流した。

ノロから生き方を聞かれた時、思わず、太陽のように、と口に出してしまったが、あれはなぜだったのだろう。

倭国には大人(たいじん)と下戸(かこ)という身分制度がある。大人は支配階級で、アマ族の者と、もともとの土地の豪族だった者が多い。

男尊女卑という中華の国の儒教という思想から生まれ取り込まれた考え方もあって、大人はみな四、五人の女を囲い、下戸でも裕福なものは二、三人の女がいるのが普通だ。それは倭国の風習となっていた。

子供が生まれて世話をする間や、生理の期間中には女は働けない。働けないと誰かに養ってもらわないと生きてはいけない。だから、女は男の下に見られているのだ。テルはそのことも嫌だった。

しかしある時、対海国の中では女の役割や、男女の関係は邪馬壹国とは違っていることがテルには見えてきた。

海中の島で、田んぼの少ない対海国では、今でも磯の恵みが人々の生活には欠かせないが、その働き手は主に、アマと呼ばれる女であることが多かった。なぜかはわからないが、長い時間海に潜ることは、男よりも女のほうが体質的に向いていることを島の人間は知っているようだ。

対馬ではもともとアマとは海のことをいう。中国から漢字文化が伝わってきて「天」の思想も同時にもたらされたが、アマ国では海のアマも空のアマも同じアマ(天)で通じた。海は遠くで空とつながっているのが当たり前なのである。

ともあれ、対馬のアマ族にアマテラスが生まれ、力を持ったことは偶然ではない。食糧を確保し、家庭の経済を支えているのが海の仕事に向いていた女だったからである。

海はまた「産み」にも通じている。海は、アマは、豊穣の象徴だった。海は人が争わずに暮らしていける平和をもたらした。

アマテラスはその海がいつも平和であるようにアマを照らす祈りと願いの象徴だった。

そんな風に考えが進んでくると、ノロがテルに期待するものがわかるような気がした。

しかし、今、その希望の星だったアマテラス様はなぜか姿を隠している。なぜ、アマテラス様は消えてしまったのだろう。どうやら女の地位は倭国では以前よりも落ちてしまっている。

アマテラス様は国の将来を考えた時、対馬で海の恵みに頼って暮らしていくよりも、大陸から伝わってきた稲作に将来性を感じたと倭国では伝わっている。そして、九州島で稲作の国を作るために、出雲国の大国主との間で国譲りの承諾を得て、孫のニニギノミコトを現在の筑後平野に派遣し、現在の倭国の基礎が築かれた。

ニニギノミコト様は九州島で一番広い筑後平野に立ち、「この地は、韓国に向かいて真来通り、笠沙（かささ）の御前（みさき）にして、朝日のただ刺す国、夕日の日照る国（向韓国・真来通　笠沙之・御前而　朝日之・直刺国　夕日之・日照国也）」と感嘆の声を上げたという。

その後には、ニニギノミコト様の息子の海彦様、山彦様に象徴されるように、周辺の山や海で狩猟採集をして暮らしてきた人々に、稲作を中心とした生活を強いるようにして、土地の耕作により国を豊かにすることで、経済を安定させ人々を従わせてきたのだ。

イザナギ様と出雲の関係を見ても同じことが言えるが、新しい技術は人々の生活や生き方を一変させる怖さがある。イザナギ様もアマテラス様も、良かれと思ってしたことが、翻って自分の身に降りかかり、失意のうちにあの世に旅立っていかれたのかもしれない。

今は厳罰主義が倭国の刑法の基本となっているが、これも豊かさの別の面の代償かもしれない。狩猟採集時代には成果を皆で分かち合って暮らしていたものが、今では米が年を越えて貯蔵できるために、自分のもの、他人のものという所有の分離の意識が人に芽生えてきた。厳罰主義のために滅多に盗みや争いは起きないが、確実に貧富の差が現れ、階級格差も固定化してきている。

もし法を犯せば、軽いものでも妻子を没収され、重いものではその門戸を滅して奴隷に落とされることになる。それは仕方のないことかもしれないが、逆から見れば弱者にとっては生きづらい世の中に変わってしまったともいえる。

この国の女はみだらではなく、焼きもちを焼かないと男たちには思われているらしい。しかし、邪馬壹国にいた時に自分の身の回りの世話をしてくれた奴婢たちの話を聞けば、それは表面だけのことで、本心ではないとテルは知っていた。

彼女たちはまだテルが子供で、男女のことはわからないと思って話していたのだろうが、男にだまされ、裏切られ、泣く女が大勢いた。中には殺してやりたいと叫ぶ女や、自殺する女もいたものだ。

結局は貧しいのだ。

奴隷になってでも、人は生きていくしかないとしたら、貧しい倭国にいるよりも、生口となって豊かな中華の国に行ったほうがまだ幸せという考え方もあるのかもしれない。

自分はまだ何も知らないとテルは思った。そのことが悔しかった。

それにしても、空や海や大地が怒り、穀物や野菜の収穫が途絶えるとすぐに倭国は国を挙げた騒乱になる。

どうして太陽や大地や空が怒るのだろう。

人は弱く愚かな生き物で、太陽や大地や川や木々や草花やほかの生き物がなければ生きていけないのに、人は自然の摂理に反して怒りを買うようなことばかりをしているのではないかとも思った。

王から奴隷までいる階級の差をどう考えればいいのだろう。

同じ人間という動物でありながら、殺し合いまでして争うものだろうか。

人が自然の怒りを買わないで、皆が暮らしていくには何をすればいいのだろう。

そういったことの良い考えがあったとして、自分がもしこの国の王になって実行したとしたら、喜ぶ者と不満を持つ者両方が出るだろう。それを受け止め、たとえ殺されたとしてもやり遂げる力が自分にあるだろうか。

テルは何か大きな得体の知れないものに触れるような怖さを感じて立ちすくんだ。

ノロにもっとこの国のことを、アマテラスとスサノオの物語を聞きたいと思った。

タカアマヒコ王子

対馬は南北交易の拠点だけに各地の情報が行き交った。

その中に、父のウガヤフキアエズ王が殺されたという噂があった。倭国の乱はそれによりますます激しさを増しているというのである。

テルは倭国に通じる入江に出て海を眺め、父を思った。ここから直接外海は見えず、海はいつものように穏やかだった。

晴れた日に少し遠出をして山の上に登ってみる。南に壱岐島が見え、そのさらに向こうにうっすらと横長の九州島の影が見えた。

山の上を大きなトンビが一羽、悠々と輪を描いて舞っている。海にはイルカが仲間と交互に飛び跳ね遊んでいた。彼らには空、海にさえぎるものはなく、行こうと思えばすぐにでも父のもとに行けるのだろう。

テルが対海国に来て一年経ったある日、対海国の大官である日子(卑狗)のもとをノロとともに訪れた。副官の日の守(卑奴母離)の下で過ごしているタカアマヒコも来ていた。しばらくぶりに会うタカアマヒコは見違えるように大人びて見えた。

日子が来る前に少し話す時間があった。

「今、どんなことをしているの」

「読み、書き、そろばん」

タカアマヒコはぶっきらぼうに言った。

「えっ、あなた漢字が読めるの」

この時代、普通の倭人は字は読めず、もちろん書くこともできなかった。倭国には言葉を文字で表現するという技術や文化がなかったのである。

タカアマヒコは日の守のもとで中国文書の指導官として働いている中国人から漢字と中国語を習っていて、日の守が管理している交易の記録や、各戸からの税収である祖賦(そふ)が正当適正であるかを計算する手伝いをしているということだった。

「すごいことができるのね」

「テル、中国人は本当にすごいよ。物事を文字に書き記して残すことができれば、同じことを何度も繰り返さなくてもよくなるし、考えもより深くなる。中国には詩人という者がいて、その人が文字に残した言葉がずっと後の時代の人の心まで動かすこともできるんだ。僕はいつか、中国に行ってみたい」

テルは目を輝かせながら話す弟のことがまぶしく見えた。

「漢字ってどんな言葉でも文字に表せるというけど、私の名前はどう書くの」

「テルは音で表すと、氏留、アマ国のテルだと阿麻氏留だ」

タカアマヒコはテルを庭に連れ出して地面に石で字を書いた。

「音をそのまま文字にあてることができるのね。それじゃ、テルというのはお日様がてるのテルだから、それを意味で表すとどうなるの」

「照だ」

テル、照る。

「照るってお日様が照るという意味なの」

「お日様だけじゃないけど、てる、てらす、ひかり……、やっぱり日の光だね」

私の名前は日の光がてる、てらす、ひかり。

どういう巡り合わせだろう。

今日はおそらく父の死が伝えられるのだろう。でもその前に、図らずもタカアマヒコが私の名前について素敵なことを教えてくれた。心が躍る。テルは頼もしく成長した弟を喜び、そして感謝した。

日子と日の守が部屋に入ってきた。ノロも一緒だ。

対海国は地理的に西の中国と北の朝鮮半島に海を隔てて向かい合う場所に位置する。ここを治める官は、朝鮮半島と中華の最新情報を収集し対応する役目があり、時には倭国に攻め込む敵に対して即座に排撃する即応性も求められる。

この時代、中国は魏・蜀・呉に天下が三分されて盛んに争っている時代であり、さらに朝鮮半島北部には魏の幽州北東部を奪取した公孫氏が公孫氏国を建国して、朝鮮半島の港を支配していた。そのため倭国は直接中国北部の魏とは交流することはできなくなっていた。

倭国としては公孫氏に従うしかなかった。が、それが後々の外交にどういう影響を及ぼすのか不安があった。辺境の公孫氏が、将来にわたって中国大陸の中で生き残るなどとは思えなかったのである。

対海国の大官には倭国の能吏が配置されていた。国境の島の重要な役職だけに、高い能力を持つ実力者であるはずだった。

「テル様、一年ぶりですな。島の生活に不自由はありませんか」

一年が十年にも感じるような苦痛ともいえる日々をテルは送っていた。そのことは特に言うべきことでもないと、テルは感謝の意のみを伝えた。

日子はそのよどみのない言葉とは裏腹に、どこかしら疲れているようだ。

父の死はまだ噂ではあったが、なぜかテルは、そのことは真実だという確信があった。

夢に父が現れたことがあった。父は何も言わずにテルをじっと見て、テルが見つめ返すと、そのまま消えた。その時、父が別れを言いに来たのだとテルは感じていたのだ。

「実はテル様にお伝えしなければならないことがあります。大君様が、ウガヤフキアエズ王が殺されました」

テルはタカアマヒコの顔を見た。タカアマヒコはそのまま目を見開いて日子の顔を見ていた。

やはり彼は知っていたのだ。

「殺された？　誰に、なぜ」

「サルタヒコ一族の復讐です」

サルタヒコ一族のことをテルは知らなかった。日子に聞いてみたが、それはあとでノロに教えてもらうようにと言われた。

「今、我が国はどうなっているのですか。それに、今、ミケヌ王子とイワレビコ王子はどこに」

二人とは壱岐島で別れたままになっていた。

テルとタカアマヒコが壱岐島で船酔いから回復して対馬に向かった時、ミケヌとイワレビコの二人は壱岐島にそのままとどまり、対馬には向かわなかった。

テルは、おそらく二人はそのまま壱岐島に待機して帰る機会をうかがっていたのだろうと思っていた。

「お二人は大君様の死の報を受けてすぐ邪馬壹国に戻りました。ただ、ミケヌ王子様は壱岐からの帰りの船が大波に流され、海のかなたの常世（とこよ）の国に渡っていかれました。話し合いのうえ、豊の国から戻ったイツセ王子様が邪馬壹国の大君の座に就くはずでしたが、混乱が収まるどころかまだ拡大する一方で、今のところ先の見通しは立っていません」

日子が説明する倭国と邪馬壹国の状況は、テルたちが暮らしていた国とは思えないくらいに乱れていた。

「私たちはいつ帰れるのですか」

邪馬壹国に帰れる日が来るのか、帰ったらどうなるのかもわからずにテルは聞いた。

「今はまだもう少し様子を見るしかない」

これまで何も話さなかったタカアマヒコが初めて口を開き、そう言った。

「今帰って殺されたりしたら、犬死にです。幸か不幸か、ここは本土から海を隔てて遠く、もし国に入ってきても山と海が入り組んでよそ者には攻めにくい。国の状況については随時報告しますから、タカアマヒコ様の言う通り、しばらく様子を見ることにしましょう」

それまで黙っていたノロが、日子に呼びかけた。

「日子様、テル様はあの太陽のように生きたいと、おっしゃいました。私はこの耳でしかと聞いております」

「そうか、それはめでたい。引き続きアマテラス様への成長に導いてくださることを神々に祈ろう」

三貴子たち

テルはしばらくして、疑問とともに怒りがわいてきた。サルタヒコのことである。なぜサルタヒコの一族の者から父は殺されなければならなかったのだろうか。

これまでに経験したことのない怒りの感情が体に渦巻いていることにテルは気が付いた。それは恨みの念につながり、人を殺しかねない危険な強さを持つものかもしれないと、テルは自分のその感情に恐怖を感じた。

入り江の奥のノロの社では相変わらず朝日に祈り、作業をする日々が続いている。

対馬は山が海に切れ込んで周囲に入江を形成する地形のため、日子の軍隊は入り江の入り口の山から常に韓国と倭国から来る船を見張っている。そして、特に島の東西の入江が迫るノロの社の近くには、兵隊が多く集まって東の入江の先から来る倭国の船影には、皆神経をとがらせ警備をしていた。

　そんなある雨の日の朝、雨雲が去って太陽とともに大きな半円の虹が東の空に現れた日があった。ノロはその太陽と虹に祈りを捧げた後、テルのほうに向き合い話し出した。

「イザナギ様にアマテラス様、ツキヨミ様、スサノオ様の三人の御子が生まれたのが筑紫の国に帰ってからのことでした。イザナギ様は多くの島々や神々をお産みになったけれど、最後にこの三人の御子がお生まれになった。出雲で大きな挫折を経験しただけに、イザナギ様のお喜びは大きかった」

　アマテラスは太陽に関係し、ツキヨミは月に関係する。

　太陽の出入りは時間を表し、昇ってくる場所は季節を教えてくれる。また、一日に二度ある潮の干満は月の満ち欠けに関係し、月齢は暦そのもので、生活の重要な情報である。

　太陽と月は自然に関係するが、スサノオの名だけは少し違って、自然と結びつかない。性格を示しているのだろうか。

　ノロは特にその説明をすることなく先を続けた。


　イザナギノミコトは商売をあきらめたわけではなかった。今後は自分の三人の子供たちと一緒に、自分が最初に本拠地とした九州北部の筑紫平野とアマ国、壱岐島、そして朝鮮を結んで安定した交易をすれば、この地域の人々は潤い喜んでくれるだろうと思った。

イザナギの構想はアマテラスに故郷のアマ国を任せ、長男のツキヨミに朝鮮の国を任せ、そして自分のいる九州の筑紫王朝との三つの地域を南北に船でつなぐ海上の交易権をスサノオに任せ、ともに繁栄しようということだった。

しかし、イザナギの構想はほどなく頓挫することになる。計画に従い、朝鮮半島に送ったツキヨミと連絡がつかなくなったのである。一緒に送った者たちも帰ってこない。おそらく死んだのだろう。

イザナギの悲嘆は深かったが、スサノオは強くイザナギを責めた。

「親父のやることは甘すぎる。大体、商売をして他人を儲けさせてやる必要がどこにあるんだ。出雲の奴らは正しかった。奴らのように無いものは有る奴らから奪うことだ。こっちには中国の鉄剣も強力な弓矢もある。戦えば負けることなどありえない。邪魔する者は殺してしまえばいいのだ。親父、出雲に行って取られたものを取り返そう。こんな狭いところで俺は一生終わる気はない。親父は裏切られ、負けて、全部取られて、追い出されて、悔しくはないのか。そんなのは男じゃない。目を覚ましてくれ。やろう。出雲の奴らをやっつけて取り戻すんだ」

「大馬鹿者」

イザナギはスサノオの言葉に全身の毛が逆立ち、怒りに震えた。そんなことをしたらこれまでの自分の人生を、自分で全否定するようなものだ。

イザナギはそばにあった杖で、スサノオを打ち据え、二度と顔を見せるな、この国から出て行けと追い出した。

「親父、年を取ったな。そんな年寄りの腕で叩かれても痛くも何ともない。俺がこれだけ言っても怖くて出雲には行けないのか。やっぱりあんたはその程度の男だ。ああ、出て行くとも。俺はこれからあんたの言う高天原とかいうアマ国のかわいいアマテラスのところに行って、あいつの国の船と財産と武器を全部奪って、それを手土産に出雲を手始めに東にある大きな島国を全部征服してやる。俺のすることをよく見ていろ。あんたが間違っていたことがよくわかるだろう。あんたが死んだらこの国も俺が乗っ取ってやる。それまではその目をよく見開いて、自分の愚かさを見届けることだな」

　スサノオは捨て台詞を残して筑紫を後にした。


　ノロの語った歴史はテルには刺激が強すぎた。気分が悪くなり吐きそうだった。

　ノロが父王の死を知った時から、時間をおいて話してくれたことを優しさだと思った。もし、父王の死とスサノオの言葉を一緒に聞かされたら、頭がおかしくなっていたかもしれない。

「一つだけ、今日、もう一つだけ教えて。アマテラス様はどうなったの」

「スサノオ様に殺された」

　テルは気を失って倒れ込んだ。

気が付くと日は中天にあった。倒れて部屋に運ばれたらしい。

アマテラスがスサノオに殺された。

よろよろと立ち上がって窓の外を見ると、太陽は午後の強い光を放っていた。

部屋の外で待機していたのだろう。若い奴婢がテルのために水を持ってきた。体が水を求めていた。

「お前はどうしてここで奴婢として働いているのか」

よく気働きのできる若い奴婢にテルは聞いてみた。

「私はもともと末盧国(まつろこく)の者です。父がけがをして働けなくなってから貧乏になってしまって、米を盗んだのです。父の罰として私たち姉妹が没収されました」

「没収」

「はい。この国では女子供は国のものですから、人の物を盗むような罪人に女子供は預けておけないということで、父のもとから取り上げられたのです」

奴婢は父の罪がまだ軽い盗みでよかったと言った。もしもっと罪が重ければ、一族皆殺されるところだったと言った。

「私はこの対海国に送られ、ノロ様のところに引き取られました。おかげさまでノロ様に、いろいろなことを教えていただきながら暮らすことを許されています」

ここ対海国はもともとアマテラスがイザナギから任されたアマ族の本拠地、高天原のはずだった。アマテラスが殺され、世の中が変わったことがこの奴婢の運命にも関係しているのだろうか。アマテラスが死んだ後、どうなって今があるのだろう。

「お前はそれでいいのか」

「人にはそれぞれの道での役割があると、ノロ様は教えてくださいました。テル様が見上げるほどの大樹だとしたら、私は雑草のようなものです。でも、雑草でも生きる土地を与えられ、太陽の光と雨水を受けて、人知れず小さな花も咲かすことができるかもしれませんし、それより何より、こうして生きることが許されています」

「何か望みはないのか」

「私には知らないことが多いのです。望むことさえ知らないのです。でもできることなら、おなかいっぱい食べてみたい。それから、いい男と巡り合い子供を作りたい」

テルは初潮を迎えてはいたが、まだ男は知らない。でも、この若い奴婢の本源的な欲望はわかるような気がした。

あの太陽のように、とノロに言ったことをテルは思い出した。太陽はこうした人のすべてを受け入れて照らしてくれる存在だ。

太陽の光を受けて、とこの奴婢も言った。自分があの時口にしたことの意味は思った以上に重いことだったのかもしれないと、テルは感じた。

翌朝、ノロはテルの体調を気遣い、優しく声をかけてくれた。そして、いつもと同じように
テルはノロと朝の祈りをした。
祈りはお互い黙って目を閉じ、朝日に正対して座って行う。テルはその日、何だか集中でき
なくて、少し目を開けてノロを見た。ノロは何か口元を動かしていた。
祈りが終わった後、テルはノロに何を祈っているのかを聞いてみた。
「誰もが心穏やかに幸せに暮らせるように」
幸せに暮らすことと、豊かに暮らすことは同じではないとノロは言った。
対海国は山ばかりで平地がなく、米を作る田んぼがない。だから、昔の人は海に潜って、そ
の恵みに頼って生きてきた。厳しい生活だったが、山の恵みもあり、助け合えば生きていけた。
対馬では海のことも空のこともアマ（天）という。海と空は遠くを見れば一つに溶け合いこの世
界を構成している。
アマは世界のすべてのことなのだ。アマテラスは太陽のように世界をあまねく照らしてくだ
さる母のような存在だった。そして民が心穏やかに、幸せに暮らせるように、いつもアマに祈
りを捧げていたという。
テルは昨日のことを聞いてみた。
「なぜ、スサノオ様はアマテラス様を殺さなければならなかったの」
「何と言えばいいのか」

ノロはテルにわかる言葉を探しながら語り始めた。

スサノオは独立自尊の気が強く、勝気で負けることが大嫌いだった。イザナギは中国の技術と品物を九州や瀬戸内、出雲のほうまで広めて皆の生活を豊かにした。しかし、最後には追われてすべてを捨て、逃げて帰ってきた。それがスサノオには許せなかったのだ。

それなのにイザナギの敗北と隠居のような生活を受け入れて、ただ天に祈るだけしかしないアマテラスを、スサノオは理解できない。

さらに、対馬や筑紫の民たちがそれでよしとして、負け犬のように田んぼを耕して暮らしていることが許せなかったのだ。

イザナギの時代に列島本土の民たちの生活は格段に豊かになり、農耕技術も向上し、武器も刷新された。

それは対馬を経由して日本列島にもたらされたもので、自分たちの利益がもっと尊重されてしかるべきだとスサノオは考えた。

イザナギから南北を結ぶ海上交易を託されたスサノオにしてみれば、交易だけでももっと儲けられるし、それ以上に相手を征服してしまえば、土地全部を手に入れられるのに、それをしない手はないと思えたのだという。

「テルはどう思う」

「イザナギ様、アマテラス様、スサノオ様、三人ともお亡くなりになって今では神話となってしまわれた。三人の考えを知ると、それぞれに大きな違いがあって、特にスサノオ様はほかのお二人とは全く違う。それなのにどうして三人とも皆神様と呼ばれているのでしょう。そこがよくわからない。スサノオ様のことが私には一番わからない」

「そうね。それは私にもわからない。でも、私たちが住んでいるこの国の自然と同じことなのじゃないかしら。人間の住むこの世界には穏やかな太陽の光に包まれる和やかな日もあれば、嵐や大波、大雨で、山が崩れ、田んぼが壊され、家が流され、人が死んでしまう日もある。荒々しい出来事にも人知れぬ意味があって、過ぎてみると、そこには新しい自然の秩序が生まれている。また自然自身が新しい形を望んでそうしているようにも見える。荒ぶる神様であったスサノオ様はその常人にはまねのできない大きな力で出雲から越の国まで切り開き、新たな世界を作り上げた。それは、アマテラス様はもちろん、イザナギ様でもかなわないことだった。スサノオ様は普通ではない役割を与えられてそれを果たした神様だったのではないかしら。私はそう思っているの」

　人は誰もが争いなく平和に暮らしたいと願っていることだろう。しかし、そう思っていても、時が経つにつれて知らぬ間にどこか、何かが煮詰まってきて、平和を望む者同士が争わざるを得ない状態になることがある。何らかの形で閉塞状況を突破して、新たな秩序を作り上げなくてはいけない時があるのだ。

「神様にもそれぞれ役割があるのね」

「そう、今、倭国は乱れ、ウガヤフキアエズ様が殺されて、まだ先がどうなるかはわからない。でも、荒ぶる時代が長引くことに人は耐えられない。今ほどアマテラス様が求められる時代はないと思うわ。そして、求められるものは必ず天之御中主様がこの世に与えてくださる。自然に生まれてくるのよ。アマテラス様は私たちが求める限り、何度でも降臨なさる。あなたもそういう星のもとに生まれてきた。私はそう思っているのよ」

「求める人がいる限り、何度でも。この宇宙の創造主の天之御中主様がこの世にお使わしになられる。それが私だというの。なぜ、私が」

「あなたの思いは限りなく自然に近い。お日様はあなたのような人を愛することでしょう」

人の世は振り子のように揺れながら、揺り戻しながら、平和と争いを繰り返しながら未来へと進む。

この世には平和だけの時代はなかった。争いだけの時代もなかったが、争い続ける民族は滅びた。滅びた民族の地に残って栄えるのは自然の命で、平和の地は自然に祝福されていた。

一時的にでも自然を壊す力を持ち得ているのは人間で、人の上位に位置する神である自然はそうした人間の尊大さを決して許さない。ノロたちはそう考えて自然を畏れ敬い、人間を畏れていた。

人の体は自然のものを借りて生かされている。生まれた最初から空気を呼吸し、湧き出る水を飲み、命を食べた。大地の上を動き回り、太陽のもとで生活を営む。それはほかの生き物と違わないが、人間には良くも悪くも厄介な霊と魂というものがある。このどこから来たのかわからないものが、人を動物と区別し、そして必要な欲と必要以上の欲の間の振り子を揺らす。人の想いは美しくも恐ろしい。

イザナギ、アマテラスとスサノオ、それぞれがこの世で偉業を成し遂げ、神として祀られる存在となった。この世にはアマテラスのような和魂（にぎみたま）と、スサノオのような荒魂（あらみたま）のいずれもが必要だという。

しかし、テルはスサノオの国ではなく、アマテラスの国のほうが好きだし、自分にはその道しか歩むことができないと思った。

高良山会議

イワレビコの強硬論

ウガヤフキアエズ王が死ぬと、官最高位の伊支馬（いしま）が臨時政府の指揮を執っていたが、それと同時に各地に疎開していた王子たちに帰国通知が発せられた。

壱岐島（いきのしま）に疎開していたミケヌ王子とイワレビコ王子はもともと早期の帰国を願っていたため、勇躍してそれぞれ別に船を仕立てて邪馬壹国（やまいこく）を目指して出立した。

しかし、折悪しく、季節は秋の台風の時期に入ってきていた。

晴れた朝の日の出とともに海に漕ぎ出したイワレビコは、屈強な漕ぎ手たちを揃えて潮に乗り、午前九時頃には九州島に近い島に近づいた。その頃から風が強くなり、磯に寄せる波に白波が混じりだした。

イワレビコは風をよけて島陰に入り、沖に向かって張り出している半島の東側を通って、末盧国の港に着いた。

ミケヌ王子はイワレビコの後一刻ほどして壱岐島を出港した。このわずかな時間差が二人の生死を分けた。昼にかけてますます風は強くなり、船が前に進まない。

ミケヌ王子は立ち騒ぐ白波の穂を踏み、海のかなたの常世の国に渡り、帰らぬ人になってしまった。

豊の国に疎開していた長兄のイツセ王子、次兄のイナヒ王子も帰国通知に応じて陸路で邪馬壹国に戻ってきた。

この当時、まだ日本列島に中華の戦略物資である馬も牛も入ってきていない。陸の移動は誰であっても徒歩以外にはなかった。

テルとタカアマヒコは幼かったために、日子に帰国を止められ二人はこれに従い、対馬に残った。

「賊を討つ」

それが高良山に戻った三人の王子たちの合言葉だった。しかし、賊とは何かが見えなかった。

王を襲った賊はサルタヒコの一族の者だったが、即座に殺され、すでにこの世にいない。

しかし、見えない敵でもいるように、混乱は収まるどころか、ますます拡大する一方だった。

サルタヒコはウガヤフキアエズ王とは直接の関係はない。ニニギノミコトたちがこの九州筑後平野に降り立った天孫降臨の時に、機を見るに敏な土地豪族のサルタヒコが稲作の先進耕作技術を持つニニギの味方に付いて地元の民を説得し、まとめ上げて邪馬壹国の地を提供したのである。

サルタヒコの名は狭の田の日子という意味で、彼はアマ国の開墾技術、稲作技術に国の将来をかけ、大きな希望を託してニニギたちを迎え入れたのである。ニニギにとってサルタヒコはいわば建国の大功労者だった。

しかし、ニニギはじめアマ族の者たちにとっては、功労者であっても用が済めば邪魔な厄介者でしかなかった。

ニニギは有明海の海辺にサルタヒコの国を作るとだまして追い出した。さらに、後の面倒を恐れて部下のアメノウズメに言いつけて殺してしまったのである。

サルタヒコの無念の思いは察して余りある。その恨みは一族の者に引き継がれて、ウガヤフキアエズ王がその始末を引き受けることになったのである。

今、賊はどこにいるのか。

倭国は緩やかな連合国邑体制で国を運営していた。伊都国を除く各国邑には倭国から派遣された官が権力と軍を掌握して税を徴収し、行政を行っていた。いわゆる中央集権制であるが、実態はまだ権力の集中とはほど遠く、各地の国津神である豪族の力が強かった。

彼らの中にはサルタヒコの恨みに同調する者も多くいたのである。

またそれより下の階級の者たちや敵対国の狗奴国に隣接する国の者たちは、たとえ自然災害が理由だとしても、アマ族の天津神たちから施しのように授けられる食糧供給が途絶えれば、反旗を翻すのは当然ともいえた。

ニニギの筑後平野への天孫降臨が西暦一五〇年頃のことで、邪馬壹国の王朝は建国からほぼ七、八十年が経っていた。しかし、こうしたいびつな国家運営体制の根本問題は、まだ手が付けられていなかった。

中華国から伝わった技術や文化はあっても少数民族であるアマ族の英雄たちは、以前から日本列島本島の支配には苦労してきた。

イザナギが初めて九州に筑紫王朝を作った時には、国津神や地元民と同和政策を取り、協調することを目指した。

それに対して、怨念は根絶やしにすべしというのがイザナギに反旗を翻して出雲に国を建てたスサノオの考えである。

その後に大国主の国譲りを受けて筑後平野に九州王朝を築いたニニギ、その後を継いだ海彦、山彦、ウガヤフキアエズの各王たちはアマテラスの子孫というだけあって、基本的には同和協調路線を敷いてきた。

しかし、その同和路線にしても、長年の努力はひと夏の冷害と大地震によって地元民たちに踏みにじられてしまうような脆弱な支配力しかないのが現実だった。

イッセ王子がウガヤフキアエズ王の後を継いでからも、混乱は継続した。

各地の官の楼閣に火矢が放たれ、穀倉が狙われた。治安のための軍隊は増強され、警備は厳重となったが、しかし、サルタヒコの一族にみるように、新たに軍に入ってくる者が信頼おける者なのかどうかが不明で、さらに内部の疑心暗鬼が増すというようなありさまだった。

相変わらず各地の小競り合いは続いている。倭国の治安部隊が信頼できないので、各地で自警団が組織された。働き手が兵隊に取られて生産は停滞し、民の安寧は望むべくもなかった。

倭国がイッセ大君の名によって各国邑に散らばる官を招集する時、陸続きの国の官に対しては、山の尾根に設置された楼観に備えた銅鏡や焚火の煙を使って指示を伝達する。銅鏡はこの時代、簡単な光による通信の役割を果たした。

招集通知は頻繁に行われた。

各地の混乱には大小あるものの、一向に収まる気配がない。会議では対応策がなかなかまとまらなかった。いずれにしても策は三つしかない。融和策を取るか強硬策でいくか、そしてその中間かである。

兄弟たちの間でも意見は割れた。

イッセ大君とイワレビコ王子はもともと強硬派である。

「武力で鎮圧する」

三人の中で一番若いイワレビコは体も大きく、鉄剣の使い手で力に自信があり、一番の強硬派だった。反対派は根絶やしにする。力がすべてを解決する。それで何か問題があるのか。これほどすがすがしい道はないだろうとイワレビコは思うのである。

「民は飢えている。その彼らに敵対して国が成り立っていけると思うのか」

穏健派のイナヒ王子はイワレビコの意見に強く反対した。

強攻策を取って鎮圧しても、民が死んだり、やる気をなくしたりして民の心が離反すれば、倭国全体の国力はかなり縮小する。それでは味方を失い、敵対国を利するだけだ。現在の混乱はまだ倭国の経済的基礎が固まっていないことが原因で、今は軍を増強して国民を締め付けるよりも、国民の力を経済に向けるべきだと言うのである。

「甘い」

イワレビコは兄のイナヒの意見に対して満座の中、大声で反発した。

「民は長き混乱の中で疲れ、強い権威を求めているのだ。混乱を制するものは強力な武力による権威だ。自然に任せておいたらこの世は秩序のない野獣の世になる」

イワレビコは力が強いだけではなく言葉にも周囲を説得する力があった。

「今現実に各地で暴動が起き、我々の拠点が襲われ、食糧が奪われている。まずそれを鎮圧するのが先ではないか」

両者の意見は長期策、短期策という点ではどちらも正しかった。ただ、相手が人間であるだけに両策の良いところだけをつなぐことは難しい。

短期策は長期的に見れば人心の離反が起きて社会の緊張が高まるだろうし、長期策は造反者が増長して政権の権威が弱まり、これも安定した政治とはなりにくい。

結局両者とも政治の経験が浅く、民の倭国への愛国心を維持させながら安定と成長にもっていく具体策は、持ち合わせていないのだった。

こんな時には老練な行政官の出番のはずであるが、中華の国のような長い歴史があるわけでもなく、倭国内での国邑同士の交渉事の経験値があるわけでもない。官の意見には皆を引っ張っていく覚悟がなく、言う者にも気概はないのだった。

この時代、まだ文字は使われていない。直接相手を圧倒し支配する言葉を持ち、皆を従わせる人間力は重要だった。

圧倒的な権力者がいれば話は違うだろうが、合議制の会議の場合、その場での勢いのいい積極的な者の意見が主導権を握りやすい。

内容よりも説得力のある言葉が重要だった。三人の王子はそれまでに人前に出て意見を表明する機会はなかったのだが、そうした意味でもイワレビコの初陣は際立つものがあった。

結局、イツセ大君とイワレビコ王子の強硬論に結論は落ち着いた。

同時にイナヒ王子の意見は消極的で、現状を打開できないとして退けられた。

実際のところは参加者の何人かが本心から同意しているかもわからない会議ではあった。

それでも反対派とされたイナヒ王子は母の玉依姫（たまよりひめ）の国である対馬の対海国に流され、蟄居（ちっきょ）処分が言い渡された。

倭国のアマテラス

イナヒ王子が対馬に着くと、日子が主宰する内々の食事会が開かれた。そこにはテルとタカアマヒコも呼ばれて、倭国の様子を聞くことができた。

日子もイッセ大君の招集に応じて高良山会議には出席していた。対馬の対海国はイザナギやアマテラスたちの伝統があるためか、日子は穏健派と見られていた。彼は会議の席上では特段の意見は言わなかった。

イナヒ王子が隣に座る日子に話しかける。

「お前は私と同じ意見ではないのか。苦しんでいる民を敵とみなして武力で鎮圧するなんて頭がどうかしている。お前は何も発言しなかった。いったいどういうつもりなのか」

イナヒ王子は会にふさわしからぬ強い目で日子をにらんで言った。

「残念ながら、倭国の実権を握るのは民ではありません。イツセ大君です。イワレビコ様は大君様のご意見を代弁したのでしょう」

日子はイナヒ王子の問には直接答えず、倭国は王のものであることを言った。

「あの二人がうまく民を落ち着かせやっていけると思うのか」

「難しいでしょうな」

「何だそれは。ほかの奴らもそうだが、官とはずるい人間だ。なぜあの場でそう言わない」

「この対海国の状況については説明しました。そのうえで決めるのは王権をつかさどる立場の大君様たちの権限です。官とは王が決めたことをそのまま実行するためにいるのでございます」

「情けない。今は非常時だぞ。そんな無責任なことを言っている場合ではないだろう」

「この倭国に各国邑をつかさどる大官はそれぞれに配置されておりますが。もし、そうした与えられている権限を越えて発言する時には、誰であっても軍を味方につけ、国を乗っ取るつもりで行うべきものでありましょう。滅多なことは言うものではありません」

　テルとタカアマヒコは倭国がただならぬ状況にあるのだということがよくわかった。

　テルは日子の日々の多忙と実直さをよく知っており、イナヒ王子の言い分は少し違うのではないかと思いながらも、黙って聞いていた。

「誤解を恐れずに言えば、倭国の争いは中華の動向に比べればそんなに大きなこととは思えません」

　日子が思わぬことを言い出した。

「それはどういうことですか」

　テルは思わず声を発した。

「ウガヤフキアエズ王がサルタヒコの一族の者に討たれたのは一過性のことです。今は災害の後遺症があって辺境での小競り合いはありますが、邪馬壹国と建国の当初からの北部同盟国との協力関係は強固で揺るぎありません」

「狗奴国のことはどうなる。王の卑弥弓呼（ひみくこ）は若いが勇猛だと聞いているぞ」

イナヒ王子は倭国と敵対する南九州の敵対国のことを持ち出した。

「狗奴国は火山灰土のために稲作に向きません。人は一度経験した豊かさから昔に戻ることは難しい。卑弥弓呼は倭国に攻め入り征服したいでしょうが、今では武器が貧弱で、軍隊の実力も話にならないくらいに差が付いています。無理な話です」

「さっき、イツセ大君とイワレビコでは難しいと言ったぞ」

「強硬策では国力も落ちるし、再建はなかなか困難でしょうが、それだけでは倭国を傾かせるまでにはいかないでしょう。しかし」

日子は一同の顔を見回して、話を続けた。

「今の倭国にとって一番の問題、国運を左右する問題は中華の動向です」

イナヒ王子にとってそれは考えたこともない視点だった。中華国のことについては高良山の会議でも話題とならなかったが、邪馬壹国の伊支馬をはじめとする官たちの間では情報が共有されていたのかもしれないと思った。

対海国は九州本土の倭国よりも朝鮮半島のほうが近く、ましてや常時船で交易しているだけあって、中華の国の情報も常にもたらされていた。

中華国は途方もない国だと日子は言う。

そこは九州と対海国を結ぶ海よりも、広く大きな土地が果てしない奥まで広がっていて、大勢の人々が住み、一つの国を作ることを目指して争っている。そしてその激しさ苛烈さは、今の倭国の争いの比ではないという。

対馬のアマ族が天孫降臨と称して九州に渡り邪馬壹国を築いたのも、中華の国に争いがあり、朝鮮半島から多くの人々が対馬に流れ着いたことが大いに関係していると日子は言った。

「なぜ中華の国の争いが遠くの倭国に影響するのだ」

イナヒ王子は訳がわからず聞いた。

「中華には京観（けいかん）という言葉があるそうです。タカアマヒコ王子は中華の言葉を話し漢字も読めますから、その意味を教えてもらいましょう」

「お前は中華の言葉がわかるのか」

イナヒ王子はタカアマヒコを振り向いた。

「はい。恐ろしい言葉です。京観とは京を観るという字を当てていますが、中華の国では戦で何千人、何万人という大勢の兵隊を殺して、死体を積み上げたり、その首だけを積み上げたりして塚を作り、武功を示したり、見せしめにする風習があります。京観で塚を作るだけではなく、大きな穴に何十万人も生き埋めにするというようなこともあったようです。そういうこともあって、中華の国では街全部を囲む高い石造りの城壁が作られるそうです。もし、戦に負けたら街中の者が皆殺しにあうこともよくあるそうです」

「死体を積み上げた死者の都か。人のやることじゃないな」

「怖い」

テルは両耳を押さえてその場にしゃがみ込んだ。テルは想像力が豊かで、耳で聞くことをすぐ頭の中に思い描くことができた。そのありありと浮かび上がる映像に、どうにも耐えられなかった。

日子はそんなテルを横目で見ながら話を続けた。

「中華の国で戦があると、世の中は混乱し、民は争って外に逃げるのです。そしてそのことで、海を隔てたこの島は得をしています。何も財産がない者は船にも乗れないただの難民、彼らは船がないのでここまでは来られない。船で来る者は、財産だったり技術だったり、この国にとって得がたいものを持ってやってきます。家作りの技術、船作りの技術、稲作と土木灌漑(かんがい)技術、工芸品の製作、鉄の加工技術、どれもこれもこの対海国の宝です」

中華の国は今まさにそんな混乱の真っ最中だという。中華統一王朝の後漢の力が衰え、新たな国を建てるために魏・蜀・呉という三国が武力で覇を競っているのがまさに今の時代なのだと日子は言った。

問題は単純ではなくて、中華の中原での戦いの隙に乗じて、対馬の対岸の朝鮮半島の奥の遼東、高句麗地方で、後漢と魏に背いてそれまで中華の国の勢力圏だった朝鮮半島に新たな国を建国した公孫氏という国もあるという。

「昔のイザナギ様の国やスサノオ様の国は後漢一国と付き合い、臣下の礼を取って朝貢していればよかったのです。しかし、現在はその公孫氏国が中華への道を邪魔しているので、我が国は今、不本意ながら公孫氏国に朝貢して様子をうかがっています。この国は強くはなく、遠からず再び統一される三国のうちのどれかに討伐されることでしょう。その時が倭国の正念場となるはずです。難しい判断が求められます」

イナヒ王子は倭国を取り巻く状況の深刻さを認識せざるを得なかった。

「私は海外の情報を何も知らずに言い争い、それで敗れ、ここに流されてきたというのか。知らないということは滑稽でもあり、恐ろしいことだな」

イナヒ王子はタカアマヒコに向き合い言った。

「お前は一番年若いが、中華の国に向き合うこの対海国に来て、中華の言葉まで学んで最新の情報も仕入れている。倭国の王に就くのはお前がいいのかもしれないな」

「私は気が弱くその任は務まりません。今私は日子様のもとで、交易などの実務を教えていただいておりますが、私には今程度のことが一番似合っていると思っています」

「父とはあまり話したこともなく縁が薄いと思っていたが、倭国の全体の状況の釣り合いを取り苦労しながら、国の運営に当たっていたんだな」

テルは京観の場面が頭から離れず、食事どころではなくなって、外に出た。秋の夜、海中の島の月も星も鮮やかだ。

三日月が空に浮かんでいた。月の姿で月の暦は数えられるが、なぜ月が満ち欠けするのかは誰も知らなかった。太陽と月や星がどう関係するのかも知らない。けれども天の運行はうっとりするくらいに整然としていた。

あの太陽のようになるためにはどうすればいいのか、テルにはまだわからなかった。

戻ってみると、先ほどと打って変わって座が和やかになっていた。

「おお、テルが戻ってきた。こっちに来て座れ」

イナヒ王子は何か吹っ切れた様子でテルを呼び寄せ、隣に座らせた。

「ここは縁起のいい島だ。倭国はこの島から始まったそうだぞ」

「はい」

「ところでお前は今、何が好きなんだ」

テルはイナヒ王子が何を言いたいのかわからず、顔を見てみると、一転小声になって真剣な顔でテルに話しかけた。

「何か好きなものがないのか。これは大事なことだぞ」

テルが戸惑っていると、イナヒ王子は独り言のように言い始めた。

「好きなものが結局お前の命になるのだ。俺は好きな女がいた。その女との一生を想像した。

そうすると、好きなものをあげて喜んでもらいたいし、いい家に住んでもらいたいし、豊かに心配なく暮らしてもらいたい。一生ずっと守ってやりたいと思った。それが自然な想いとして出てくるんだ。しかし、一つ一つ実際のこととして考えてみると、本当にそれができるのか、一生涯守れるのか、約束できるのか。現実にぶつかって跳ね返されてしまう自分の力のなさが嫌になってくる。俺は邪馬壹国に残れなかった。残って仕事ができなかった。いい家にも住まわせてやれなかった。俺は顔もよくないし、あいつがいい男と話しているとそれだけで心配になった。俺は男として、人間としての器量が小さいんだと思わざるを得ない。俺が思い知ったことはそのことだ。好きを貫けないことは未熟だし、情けないことだ」

「そんなことはないと思います。まだ終わったわけではありません」

「我々王族には勝負の時期が若くして来るんだ。俺はもう、負けてしまったのだ」

イナヒ王子が深く傷ついていることを思うと、テルは何と声をかけていいのかわからなかった。

「テルは、太陽のようになりたいと言ったそうだな」

「私は高良山から見る筑後平野の光景が好きです。朝まだ暗い中を民が起き出して朝餉(あさげ)の支度があちこちで始まって煙が昇り始める。それを見ると私は幸せだと感じるし、大好きなんです。夜明け前から昇る太陽を見ていると、その光が平野を照らし、暖かい熱が身も心も、すべてのものを温めてくれます。私もそういうものになりたい」

「そうか、テルはアマテラスになりたいか」

「えっ」

「確かに。今の倭国にはアマテラスオオミカミの御心が必要だ」

イナヒ王子は酒が回ってきたのか饒舌(じょうぜつ)になった。

「この海に囲まれた対海国のアマテラスと、稲作平野の倭国のアマテラスではその意味が違うぞ。きちんと考えるのだ、テル。お前はもう大人だ。一人照るだけではなく、皆を、この国全部を照らし、温めるのだ。それでこそアマテラスだ。頼むぞ。テル」

イナヒ王子はそのまま横になって寝てしまった。

この国を照らし、温める。イナヒ王子の言葉がテルの心の奥に残った。

テルの願う倭国の形

翌朝早く、テルはタカアマヒコを丘の上に誘った。南の海の水平線から昇る朝日を拝むためだったが、聞きたいこともあった。朝鮮半島の国と中華の国のことである。

「京観のことを話してくれたけれど、中華の国ではどうしてそんなむごいことをするの」

「わからない」

タカアマヒコはそう答えるしかなかった。しかし、人間が権力を持ち、自由に振る舞うことが許されたなら、そういう人が出てくる可能性もあるとも思った。

日子によれば、ニニギによる邪馬壹国の建国からウガヤフキアエズに至る歴史は、中華の国の混乱と連動しているそうだ。後漢末期であり、帝都である洛陽の都が焼き払われて西の長安に移ったり、皇帝が臣下の道具に使われたりした。また、後漢の皇帝がいるにもかかわらず、国土が魏・蜀・呉の三国に分かれて争い、後漢の最後は国家の体をなしていないとも言った。

「中国の皇帝は国のすべての権力を握っていて、命令すれば部下は何でも聞いてくれたらしい。そういう万能の力は自分と対等の者を認めない。自分に逆らう相手がいたら、きっと殺したくなるんじゃないかな」

「殺す相手は誰であれ、母親から生まれているのよ。そんなことは決して許されない。許されるはずがない」

怒りや争いは人間の欲望から来ているのかもしれないし、強すぎる愛情から発する防衛本能や、復讐本能から来ているのかもしれない。いずれにしても欲である。

人間の内部にある我欲は、すぐに外部との緊張関係を形成する。放っておくと、動物の弱肉強食と同じようになる可能性もある。我欲を社会的に役立つ欲望に昇華させることはこの時代、人の内部に生ずる奇跡のような偶然に頼るしかなかった。

多くの人が集まるところには必ず欲望の交差がある。対立する欲望に秩序を与えるところに社会と国の存在意義がある。その形は大きく言えば、人間の集団の個性を表す。

中華社会では、一人の人間に権力が集中し、社会には必然的に圧倒的な格差が生まれた。一人の皇帝、一人の将軍のために多くの民の命は、鴻毛のごとくに軽んじられた。世界は一人の皇帝、一人の英雄のためにあった。しかし、その中でも民は命をつなぐはかない幸運を信じて、必死で生きなくてはならないのだった。

「お日様など何の力もない。人の命など浜辺の砂粒よりも軽い。そう考える奴もいる」

「もしそれが本当なら、生きる価値のない国だわ」

「テル、お前は生きることに価値を求めているのか。人間とはそんな高級な生き物なのか」

「タカアマヒコの目は節穴なの。人の命はそんな軽いものじゃない。この国では戦がなくとも人が死ぬことは普通のこと。海の怒り、山の怒り、天の怒りで命を落とす人もたくさんいる。でも、そんな不幸なことはできるだけなくしていかなければ。不幸にして死んでいく人たちの、もっと生きたいという声があなたには聞こえないの」

タカアマヒコは、テルの強い言葉に驚いた。

「そういう考えもあるかもしれない。でも、これが現実なのだ。海のすぐ向こうにはより狂暴で強大な国があって、いつこの倭国に押し寄せてくるかわからないのだ。そうなったらテルはどうする」

「私にはわからない。私は弱い。タカアマヒコはどう思うの」

「この国はまだ運がいい。倭国は島国で、中華の国といえどもそうそう簡単には攻めてくるわけにはいかない」

「でも、イザナギ様もスサノオ様も中華の国と交流があったのでしょう」

確かに筑紫王朝も出雲王朝も、中華の後漢に臣従して生口などの貢物を捧げ、東夷の王として認めてもらっていたことをタカアマヒコも聞いていた。

「これまで倭国が幸運だったとしても、いつまで続くかわからないわ」

「そうなのだろうな。だとしたら、この間に倭国の形を作らなければ」

「倭国の形……」

「形のない国は弱い。国の形があって、民が一つにまとまっていれば、その国は強いぞ」

タカアマヒコの言った「倭国の形」という言葉をテルは考えた。

テルはアマ族の歴史に思いをはせた。

イザナギの交易による国づくり、アマテラスの母性の祈りの国づくり。そしてスサノオの力による侵略征服の形、ニニギによる天孫降臨の幻想による支配者を神格化する形。

「テルならどんな国の形を作る」

テルの頭の中にはノロたちと一緒に作業をしている奴婢たちと自分の姿が浮かんできた。田んぼで米作りをしたことはまだなかったが、大勢がもの作りにかかわるということでは、似通ったものを感じた。

稲作農耕が入ってきたことはそれまでの狩猟採集生活からの大きな転換を促す革命的なこと

だった。穀物は果物、果実、魚などに比べて年を越して保存することができたし、何より大勢の者が生産にかかわっても、なお余剰が出た。その余剰時間を有効に使えば、人はこれまでにできなかったより多くのことに時間を費やして、生活を豊かにすることが可能だった。

このような経済革命は好むと好まざるとにかかわらず、すべての者がその影響を受けることになる。稲作に希望を見出す若者もいれば、熟練した狩猟技術の価値が低下してしまったことを嘆く年寄りもいた。そしてそのいずれも、安定した食糧生産が生み出す階級社会の形成からは逃れられなかった。

テルはそのことを王族という立場から感覚的に理解していた。

ノロのもとでの疎開生活では、奴婢たちとも接する機会が多かった。なぜ同じ年頃の女子なのに、自分と奴婢はこんなにも境遇が違うのかを考えた。

自分は奴婢たちとは比べられないくらい恵まれた境遇にいる。奴婢たちは悪事を働いたわけでもないのに、苦しい生活を強いられている。奴婢と自分を分けるものは親の素性であり、その出自でしかなかった。

男であれば、腕っぷしが強ければ武力で頭角を現すという道がある。また、タカアマヒコのように、欠かせない技術を身につけるという道もある。しかし、女子にはそうした道は閉ざされていた。

少しあるとすれば、権力者に認められて傍にかしずき、子を産むことぐらいだ。

この国の始めにアマテラスという女神の治世があったというのに、女子の地位は驚くほど低かった。

テルはアマテラスの道を行きたいと考えた。

そして改めてアマテラスの意味とは何だろうと考える。

イザナギを親として筑紫に生まれ、高天原（たかまのはら）と呼ばれる対馬のアマ国の統治を任されたアマテラス。中華国と朝鮮半島の進んだ技術を導入してアマ国を豊かに作り変え、民に慕われたアマテラス。狂暴で野心に富んだスサノオに敗れ、闇に沈んだアマテラス。死後にその統治時代を懐かしむ民に、再臨を求められたアマテラス。平地が少なく稲作のできない対馬に限界を感じ、子孫のために出雲国と交渉して国譲りを果たし、九州本島の筑後に新天地を築かせたアマテラス。

アマテラスはすでに神話になっていて、すべてが事実かどうかはわからないが、それでも太陽のように、赤子に対する慈母のように、無私の愛でただ人々が豊かに生き生きと暮らすことを願い、祈り、人生を捧げたお方だったのだろうとテルは考えた。

今の倭国には、そんな神はいない。誰もが生きるためなら嘘もつくし、人をだましもする。だますよりもだまされるほうが悪いと思われている社会なのだ。そうしたことは豊かさとともに格差が発生した社会のもう一つの現実かもしれない。

無秩序が支配する倭国の現実を見ると、人間社会を太陽の光と温かさで照らしまとめたアマテラスのような無私の女神がいたということが、奇跡のように思われた。

ただ、対海国のアマテラスは島の狩猟採集経済社会から農耕社会に移行する過渡期の統治者で、農耕中心の社会にはまた違う形が求められるだろうことは、テルにも理解できた。

今、求められるアマテラスの役割とは何なのだろう。

倭国の争いはもう五年以上も続いている。争いは奪い合いから殺し合いに発展し、収拾がつかない。皆、この状態を望んでいたのだろうか。

そんなはずはないとテルは思う。望んで殺し合いをする人間なんているはずはないのだ。人は罪を犯す生き物だ。そして、望んで殺し合いをする人間がいないとすると、憎むべきは罪を犯した人間ではなく、罪そのものなのではないか。

人は誰であっても生きるために、止むを得ず罪を犯すのだ。それは生き物であることの原罪ともいえる。そうだとしたら、なるべく人間同士では罪を犯さないような社会を作ることこそ上に立つ者の役目だろう。

ここまでこじれて頑なになって争っている人々の心をどうほぐしたらよいのか。どうしたら互いを許し合い、国の建設を目標として民をまとめていけるのか。

「イザナギ様は阿波岐原(あわぎはら)で禊祓(みそぎはら)いをなさった」

テルが目をつむると、神話となっているイザナギノミコトの禊祓いの姿が浮かんできた。

イザナギは黄泉(よみ)の国から逃げ帰った時に、嫌な醜い汚らしいことで、自分の体がすっかり穢(けが)

れてしまったとして、冷たい川の河口近くに身体を沈め、禊をして穢れを祓った。その場所も、上の瀬は潮の流れが速く、下の瀬は潮の流れが緩やかだ、として中の瀬に定めた。

禊の場所を上の瀬でも下の瀬でもない中の瀬に定めたことはイザナギの経験から来る絶妙な平衡感覚を示しているとテルは思った。極端な緩急のどちらにもつかず、中庸を求めることを選んだのだ。

世の中で有用な物事もたいていそうではないか。木でいえば、一本の木のうち使える部分は真ん中部分となる。根本を打ち切り、てっぺんの先も打ち断って真ん中を使う。人の世でも大多数の意見は真ん中近くにあり、その意見を聞くことが大事ということだろう。

イザナギ様がもともとの根拠となる国の充実を成し遂げる前に他国に進出したことはやりすぎだったし、愛欲が極まって、求めても帰らぬイザナミの復活を求めたことも尋常のことではなかった。そうした極端な行動を振り返って、阿波岐原の川に帰って自らの行動の一つ一つを振り返り、すべてを川の水に流して祓い清めた。そうすることによって、これまで産んだどの子供たちよりも貴い三人の子を授かったのだ。

祓い給え　清め給え
守り給え　幸（さきわ）い給え

イザナギの魂に触れたテルの口から自然にこの祈りの言葉が発せられた。

太陽をはじめとする自然は、すべての動物たちの生命の土台として上位に来るものだが、人間社会では生き物の原罪を意識して常に謙虚に自らを振り返り、祈ることが大切なのだとテルは考えた。

祓い給え　清め給え
守り給え　幸い給え

心から邪悪なものを祓い清め、場を清め、時を守り、礼を糺す。

人の心は目には見えないが、礼節があり、約束をいつも守り、身の回りと居場所を清潔に保てる人であれば、その心に邪悪なものが入り込む隙間はないだろう。

テルはそうした存在になり、人の幸せを祈りたいと願った。

今倭国は混乱の中にあり、混乱がもたらす明日をも知れぬ不安は疑心暗鬼と分断を生む。しかし、それでは人は幸せに生きていけないとテルは信じていた。この願いが万人に届く日が来ることをテルは祈った。

倭国とは何か

女王の国・倭国

春から初夏にかけての洛陽は、気候が安定して日差しが暖かかった。魏の東北部や張政の住む朝鮮半島の帯方郡とは、比べものにならないほど過ごしやすい。

洛陽は秦の時代の建造物こそ董卓に焼き尽くされて残ってはいないが、魏の東方辺境の行政官の仕事から解放されたばかりの張政にとっては、前漢から続く帝都・洛陽の街は至るところに過去につながる面影があった。

街の散策は感慨深いものだった。

張政自身は二度目だが、上司であった毌丘倹（かんきゅうけん）や王頎（おうき）将軍、それに高句麗討伐戦で、噂以上の目覚ましい戦略、戦術、戦闘で勝利を飾った司馬懿宣王（しばいせんのう）など、魏の名だたる名将たちが何度も訪れ、魏の中華統一の夢を追い求めた帝都なのだ。

前回倭国の女王・壹与（いよ）の朝献団を引き連れて訪れた時は、司馬炎武帝により晋国家建国が実現した直後だった。中国の歴史に残る偉業の末席に自分も連なっていると思うと、張政は誇らしい気持ちになる。その思い出は今も街のあちこちに残っていた。

図らずも、張政が倭国だけではなく、幽州遼東郡の先の荒域に住む東夷の詳細な情報に精通していることで、陳寿の取材は長引いた。張政にとっても過去の経歴を整理するまたとない機会となった。

咸寧（かんねい）三年（二七七年）のこの時、張政はすでに六十五歳になっており、少しく記憶の衰えを感じるようになっていた。そのため二回目の会談からは、ともに倭国に渡って張政の秘書の役割を果たしてきた部下の盧平（ろへい）の記憶も借りながら、回答には正確を期した。

卑弥呼、壹与と倭国では女王が続いたが、こうした例は当時の中国世界ではほかに例はなく、洛陽でも大きな評判となっているという。

「洛陽の人々にとって、倭国は謎に満ちた興味深い国です。まず、海が想像できない。誰も海を見たことがなく、大海と中国の大地とどっちが大きいのかも想像がつきません。その海中の島に女王の治める国があるという。なぜ女子に国が治められるのか。また、男の顔が普通でない。なぜ顔に罪人のような入れ墨を施すのか。倭国はほかの夷蛮（いばん）の国とも違う。何もかもが謎で、しかもこれまでほとんど何の情報もなかったのです」

張政自身、倭人と倭国には中国大陸の国々や朝鮮半島の国々と何か別種のものを感じていた。例えば倭人が中国に渡海する時に「持衰（じさい）」という役目の者がいつも選ばれ、その使節の渡海の最中には、頭を梳（くしけ）ずらず、シラミも取らず、体も衣服も汚れるに任せ、肉食をせず、婦人を近づけず、まるで喪に服しているがごとくに身を律しさせる。それで、もし渡海が無事であれば、彼が十分に慎み深く祈り、身を律したためとして皆でその持衰に家畜や財物を与える。逆に重病人や死人が出るなどしたり、海が荒れて被害が出たりすると、人々はその持衰を殺そうとする。

張政から見るとこうした発想は未開人そのものだといえる。

船を出すかどうかの判断は、天候や季節の風を読む人間の責任に負う。それがすべてではないか。それを倭国では船出に何の関係もない人間の生活態度が自然に作用して、吉凶が決まるというのである。

もちろん、中国にも卜占（ぼくせん）があり、それによって判断が下されることはあるが、それは、考え抜かれた末の戦術や、戦略の二者択一の判断などに関することである。持衰の行動が天候や病気に関係するなど、どう考えても合理的ではない。

「あの国は宗教国家ですな。危険な思想です」

盧平が言う。

あれは宗教のようなもので、中国でいえば、帝国に反乱した太平道（たいへいどう）の信者の黄巾（こうきん）族や、新興宗教で漢中に宗教国家を建設した五斗米道と同じようなものだというのだ。

「私もずっと将軍に従って倭国を探索しましたが、理屈に合う国ではないのです。奴らは人間と動物たちの生命の重さをそれほど区別しないのですよ。それよりも太陽や海や山、川などを生き物と同じようにみなして人間の上に置くのですよ。考えられません」

張政は盧平の言葉を聞いても特に何も言わなかった。

黄巾族や五斗米道については陳寿自身調べているので詳細は知っていた。しかし、倭国が宗教国家という意味はもう少し聞いてみないとわからない。

張政が倭国に渡ってすぐに卑弥呼は詰め腹を切らされて死んでいる。これもおそらく宗教の問題ではなく、より政治と関係するのだろう。いずれにしろ、もう少しじっくり時間をかけて聞く必要があるだろうと陳寿は思った。

「倭国は宗教国家ですか。興味深い話です。ますます謎が深まります。それはまた後で詳しくお聞きしますが、まず基本的なことから教えてください。、倭国の位置関係についてですが、『漢書』に倭人について記録されている部分があり、そこには『楽浪海中、倭人有り、分かれて百余国を為す。歳時を以て来り献見すと云ふ』とあります。それは前漢の時代のことで、今から約二百五十年以上も前のことです。この『漢書』に記された倭人の国と現在の倭国とは同じ国でしょうか」

陳寿はまず、前漢時代の倭人の国と、現在の倭国の確認を張政に求めた。

「今から約二百五十年以上も前というのであれば、それは明らかに違う国です。現在の倭国は今から百二十から百三十年前、後漢の桓帝（かんてい）の初期（一五〇年頃）に、対馬のアマ族が九州島に渡って建てた国で、女王・卑弥呼が即位したのは、後漢から魏に代わって曹叡（そうえい）皇帝の時代（二三三年頃）です」

「九州というと、中国では天下とか世界全体とかの意味ですが、中国由来の言葉ですか」

「そうでしょうな。邪馬壹国（やまいこく）の王は九州島を天下、世界のすべてという意味で言っていたはずです。昔、中国から渡った者が伝えたものでしょう」

「夷蛮の国にはよくありがちなことですね。それで、桓帝の初期に倭国が始まって、八十年くらい経って女王が即位したと。その前の王も女ですか」

「いや、男王です。初代はニニギノミコトという王で、その後ホデリノミコト（海彦）、ホヲリノミコト（山彦）、そしてウガヤフキアエズが王位に就いておりました。この後、国が乱れ、歴年（七～九年）を経て、邪馬壹国の王の卑弥呼が共立され女王になったのです」

「なぜそこで女王が誕生したのでしょうか」

「もともと、対馬のアマ族はアマテラスという女王が支配していたようで、長く続いた争いに疲弊した世の混乱を収めるために原点に回帰したということのようです」

「ということはあまり戦いを好まない民族なのでしょうか」

「争いを好まないというより、小さな国ですからな。殺し合っていたらすぐ人がいなくなってしまいます。痛み分けはこうした狭い地域の生きる知恵なのかもしれません」

「なるほど。それで、国の数ですが」

「その『漢書』の頃は百余国といいますが、何しろ中国と倭国では国の大きさが全く違います。倭国の国は中国でいえば小さな邑のようなものです。まあ、堅牢な城壁はないので村というべきでしょうが、それが、中国との交易が始まって、その女王国の支配のもとである程度整理されて、曲がりなりにも中国の言葉が通じるような国が三十国あるというわけです」

「それは三十国ぐらいということですか。それともちょうど三十国ですか」

「邪馬壹国とその同盟国が二十九国、それに敵対する狗奴国が一国でちょうど三十国です。必要であれば、この盧平が記録していますので、後で示しましょう」

「お願いします。それで次に『漢書』の楽浪海中という書き方ですが、これは正しいですか」

「楽浪海中というのは、現在の感覚からすれば少しおかしい。前漢当時は楽浪郡が中華の朝鮮半島支配の南限だったのでそういう記述になったのでしょう。あれ、誰だったかな。帯方郡治を作ったのは」

「はっ、建安年間に楽浪郡太守の公孫康が高句麗を蹴散らして、朝鮮半島国の支配のために屯有県以南の辺鄙な土地を楽浪郡から分離させて帯方郡を作ったものです。その後を継いだ公孫淵を景初二年(二三八年)に司馬懿宣王が討伐し、帯方郡は魏の支配下に入りました。倭国はそれまでは公孫氏国に貢献していましたが、魏に通じる道ができたので、その年の六月から正月にかけて帯方郡経由でこの洛陽まで朝献使節を送ってきています」

盧平が張政の言葉を補足した。

「景初二年六月にはまだ公孫淵は生きて遼東にいたはずですが、倭国の使節はどうして洛陽まで来られたのですか」

「司馬宣王のことはよくご存じだと思いますが、陸路からの正面攻撃のほかに、山東半島から帯方郡まで大量の船を仕立てて上陸させて背後攻めを行う挟撃作戦を仕掛けました。この作戦が功を奏して公孫淵を討ったのですが、景初二年の春には帯方郡は魏の手に落ちていました。そこに卑弥呼が機敏に使節を送ってきました。その貢物は男女の生口六人と班布が二匹二丈というお粗末なものでしたから、おそらく本当は洛陽まで行くつもりはなかったのではないかと思います」

「この時の女王の遣いは難升米という名前とありましたが、本人に確認したことはありましたか」

「確認しましたが、難升米はすべて事実ですとだけしか答えませんでした。しかし、私が思うに、この時の帯方郡太守の劉夏は目端の利く男で、当時の明帝の徳を慕って朝献使節を送ってきたということをお見せしたかったのではないかと思います。この時皇帝は病が篤く、実際に年が明けてすぐに身罷ってしまわれましたが、何とか命あるうちに皇帝に夷蛮の最たる国の倭国までが来たということを、喜んでもらおうと考えたのでしょう。それで、卑弥呼の使節を説得して、護衛もつけて、帯方郡から海路を使って山東半島まで行き、さらに洛陽まで送り届けたのではと思っています」

「確かに、その絶遠の地からの朝貢を忠孝極まるものとして魏皇帝は卑弥呼を『親魏倭王』と為し、金印紫綬を仮授しています。よほどお喜びのことだったのでしょう」

盧平が面白いことをつけ足した。

「陳寿様も徐福伝説のことはご存知のことと思います」

「『史記』にありますね」

司馬遷は『史記』の中に、秦の始皇帝が「東方の三神山に長生不老の霊薬がある」と具申した徐福の言葉を信じて、不老不死の妙薬を探させるために、三千人の童男童女と百工と財宝、財産、五穀の種を持たせて、東方に船出させたという史実を記載している。

「その徐福が行き着いたのは倭国だという噂が倭国には伝わっていて、しかも卑弥呼は鬼道を使うという噂もありましたから、太守・劉夏はそれをもとに、皇帝につないで功としたいと思ったのではないかと私は考えています」

卑弥呼の使節が景初二年に劉夏の護衛付きで洛陽までやってきたこと、十二月に詔が下されたことは事実である。しかし、徐福にまつわる事績については証拠も何もない。面白い話ではあるが、史実として書くことは無理なことだった。

「話を戻して、楽浪海中のことですが」

「そうでした。帯方郡のほうが倭国に近いですから、我々はいつも帯方郡治から船で東南方向にある倭国に向かいました。だからそこを書くのであれば、帯方東南大海の中にありとすべきでしょう。大海の中というのは、彼らの国を作った先祖はその島にあるわずかばかりの平地を見て感激し、その地にとどまり邪馬壹国と定めたようです」

張政の話に盧平がまたつけ足す。

「中国の中原からすれば、高句麗や韓国も平地がほとんどないに等しいですが、特に倭国はどこもかしこも山ばかりで、倭人は山島にへばりつくようにして小さな邑を作ってこぢんまりと暮らしている。よくもまあ、こんなところで生きているなという土地です。九州島の一番広い平野を持つ邪馬壹国にしても三方が山にさえぎられていて、もう一方は海に続いているようなありさまで、これが平野と言われても中国の広さとは比べようもありません。しかも、男は皆顔に入れ墨を入れて、着るものは粗末、足は裸足、食べ物は味の深みがなく、夏の暑い時には腐った魚を食べて腹を壊すし、いやはやなんとも、大変なところです」

「盧平さんには倭国の生活は合いませんでしたか」

「すみません。こいつは何でも自分の考えをそのまま言う癖がありまして」

「いやいや、それは物事の一つの見方ですから、参考になります。それで、倭国にはどういう風な経路で行くのですか」

「洛陽からですと、山東半島までの道は整備されていますから、言うまでもないと思います。

洛陽から幽州東部の山東半島の煙台（えんたい）の港まで陸路でまず二十八日の行程です。これはもう周知のことです。そのあと煙台から朝鮮半島の西に突き出ている突端の長山串（ちょうざんかん）半島まで船で渡ります。長山串から北東に向かえば楽浪郡治、東南東に向かえば帯方郡治ということになります。帯方郡治の港である仁川（いんちょん）は干潟に特徴があって、潮の満ち引きが激しくて操船が難しいところです。この煙台から仁川までの水行が三日かかります」

「操船というと船の舵取りということですか」

「はい。沖では基本的に風を読みながら帆を張って行くのですが、仁川近辺は航路が狭いので、帆は使えず、人手で漕いで進みます」

「海のことは全くわからないのですが、その潮が満ちる、引くとは何ですか」

「海では波打ち際が高くなったり低くなったりする潮の満ち引きが一日に二回ずつあります。なぜかはわかりませんが、月が関係しているようです。潮が満ちた時は海であっても、潮が引いた時には干潟が現れることがあるのです。そこに入ってしまうと動けなくなります。ひどい時には転覆したりするので、注意しなければなりません」

「河とは違うのですね。わかりました。先を続けてください」

「帯方郡治から倭国に向かう時は、まず仁川の沖合まで出ます。帯方郡治から行くと、この沖合まで約千三百里というところでしょうか」

「それは短里*ですね」

「そうです。倭国に関する里程はすべて短里で測っていました」

「わかりました」

「その後はまっすぐ南下します。朝鮮半島の周囲の海岸は小さな島がたくさんあって、近寄りすぎると座礁します。風はいつも陸に向かって吹きますから、怖いところです。それでなるべく陸から離れて西の島の外側を進みます。沖合をまっすぐに南に進んで、仁川沖から約四千里くらいで朝鮮半島の西南端に着きます。そこからはこれも陸から少し離れて、東に約三千里進むと、狗邪韓国(くやかんこく)の統営(とんよん)の港に着きます。帯方郡以南の韓国は大体方四千里のほぼ四角い地形をしています。だからその狗邪韓国の統営の港は朝鮮半島南端を西から四分の三進んだところにあると考えていただければそんなには違いません。この仁川から統営までが船で四日行程です」

＊古代中国には長さの単位として長里の時代と短里の時代があり、陳寿と張政が会った西晋時代は短里が使用されていた。陳寿の書いた『三国志』では長里と短里が混在しているが、「魏志倭人伝」では短里のみが使われている。西晋時代の短里は「一里＝約七六メートル」で、魏代の長里は「一里＝約四三四メートル」であり、長里は短里の約五・七倍となる。この短里による計算を現代の地理と合わせてみると、朝鮮半島南部の方四千里は一辺が約三〇四キロメートルの四角の地形となり、仁川以南の韓国の地形を表していることになり、当時の地理認識の正確さをよく示している。

「その後は外海に出ます。統営からは船を南に向けて漕ぎ出し、対海国（たまこく）まで約一千里（約七六キロメートル）で、これが一日の行程です。実際には半日くらいで行けますが、午後から外海に出るのは恐ろしいので、必ず余裕をもって一日行程としています。さらに対海国から南にわたり一大国（いちだいこく）までの間の海は『瀚海（かんかい）』と呼ばれる流れの早い海峡ですが、これも約一千里で一日行程。一大国からも南に渡ってやっと九州本島の入り口の末盧国（まつろこく）に着き、これも約一千里の一日行程で、狗邪韓国の統営から末盧国まで三日かかります」

外海についてまた盧平が口をはさむ。

「海は恐ろしいですよ。足元はいつも揺れていて、腹も頭もすぐ痛くなるし、私はこの年ではもう二度と行きたくないですよ。命がいくつあっても足りない。間違って風の日に海に出ようものなら、波は人の二十倍もの高さになって襲ってきます。船は木の葉のように揺れ、そうなったらもう祈るしかない。しかも海にも川のように流れがあるのです。なぜかわからないが、沖合に出ると、いつも西から東に流される。対海国の島も一大国の島も九州島も出発地から先のほうに見えているからまだいいが、日が落ちて海の上にいたりしたら、いったいどこまで流されるものか、見当もつかない。まあ、倭国が今までどこの支配も受けずに来たのはそのことが一番大きいでしょうね」

「海にも流れがあるのですか。私は海とは大きな湖のようなものだと思っていました。それでその流れた水は最終的にはどこに行き着くのですか」

これには張政が答えた。

「それは誰にもわかりません。これは私の推測にすぎませんが、山の上から海を見ると、水平線は大きな円の一部に見えます。海の流れというものは何らかの理由でその円盤の上をぐるぐる回っているのではないか。そう考えないと理屈に合いません」

「大きな円の上を海の水は循環している、と。しかも始まりも終わりも見えない。大海にふさわしい壮大な話ですな。しかし、これについては今すぐに結論が出る話ではないようだ。話を先に進めましょう。九州島の末盧国まで来たのでしたな」

「ええ、倭国は小さいですから、王城のある邪馬壹国まではもうすぐです。末盧国から先はまた陸行になり、東南に五百里行くと伊都国（いっこく）に着く」

「確か九州島と言いましたが、これが島であることはどういう風に確認したのですか」

「倭国の者も島と言っていました。我々も一周して探索してみたのです。九州島の北東には狭い海峡をはさんだ向かいに陸地がありましたが、そこを含めてどことも接することなく一周できたので、独立した島だということがわかりました」

「北東の向こう側の陸地はやはり島ですか」

「東の海の向こうには実は二か所の比較的大きな陸地があります。ここから先は倭人の話になりますが、その南側のほうは島ということです。北側のほうもおそらく島だろうということですが、奥が深く、また途中に高い山岳地帯もあって、残念ながら確認できてはいないということとでした。それでその二つの島とも、邪馬壹国に属さない倭人がいるということです。我々の当面の目的は邪馬壹国中心の倭国の実情を探り安定させることでしたので、少数の部隊ではそこまでは踏み込めませんでした」

「なるほど。私の生きているうちにその奥を窮めることは難しそうですね。それで末盧国の位置ですが、ここは九州島の北辺に当たると思いますが、北辺のうちどのあたりにあるのでしょうか」

　陳寿の質問の執拗さに張政が疲れたとみたのか、今度は盧平が答えた。

「先ほど狗邪韓国の統営から南に進むと言いましたが、その統営から末盧国までの位置関係を見ると、対海国の対馬、一大国の壱岐島、そして九州島の末盧国と少しずつ東側にずれているのです。それで、末盧国は九州島の西北にあり、おそらく韓国の東岸よりも東にあるのではないかと思います。船の行路としては、韓国から倭国に渡る時にはそのまま南に進めば、ちょうど海流に流されて自然に末盧国に行き着きますが、逆に末盧国から韓国に渡る時には、いったん九州島の北辺を西側に進んでから一大国を目指すことになりますし、一大国から対海国、そして狗邪韓国へは、真剣に風を読んで、力を込めて、短時間で漕ぐようにしないと後が大変なのです。そこは苦労しました」

「それで末盧国から倭国の本土に入るというわけですね。ところで、その末盧という名前ですが、『盧(ろ)』というのは中国の姓に多くありますが、漢人が多く住んでいるのですか」

「私も盧姓ですが、それはありません。彼らは中国の言葉を話せません。しかし、位置関係からすれば中国人がはるか昔に九州島に来て住み着いたとか、盧姓の中国人が何かの技術をここに伝えて、それが末盧という国名につながっているということはあるかもしれません」

今度は張政が盧平の話を否定するように補足した。

「報告書に書いた倭国と倭人の固有名詞は、基本的に彼らの発音したものをそのまま漢字に当てはめたものです。あの海岸には松の木が多く生えていて、だから、倭人は松の浦の国、と発音したのかもしれません。まつろかまつらか、いずれそんなところです」

「なるほど。漢人が戦火を逃れて移動していくのは周辺国にはよくあることですが、海を隔てた倭国に関してはその可能性は低いということですね。それで、次には九州島の内陸に進んで、東南に五百里行くと伊都国に着く。伊都国のイツとは倭国の言葉ではどういう意味なのでしょうか」

「ここはいわば倭国の官庁が集積しているところです。我々も帯方郡の遣いとして常にここに宿舎をあてがわれ、ここを拠点に行動していました。伊都国には邪馬壹国のほかにただ一国だけ代々の王がいまして、もちろん女王国に統属はしているのですが、特別な国です。なんでも倭国建国時のアマ族のアメノウズメという、これも女ですが、功労者の本拠地ということです。ここには当時、女王国以北を検察することが役目の『一大率（いちだいそつ）』という官が常置されていまして、諸国はこの一大率を畏れていました。それはまるで後漢や魏における州牧（しゅうぼく）とか刺史（しし）のようなものです。ですからイツの倭国での意味は、『厳』という漢字が一番しっくり来るように思います」

盧平がまたこれにつけ足して言った。

「倭人は従順でおとなしい人種ですが、伊都国の者たちはちょっと倭人らしくない感じでした。まあ、人のことは言えませんが、威張っているというか、自分の理屈を下の者に押し付けて、いわゆる下には強いが上にははからっきし弱いという、人として恥ずべき人種というか。まあ、国は違っても官という仕事がそういう人種を作ることはどこの国でも同じかもしれませんね」

「倭人は従順でおとなしいのですね。例えば、どんなところでそう思われるのですか」

盧平の話は個人の見解が多すぎるが、張政が本筋に戻す。

「従順でおとなしいことでいえば、倭国では、盗みや掟を犯す者がほとんどいません。また、裁判にかかるような争訟もほとんどありません。それには刑罰が厳しいということもあるのでしょうが、それを抜きにしても、宗族間の関係や身分についてはその序列は守られ、礼儀もよく守られていました。上の者からすると治めやすい国ではあると思います。翻って中国は、民は欲が強く、嘘つきで、常に厳しく管理しないと国はすぐ無法状態になって立ち行かなくなると思われている。この違いはいったいどこから来るのかと思います」

また盧平が口をはさんできた。

「一番驚くのが、女が性に対してあっさりしていて不淫というのか、嫉妬したり、焼きもちを焼いたりすることがないということですよ。私もいろんなところに行きましたが、そんな女は倭人以外では見たことがありません。女の嫉妬は生物としての本能のようなもので、法や制度で抑えつけようとしても無理だと私は思っていました。しかし、倭人の女だけはいまだによくわからない。著作郎様は信じられますか」

「それは女王、姫、女官から奴婢まで同じくそうなのですか。たまに人によっては男に期待しなかったり、興味がなかったりで、そういうことはあるかもしれませんが、婦人一般がそうだということは、ほかでは聞いたことがありません」

「男にとっては天国のようなところですよ、倭国は。まあ、女に関してだけですけどね。ただ、あの国は好きで男女が一緒になるということではなく、国策として国を豊かにするためには多くの子供が必要だということなんですよ。男女の交わりの一番の目的は子供を産ませること、それです。だから、我々中国人は血縁関係が全くないわけですから、大歓迎なんですよ。倭国は小さな国だから、近親者間での婚姻や交わりも多いし、そういうところは動物とあまり違わない。婦人が男に嫉妬しないのはそういうことではないかと私は思いますけどね。人間の性質なんて本来どこにあってもそんなに変わるはずはないでしょう。やはり、宗教国家なんですよ。あの国では訳のわからない鬼道が国家運営にまで及んでいる。物事を決めるのは全部女王・卑弥呼の鬼道なのです。滅多に人前に姿を見せることはないのに、いつの間にか物事の結論が出て、全く理屈も何もない。それなのに下の者はそのご託宣を神の言葉として、無条件に信じて有難がっている。訳がわかりません」

盧平のとりとめのない話を張政は制した。

「まあ待て。そんなに先を急ぐな。著作郎様は広い世界の古今東西の物事に通じておられる。鬼道の感想は我々の話を最後まで聞いていただいてからにしよう」

それは陳寿も望むところだった。陳寿が知りたいのは、何よりもまず諸外国の実態である。事実を整理して夷蛮の国々の同異を示すことがそのまま夷蛮の国の特徴を表すことになるのだ。

倭国はこれまで存在こそ知られてはいたが、聞いてみると、女王国であることをはじめとして、他の国々とは大きく異なる部分が多い。陳寿は好奇心を抑えきれなかった。

盧平が言う宗教国家にしても、中国に存在した太平道や五斗米道とは違うようで、もっと深く詳細を引き出さなくてはならない。

陳寿は自分自身の性質を、人の話を聞いてすぐに全部が理解できるように頭が回るほうではないと自覚していた。

張政のような経験をした人の話には、その底に彼の人生の長い時間が横たわっているものである。話を理解するためには面談して聞き、書き止めたことをそれなりの時間をかけながら、何度も反芻（はんすう）し、全体をつなげてみないと深い理解に至らない。

だから張政が最後まで話した後で聞いていただきたいと言った時には、おそらく張政自身も同じ性質なのだろうと思い、嬉しくなったのだった。

「ありがとうございます。倭国と中国の民の性質の違いについては私も非常に興味のあるところです。ぜひ最後まで聞かせていただきたいと思います。何度も話が飛んですみませんが、ご存知のことは何でもお話しいただきたいのです。それで今日は最終的に倭国の女王の居城のある邪馬壹国までの道筋をお話し願いたいのですが、伊都国には帯方郡からの遣いのための宿舎があるということですから、もう邪馬壹国までは近いと思いますが、邪馬壹国まではあと何か国ありますか」

陳寿は高齢の張政を気遣って先を急いだ。

「いやもう、何しろ狭い国ですから、あとは奴国と不弥国の二か国です。それで邪馬壹国の玄関口の筑後川河口に着きますから、距離にして二百里（約一五キロメートル）があるだけで、その小さな川を渡ればもう邪馬壹国です」

「えっ、あと二百里、そんなに近いのですか。詳しくお願いします」

「伊都国からまた東南方向に向かって百里で奴国に着きます。ここは幾分平野が広がっていて、二万戸ほどの家があります。末盧国からの位置関係は小さな川に沿って緩やかな上り路を東南方向に行って、約五百里で伊都国に着き、そこからは同じく東南に海を目指して百里下っていけば奴国に着くのです」

「また海があるのですか。ずいぶん小さな島ですね」

「いや、この海は九州島と小さな島で三方が囲まれている内海です。奴国から、東に百里行くとさっき言ったように不弥国という港町がありますが、ここは川を隔てて邪馬壹国の玄関口ということになります。この不弥国の港は南の投馬国(とまこく)という九州島とは別の島の国に航海する時の拠点でもあります。もちろん、ここから船出して、直接一大国、対海国、狗邪韓国に行くこともできますが、それには九州島の西に張り出している半島や島を大回りして行かなければなりません」

「なるほど。不弥国と邪馬壹国の間は川で隔てられているが、その川幅は二里か三里しかないということですね」

　張政はいかにもとうなずいた。

「ここまでを整理すると、帯方郡から女王国へは、まず仁川の沖まで千三百里。それから、朝鮮半島を左側に見ながら沖合を真っ直ぐ四千里南下する。次に朝鮮半島の西南端まで来たら、東に舵を切って三千里で狗邪韓国の統営に着く。その後は外海に出て南東に進み一千里が三航海で三千里。九州島の末盧国に着いてからは陸行して伊都国、奴国、不弥国と順に進んで七百里。この合計が一万二千里となる。そういうことでいいですか」

「おっしゃる通りです」

「史書の書き方の恒例の通り、最後には帝都・洛陽から邪馬壹国までの距離を示さなければなりません。今お聞きした中で煙台から長山串と長山串から仁川までの距離のことが触れられていなかったと思うのですが、この間の距離はわかりますか」

「確かにこの間の距離と言われると、実は我々にはわかりません。それには三つの理由があります。まず一つには、我々は海の上では、周りに見える陸地を目印にして距離を測るのですが、山東半島の先から長山串までは全く陸地が見えないので、太陽の位置を頼りに海を行くだけで距離の測りようがないのです。それからもう一つには、煙台から仁川の航路は司馬懿宣王が公孫淵を背後から討つために、苦心して多くの船を準備して航路を開発したもので、普段はこの危険な航路を使わずに陸路を使うのです。そしてもう一つは、私自身、倭国への航路は何度も行き来しましたが、煙台、仁川航路は実はほとんど利用したことがないのです」

「そうですか。洛陽から倭国の里程については、絶遠の大海海中の国であるということを強調するために水行、陸行の日数で示したほうがいいかもしれませんね。距離で示されてもあまりに遠すぎてわかりにくいかもしれない。とすると、水行は煙台から仁川までの三日と、狗邪韓国の統営までが四日、そして末盧国までが三日と合計十日ですね。そして、陸行は洛陽から煙台までが一日平均四百五十里（約三四キロメートル）進むとして約二十八日。末盧国から不弥国までは七百里で一日ですか」

「いや、伊都国までは五百里で、女王国に入る前にはいつもここで一泊していろんな準備をします。そして、不弥国の港を渡って邪馬壹国に入りますが、その川を渡って女王の宮殿がある高良山まで約二百里ありますので、最後の一日は四百里をゆっくり進み、夕方までには宮殿に着くということになります。だから、倭国に入ってからは二日行程です」

「そうすると、帝都・洛陽からは水行十日、陸行一月（三十日）となりますね。それで、帯方郡治から行く場合には、日にちでいうと、仁川沖から邪馬壹国までは同じですから、水行七日と倭国に入ってからの陸行二日、それに帯方郡治から仁川沖までは陸行と水行が交じりますが一日となり、全部で十日行程となりますか」

　ここでまた盧平が口をはさむ。

「陸行はその通りで、水行も記録として書くだけならその通りでいいですが、海を行くのは波と風を読みながらですから、実際にはそんな甘いものじゃない。海が荒れれば、船を出すことはできません。大荒れの時には海面は人の背丈の何十倍もある垂直の壁になるのです。とてもとても人の力では海には太刀打ちできません」

「それは確かに盧平の言う通りです。しかし、戦の時にはそれは敵も同じだし、それに荒天が永遠に続くこともない。実際、倭国には我々に立ち向かってくる輩はいませんでしたが、もし仮に曹操丞相（そうそうじょうしょう）の赤壁（せきへき）の戦いではありませんが、呉の水軍を相手にしたら、とてつもない恐怖を感じるだろうと思いました。それで、私は海を知ってから、ずいぶん気長になりました」

「海は人の性質まで変える、ですか。陸行は日にちが読める、海の移動は日程が読めない。川や海を知っているか知らないかでは天地の差が出るということですね」

「今気が付きましたが、倭人はほかのどこの民族とも違っていることには、自然災害が多いということも多く関係しているのではないかと思います」

「自然災害ですか。それは例えばどんなことですか」

「さっき盧平が言ったようなことですが、倭国は普段は温暖で過ごしやすいが、自然災害は強烈です。これで毎年人が死に、山が崩れ、田んぼが壊される。よく気がおかしくならないものです。我々、帯方郡の使節は倭国を観察、記録してあわよくば征服してやろうという気もなくはなかったのですが、災害が多くて、倭国に富や財宝を貢がせるよりも、逆に常時助けることにもなりかねませんでした。それとともに、倭地は山が多く、平地であっても中国のように牛馬や車が使えるような平坦なところはほとんどなく、手を出しても重荷になるばかりです」

「私の宿舎は秋の大風で屋根が飛ばされたことがありました。真っ暗闇の大雨の中、外に避難しましたが、あそこだけはもう二度と行きたくありませんよ」

　魏の遣いである張政と盧平にはそれなりの宿舎が提供されているはずだが、それをも吹き飛ばす災害が頻繁に来るということだろう。そんな中で暮らす人々の性質は、確かに大陸人とは大いに異なるかもしれないと陳寿は想像した。

「それから、倭人の性質についてですが、あそこには虎や豹のような人を食らうような猛獣はいないのですよ。熊はいますが、臆病な性質で人を襲うことはしない。ですから倭国には災害はあるが、突然虎に襲われて食べられたとかいうことはない。こういった怖さには全く感度が鈍いんです。こんなことも彼らの性質に影響しているかもしれないと思いますね」

「なるほど、猛獣がいないのだったら、山道を行く緊張度が違いますね」

面白い話だと陳寿は思ったが、それはまたじっくり考えることにして、地理のことをもう少し聞かなくてはならなかった。

「先ほど不弥国が港町という話がありました。ここはどんな国ですか」

「不弥国は邪馬壹国の北の玄関となる港の国で、川を渡れば倭国の帝都の邪馬壹国です。また、ここから西に広がる内海の有明海に出ることができます。有明海から南に行けば、九州島の西の複雑な形をした半島がありますし、大小の島々があって、魚や磯の海藻や貝類が取れます。また、さらに西の外海に進んで南下すれば、邪馬壹国とあまり関係の良くない狗奴国の領土を通らずに、南の島の同盟国である投馬国にじかに渡ることができます。投馬国は九州島の南に広がる島々の国で、約五万戸規模の民が住んでおり、水行二十日ほどの距離にあります」

「約五万戸とはずいぶん大きな島ですね」

これには盧平が答えた。

「いや、小さい島がたくさん散らばっていて、それが集まって人がいるのです。投馬国の調査は私が担当していたのでよく通いました。海も陸と同じように、場所によって全然違うのですよ。投馬国への海路で波が穏やかだとポカポカあったかいし、海の色もきれいな青で、まるで極楽のように気持ちがいい。あそこだけはまた行きたいところです。天気がいいと、船は風を読みながら帆を大きく張って海上を行くのですが、海の水は透き通ってきれいだし、音も出さずに鳥みたいに飛ぶようにすいすい行くので、最高の気分です。倭人も帆船は少し前から導入していて、『天の鳥船』と呼んで自慢していましたが、中国か韓国の旧型の中古船を買って、技術者を連れてきて、直し直し使っていました」

「それは大陸では味わえない楽しみですね。それにしても島国で五万余戸とは住民の数でいうと二十万から二十五万人はいるでしょうが、なぜそんな多くの人を養う力があったのでしょうか」

「南の島は磯の恵みが多く、食べ物の多くは海で取れます。それと、あそこは特産品としてゴホウラ貝が取れるのですよ」

今度は張政が答えた。

「ゴホウラ貝は大型の巻貝で、切って磨くとちょうどきれいな腕輪飾りとなるので、宝飾品として重宝されたのです。目端の利く者たちは投馬国で取れたゴホウラ貝を狗奴国で加工して貴人の腕輪や装飾品として価値を高め、北九州の邪馬壹国ほかの国に持ち込んでいます。それだけではなく、遠く倭国の東方の倭人の国にも持っていくし、韓国や我々の帯方郡でも珍重されていました。倭人はもともと朝鮮半島に近い対馬を入り口として大陸の中国文化や技術を導入してきました。銅鏡、鉄器、稲作のための土木技術、織物、船、まあ、ありとあらゆるものです。ただ、こうしたものはただではありませんから、対価が求められますが、倭国には当初特産品といえるものがなかったので、労働力となる人を差し出して、その対価としていました。

彼らは倭国内で産業を育てたい、中国や韓国が買ってくれるものを独自で作りたいと必死でした。何もない国を豊かにするのは交易に頼るしかない。そういう伝統は、対馬の対海国と壱岐島の一大国の『南北市糴（なんぼくしてき）』という言葉に象徴されています。もともと倭国が成立するもっと昔には、九州島の東のほうまで交易をしていたようで、対句のように『南北市糴、東西交易』が盛んだったようです。しかし、何か問題があったらしく、東西交易は中断して、南北市糴をより拡大していったようです」

聞いていて陳寿は不思議な感覚にとらわれた。明らかに倭国社会は中国に対してほとんどすべての面で劣っているのだろう。もし魏国でも晋国でも倭国と戦ったら、赤子の手をひねるように簡単に滅ぼすことも可能だろう。国の豊かさや文化の面でも圧倒している。

しかし、張政の語る倭国はどこか魅力的だった。社会は秩序が保たれ、婦人も不淫だという。陳寿にはまずこれが上品な社会に感じられた。

経済の生産性は低く、頻繁に災害に見舞われるというが、盗みや争訟は少ないという。そして、他国との間では、争い、戦を前面に掲げて相手を滅ぼして富を奪うことよりも、国を挙げて交易を盛んにし、豊かさを人々に及ぼすことを心がけているという。

中国は力、強さがすべての社会である。相手を攻め滅ぼしてから、国の形を自分の都合の良いように作りあげ、自ら絶対権力を持つ皇帝として君臨し、国と民を自分の所有物とするのが中国のやり方だ。

しかし、倭国では民の上に君臨する支配者は自然と災害であり、王として君臨する者も、その絶対的な支配者に対しては、民とともにひれ伏さなければならないのだ。

王の支配は第一に国と民が生き残っていけるようになされなければならない。そうでなければ王も民とともに死ななければならない。必然的に王は形の上だけでも民の信頼を得るように振る舞う必要がある。倭国が女王を推戴したことにはおそらくそうした事情も関係していることだろう。

武力が絶対の価値を持つ社会では、権力争いに婦女子の出番はない。上に行こうとしても力でねじ伏せられ、殺されてしまうだけだ。

女王国が誕生するに至った事情を推測すると、そこには中国と倭国の社会の根本的な違いが存在するとしか言いようがない。この違いは、辺境の化外(けがい)の地に変な国があっただけでは済まされないような大きな違いに陳寿には思えた。

知れば知るほど、陳寿は倭国に興味をそそられた。おそらく洛陽の読者も女王が君臨する倭国のことを知りたがるだろう。しかし、このあまりに違いすぎることを読者は理解しないだろう。興味の範囲内にとどまり、ただ面白がることは中国社会にとって、支配層にとって、好都合ではある。

もし倭国の本当の姿を知って、女王でも許容されるということが思想として広がりを見せるようになったら、それは宗教に殉ずる者たちと同じで、帝国にとっては危険思想そのものだ。

つまり、弾圧、抹殺の対象でしかなくなる。

陳寿は張政の話を聞きながら、徐々に倭国の歴史、卑弥呼の死に至る顚末を必然のものとして想像するようになった。

「まだ邪馬壹国にたどり着く前ですが、話が佳境に入ってきました。倭人は、倭国は、これまで私も見聞したことのない人種であり、国のようです」

「それは間違いないところです。ただ、あそこで生きるのは難しい。災害が多すぎて、人の作るものは何でも突然、壊滅的に破壊される。山が険しくて移動もままならない。もし中国の近くにあったとしても、征服に値しない土地です。でも、だからこそ、あんな特殊な、ある意味で人間として先進的な考えの国が生まれたとも言えます」

「人間として先進的な国……」

「まあ、語弊があるかもしれませんが、私は倭国統治の経験から多くを学んだと思っています。倭国から帰国して以後も辺境を回って、最後は帯方郡太守でしたが、倭国ほどではないにしろ、民の弱さ、苦しさを認めて親身になってやってきました。最後は『張撫夷将軍』と呼ばれるなど、くすぐったいくらい民には慕われました。中央から見ると、可もなく不可もなしのぼんやりした官吏だったかもしれませんが、私は内心で満足しています」

「確かに倭国では、というか、辺境の厳しい土地ではそのやり方が合っているのでしょうね。土地、風土が求める統治法というのがあるのでしょう」

「いや、言いすぎました。もう命を惜しむ歳でもありませんが、このことはできれば著作郎様の胸の中にしまい込んで、書かないでいただければ幸いです」

「わかっております。おそらく書いたとしてもこの国とはあまりに違いすぎて、本当の機微について理解できる人はいないと思います」

外から声がかかり、燭台が運ばれてきた。外を見ると、もうすぐ陽が落ちる時間になっていた。張政たちはこの後食事をして城内の宿まで帰らなければならない。

次に会う時には邪馬壹国のことと、卑弥呼の死のことを詳しく聞くつもりだが、この経緯は中華社会の機微に触れる可能性が強い。

書き記すことは好むと好まざるとにかかわらず、物事の評価を確定させることでもある。その責任は最終的に陳寿一人が負わなければならないのだ。もとより覚悟はしているが、陳寿は改めて、身が引き締まる思いだった。

スサノオを継ぐ者

底知れぬイワレビコの戦い

強権による鎮圧は政府側にも大きな犠牲が伴う。海路ならばともかく内陸路は軍の進軍にとって鬼門といえた。

邪馬壹国の兵の装備は充実していた。しかし、鉄剣はあっても馬も車もなく、道路も整備されていない時代のことゆえ、討伐軍が遠征先の山道で待ち伏せしている敵の弓矢攻撃に対抗することは困難を極めた。隘路(あいろ)で待ち伏せされるといつも大きな被害が出るのだった。それを武将たちは経験上知っていた。

軍を動かすためには周辺国との同盟関係を強固にしておく必要があるが、若い二人の新米王と王子の言うことに、行政官僚たちは真剣に動こうとはしなかった。王たちの意思とは裏腹に、次第に倭国の中で邪馬壹国以北の国々は外の敵に向かうよりも内部を固めることに専念するようになった。そして南部の国々の争いは止まなかった。

小さな国では正規軍と民兵の区別もつきにくい。もともと、狩猟民である山の民は単独行動が多いし、逃げ足も速い。倭国の国々の国境は基本的に城壁、楼閣ではなく、山や川であるが、彼らは自由に山や川を越えて行き来して、時には北部の国を襲撃したりすることも多い。農耕の民はそうしたことに浮き足立った。

こうした状況下では大きな土木事業で生産力を上げるわけにはいかず、交易も低調で、倭国全体の国力は縮小するばかりだった。

それでも軍の最高指揮官を兼任しているイッセ大王とイワレビコ王子の命令は強気だった。しかし、将軍たちは、邪馬壹国の軍は温存して同盟国にばかり遠征を命じる王たちの姿勢に、不信感と指揮官としての未熟さを感じざるを得なかった。

戦場の兵の士気は上がらない。戦の現実を知らない若造の机上の空論に兵は面従腹背の態度で無言の抗議をするのだった。

「兄貴、こんな緩いことをしていてはどうしようもない。我々が見くびられるばかりだ。ある程度兵を集中して割いて、一つずつつぶしていくほうが早いんじゃないか。まずは一番目障りな木国(きこく)(=鬼国)からやっつけよう。俺に行かせてくれ」

「お前が行くのか。もし失敗したらわしは一人になってしまう。それだけはやめてくれ」

「我らの軍は武器に関しては最良だが、将軍たちがそれを使いこなせていない。これで負けて帰ってくるようじゃ、逆効果になるぞ」

　イッセ大王はまだ戦を経験したことがない。イワレビコの腕力が強いことは知っていたが、それが戦でどの程度通用するか不安だった。

「まだお前が出ていくには早すぎる」

　イッセ大王は威厳をもって言ったつもりだったが、イワレビコは兄の臆病さを見抜いていた。

「こんなことじゃ先が思いやられるぞ。それではどうせ誰でも同じだろうが、死んでもいい奴を指名して行かせてみることだな。後はどうなっても俺は知らんぞ」

　イワレビコの言う通り、征伐はその当初から躓（つまず）いた。邪馬壹国の東南に接する木国に五十人一組の六個師団三百人で出発した軍勢は一月も経たずに数を半分に減らし、多くの負傷者とともに帰還した。

「何だ、このざまは。なぜ戻ってきた。鎮圧するまでは帰るなと言ったぞ」

　イワレビコ王子は怒りで顔を真っ赤にしながら師団長を問い詰めた。相手が黙して語らないので、イワレビコは鞭（むち）で師団長の背をしたたかに打ち、さらに問い詰めた。

「なぜ、鉄剣まで奪われておめおめと帰ってきた。言い訳があるなら言ってみろ」

「木国に入れば中は道なき道を行くようなもの。難渋しているところを狙って上から弓矢が飛んできます。三百人では無理です。五倍の兵力を投入すべきです」

師団長は佐賀平野を本拠とする奴国に属する者で、奴国は邪馬壹国とは強い同盟関係にある。師団長はイワレビコ王子を下からにらむような目をしてそう言った。周囲を取り囲んでいる武将や官たちは、師団長に同情的な顔を向ける者もいた。

「馬鹿も休み休み言え。各地に全面展開している今、そんなゆとりはない」

「それならば、この作戦は根本的に間違っているのです」

「ふざけるな。この能無し野郎」

そう叫ぶと同時に、イワレビコは師団長の首を鉄剣一振りではねた。座は凍り付いた。

「木国は必ず討つ。次は誰が行く。父が殺され、国は混乱の極みだ。倭国の王の権威は守られなければならない。装備も兵力も我々のほうが圧倒しているのだぞ。なぜ、誰も手を上げない。倭国の将軍は皆腰抜けか」

それでもその場にいる者は、下を向いたまま誰も手を上げない。まるで皆アマテラスを殺した伝説の魔人・スサノオが目の前に現れたかのように、恐怖に顔が引きつっていた。

「誰も行かないなら俺が行く」

イワレビコは大声でそう言い、部屋を出てイッセ大王のもとに行った。

「兄貴、今、木国征伐に失敗した師団長の首をはねてきた」

「首をはねただと。やりすぎると我々が後ろからやられることになりかねないぞ」

「性根を据えるしかない。今が我々の正念場だ。いずれにしろ、これ以上奴らに任せておいたら、この国なんぞあっという間になくなってしまう。俺が行って蹴散らしてくる、任せてくれ」

「策はあるのか。兵を増やすか」

「いや。三百人でいい。俺の力を見せてやる」

イワレビコの策はこうだった。

木国攻めは夏の早いうちに終わらせなくてはならない。木国の兵はもともと山の民で、奴らが得意な山中の移動戦に持ち込まれては不利になる。夏であれば、草木が茂って、見通しも悪くなるし、奴らの得意な遠くからの弓矢は草木にさえぎられて届かない。

こちらも条件は同じだが、イワレビコは壱岐島にいる時に中国の最新情報を集めた。蜀の軍師・諸葛亮孔明(しょかつりょうこうめい)が益州(えきしゅう)南部の夷蛮族の孟獲(もうかく)軍を攻めた時に、わざわざ短弓を多く作らせ、接近戦で大いにその効果を発揮したということも聞いていた。これは使えると思ったイワレビコは実際に短弓を作り、獣道に入って試してもみた。

この短弓は、簡単に作ることができ、飛距離は短いが長弓に比べて扱いやすい。矢にしても竹を鋭角に切っただけのものだが、一定の殺傷能力がある。鉄剣と組み合わせて使うとより効果を発揮する。

しかし、短弓は相手をおびき寄せないと使えないので、このためには犬遣いと鷹遣いを同行させ、相手を追い立て、誘い込み、接近戦に持ち込んで一気にせん滅する作戦を考えていた。

この作戦は秋が深まって葉が落ち、草に勢いがなくなると使えなくなる。そのためイワレビコは晩春の時期から月の満ち欠けが一回りする間に戦の準備をし、その間に、特に短弓と鉄剣を重点的に調練して手兵を鍛え上げた。いよいよその時が来たと、イワレビコは初陣を喜んでいた。

イワレビコはこの作戦を考えるとすぐに、木国までの通り道となる各国に諜報要員を送り込んだ。目的は各国の王の協力態勢を評価させ、同時に食糧の確保ができるかどうか、道中に不意打ちを食らうような要素がないかどうかを調査させるためである。事前に行軍中の不安を極力つぶしていくことが必要だったのだ。そうすることで兵の意識を戦闘作戦に集中させられる。

まだ梅雨に入る前の初夏に、作戦は実行された。

五十人ずつの六個師団、三百名が二十里(約一五二〇メートル)を一回の行軍の目安として、犬を放ち、鷹を飛ばせながら、隙を見せるようににぎやかに、しかし、注意深く進む。尾根道を確保すると、そこで、銅鏡を取り出して光を反射させ、味方に尾根道の確保を合図した。これは同時に、相手側を挑発し、おびき寄せる作戦でもあった。

案の定、相手の長弓は背丈を越える竹木叢林の中では役に立たなかった。弓自体を持って歩くのにも苦労するほどである。それに対して、短弓と鉄剣は面白いように成果を上げた。イワレビコは戦闘が行われた場所ごとに、木国人を示す入れ墨の兵士の首を三つ、目立つ場所に置かせた。

木国はもともと千二百戸ほどの小さな国である。戦闘態勢を取って徴兵したとしてもせいぜい四百人ほどしか兵力がないのであった。それが広い山地に散らばっているので、組織された軍隊に攻め込まれた場合には、基本的にゲリラ戦で長期戦に持ち込むしかないのであるが、そうした作戦を考える参謀役もいない。

イワレビコの軍勢に挑発され、出ていってはそのまま短弓と鉄剣で討ち取られてしまう。木国兵は訓練された軍隊と、これ見よがしに山の通り道のあちこちに置かれた木国兵の首に、イワレビコの言い知れぬ魔性を感じ、早々に戦意を失った。

木国国邑の長は二十日もしないうちにイッセ大王に詫びを入れ、降伏を申し出てきた。イワレビコはそのあっけない幕切れが不満だった。

「こんな奴らのために倭国が十年も乱されたというのか。俺はもっともっと戦をしたい。頭の中にあふれる戦法を実践で試してみたい」

イワレビコはイッセ大王に今度は有明海の斯馬国（しまこく）（＝島国）を鎮圧しようと強く進言した。混乱を一気に片づけようというのだ。島国は海戦を得意としているが、壱岐島に渡って大陸の新型船を知っているイワレビコにすれば、島国の船など敵ではない。木国攻めよりもよほど簡単に思えるのだ。

しかし、イッセ大王はこれに反対した。

「お前は木国であっという間に百五十人以上の兵を殺した。噂は倭国中に広まって、皆お前を伝説の魔人・スサノオの再来と恐れているぞ。島国にもお前は勝つだろう。しかし、これ以上は必要ない。一人の兵の後ろには四人の女子供がいるのだ。そ奴らは今後倭国の重荷になる。やめよう」

「甘いぞ、兄貴。中国や韓国を見てみろ。逆らう奴らは全部皆殺しにして、まっさらにしてから国づくりが始まるのだ。新しい国を作るのだ」

外国のことを言われると、イッセ大王は何も言えない。しかし、実際にはイワレビコも行ったことはないはずなのだ。イワレビコは知識だけで語っていて、大王はそれが本当に倭国に合ったやり方なのかどうか不安だった。それにもしそういう国を作ったら、一番先にイワレビコに殺されるのは自分かもしれなかった。

「とにかく、今はこの長い混乱を収束させることが先だ。木国の処分についてはお前の言う通りにするから、今回はそれで我慢してくれ」

「けっ、国を変えるのが怖くなったか。面白くねえなあ。まあいい。それじゃ俺は対海国に行ってしばらく外を見てくるから、木国のことは兄貴が勝手に決めてくれ」

「対海国に行くだと。間違っても韓国や公孫氏国とは事を構えないでくれよ」

「戦をするために行くわけじゃねぇ。奴らのやり方をこの目で見てくるのだ。向こうも今は大変らしいからな。きっといろんなものが見られるはずだ」

イッセ大王は少し安心した。軍隊を送るわけではないので、いかにイワレビコといえども、一人では潜入視察ぐらいしかできないだろう。

倭国内ではイワレビコの不在を秘密にしておけば、各国ににらみを利かせることができるだろうし、もし、海の向こうで死んだとしてもそれはそれで好都合かもしれなかった。大王もイワレビコへの恐怖の念を自覚せざるを得なかった。

「テルとタカアマヒコが、どうしているか様子を見てきてくれ。そしてなるべく早く帰ってきてくれ」

「テルをアマテラスにしようとしている奴がいるらしい。それも面白そうだ」

その話はイッセ大王にとっては初めて聞くことだった。どうやらイワレビコは独自の情報網を持っているらしい。

(どうやらこいつは、自分よりも大王に向いているようだ)

イッセ大王はいつか二人の間にその問題が持ち上がるであろうことを覚悟した。

魔王・イワレビコ

イワレビコの行動は素早い。三日後には手兵三十人とともに二艘の船に乗り込み、秘密裏に対海国に向かって旅立った。

イッセ大王に任された木国の処分は、イワレビコからの宿題のようなものだった。イワレビコが納得するように、また倭国の混乱が沈静化するようにと、イッセは慎重に考えた。

結局処分は、木国の国邑長と国境侵犯を主導した三名、倭国から派遣されている行政担当官の五名に死を以て罪を贖(あがな)わせ、その他の兵士については無罪とした。イワレビコから特に意見はなかった。

いずれにしろ、この木国への征伐により、イワレビコの魔王的な武力は倭国全土に知れ渡った。

スサノオがアマテラスを殺して出雲に進出して出雲王朝を建国したのはこの時よりも百年以上前のことだが、イワレビコはその戦い方の凄まじさから、伝説の魔人・スサノオの再来と恐れられるようになった。

この情報は海を越えて韓国にも届いた。また、今や高句麗、夫余地域の支配者であり、倭国が朝貢の礼を尽くしている公孫氏国にも伝わった。彼らは倭国に強大な国家が出現することを喜ばなかった。

九州本島のイワレビコの戦いぶりと赫々(かっかく)たる勝利の報は、対馬の対海国のテルとタカアマヒコにもすぐに伝わった。驚くべきはその噂が届いたのとほぼ同時に、当のイワレビコが二人に会いにきたことだった。

イワレビコは、浅茅湾(あそうわん)の東北のノロの社に近い入り江の奥に上陸した。

三十名の武装した集団が邪馬壹国の旗印を掲げて入り江に姿を現すと、見張りの役人から連

絡を受けた日子は、何事ならんと日の守とともにすぐに駆けつけた。誰何を受けた船からイワレビコは身を乗り出し、

「イワレビコである。日子は前に出でよ」

と大声で命令した。

その様子を遠くから窺っていたテルとタカアマヒコは船に駆け寄り、日子とともに本人であることを確認した。日子は畏まってイワレビコに声をかけた。

「イワレビコ様、この度の赫々たる木国征伐のご武勇のお噂、ここまで伝わっております。誠に祝着至極に存じます」

「そんなことはどうでもいい。それより、ここにしばらくいるつもりだが、俺がここに来たことは口外無用にしろ。もし、漏れたら、まずいことになるぞ」

「しかし、こういうことは止めようとしても長くはできることではありません。いったいいつまで隠しておけばよろしいでしょう」

「月の満ち欠けが二巡するほどでいい」

「承知いたしました。何とか徹底させましょう。しかしていったい何をなさるおつもりですか」

「うむ。北の海を渡り、韓国諸国と公孫氏国に行ってみたいのだが、どうかな」

「なんと。それは極めて危険でございます」

「なぜだ」

「イワレビコ王子様の目覚ましい勝利は海の向こうにも伝わっており、彼らは倭国に強すぎる国ができることを望んではいません。大いに警戒しています」

「行けば殺される可能性があるか……。お前はどうだ、お前も俺を殺したいか」

「滅相もございません。そうではなく、半島と公孫氏国の情勢も緊迫し、混乱しています」

「そうだろうな。そうでなければ倭国に人も流れてこないだろうし、鉄剣やいろいろな情報も入ってこないだろう。向こうの緊迫と混乱は倭国の利益だ」

言われてみれば確かにそうである。日子はイワレビコのような考え方をしたことがなかった。イワレビコは木国との戦いで、蜀の諸葛亮孔明の短弓を真似して大勝利したというが、初戦でそうした大胆で斬新な戦いができるのも、この王子の能力ならと納得する部分があった。しかし、実際は利益とともに危険も高まる。

「心配するな。交易船に乗り、船員にまぎれて入るつもりだ。向こうには馬という人を乗せて走る動物があるそうだな。それに車の付いた乗り物と、牛という動物も。それは買えないのか」

「いや、それはどうにも……。対馬に向き合う朝鮮半島の南部には辰韓、弁韓、馬韓がありますが、そこで馬と牛を見たことがあります。彼らは戦ではなく農耕具として使っていました。もっと北のほうの公孫氏国まで行けばそこから先の中国では馬が戦には不可欠なようですが」

「お前は戦への関心が薄いようだな。何も知らないではないか。日の守はどうだ」

「いや、私の仕事は戦ではなく……」

「お前らは何を言ってるのだ。ここは外国との最前線ではないか。そんなことで務まるのか。タカアマヒコはどうだ。朝鮮の言葉と中国の言葉の読み書きができると聞いたが」

「お久しぶりでございます。私も以前、馬に興味を持ち、調べたことがありました」

「おお、そうか。なぜ、倭国に持ってこない」

「はい。一つには馬も牛も生き物であり、重さでいえば人よりも十倍も二十倍も大きく、船で運ぶのが大変ということがあります」

「馬は人を乗せて走るし、牛は荷車を引かせて物を大量に運べるということだから、確かに大きいのだろうな。ほかにはなんだ」

「馬は戦においては最新兵器です。馬は中国の北方地域で産し、中国に広まりましたが、いい馬を多く手に入れることが魏・蜀・呉とも武力を高めることになりますから、今は倭国に売るよりも各国が争って集めている状態で、倭国まで回ってこないという事情があります」

「確かに、馬を使って、相手より早く動き、頭上から矢を射ることができれば、その軍は怖い。だからこそ、俺は一度見てみたいのだ。馬を使えれば戦の仕方も戦術も大きく変わることだろう」

「いえ、馬を使うには条件があります。馬は広大な平地で使ってこそその能力を存分に発揮します。倭国のような島国で、さらに山地が多いところでは、馬も自由に動けないし、図体が大きいせいで、格好の矢の的になります。それと同じ理由で、牛も倭国のように道が整備されていないところで荷車を引かせるには無理があります」

「そうか。タカアマヒコはよく研究しているようだ。その話を確認するためだけでも、海を渡る価値がありそうだな」

イワレビコは馬や牛を使った戦いに興味を持っていて、これを見るために海を渡りたいと言う。

それはおよしになったほうがいい、とタカアマヒコは思ったが、イワレビコが怖くて何も言えなかった。

対海国は距離でいえば倭国よりも朝鮮半島に近い。北の海岸からは朝鮮半島が南の壱岐島よりもよく見える。そのため交易していると韓国諸国と公孫氏国の人やモノ、さらには情報が入ってきやすい。彼らの倭国に対する警戒心は、以前よりも格段に高まりを見せていた。倭国内でのイワレビコに対する人々の強い恐怖心をも情報として知っていたのである。

そして、彼らの複雑な歴史は、イワレビコの征伐による倭国内の混乱の鎮静化が、決して倭国の長い安定を意味するものではないことも予想しているようだった。

黙って話を聞いていたテルは、イワレビコの性格に不安を覚えた。木国は本来敵国ではないはずである。彼らの一部の者が邪馬壹国に侵入して略奪を働くのは、そうしなければ生きていけないからで、テルにはそれが木国の窮状を訴える人々の泣き声に聞こえるのだ。

　倭国改革の成否は、王族であるテルとタカアマヒコの命にもかかわる問題である。改革は本来国内問題であって、経済を立て直すことによって豊かさを取り戻し、民生を向上させるしかないとテルは考えている。しかし、今聞いた話ではイワレビコがこの先倭国内で何を目指そうというのか、わからなかった。

（私は太陽の道を行く）

　テルは自分に言い聞かせるように、改めてそう思った。

　テルには自分たちの運命よりも今は倭国の将来のほうが案じられた。

　イワレビコは倭国にスサノオ様の荒御魂（あらみたま）を持ち込もうとしているのだろうか。その時、人々はどうなってしまうのだろう。

　テルは近い将来、もしかしてイワレビコと敵対するようになるかもしれないと恐れた。その時にはこの国に命をかけねばならないかもしれない。

　テルとイワレビコの考えは明らかに異なっているが、その運命は受け入れなければならない。もはや自分の命の問題を越えて運命は動き出したのだ。ならば、どうあっても悔いのない日々を生きていこうと、テルは覚悟した。

　そんなことをぼんやりと考えながらイワレビコの顔を見るとはなしに眺めていると、イワレビコが大声で呼びかけてきた。

「おい、テル、久しぶりだな。元気か」

「はい。おかげさまで。イワレビコ様のご活躍はこちらにいても、響いてきます」

「おいおい、本気でそう言っているのか。まあ、いい。今日はもう眠くなったから、明日の夜、わしの寝所に来い。落ち着いて話そう」

「えっ、寝所に」

「ノロも一緒でもいいぞ。かならず来い。それから、タカアマヒコは昼に来い」

イワレビコはそのままテルとタカアマヒコの返事も聞かず、寝所へ案内せよと言って立ち去った。

残された者たちは皆一様に、イワレビコの傍若無人な振る舞いに動揺した。

タカアマヒコは不安そうな目で、テルに目をやった。

テルはまだ十五歳である。怒りとも羞恥心とも何ともいえない感情が湧き起こり、涙が出そうだった。

ただ、不思議なことにテルはイワレビコの言い方に性的なものを感じなかった。しかし、男女の関係を知らないテルにはその確信がない。

それよりも（私は太陽の道を行く）というつい先ほどの決意が、イワレビコの強烈な圧力の前でも守りきれるのか、不安になった。それは命をかけるような緊張を強いられるものだろう。

テルは心の中で抱いた決心が早くも問われることに戸惑った。

人の心とはこんなにももろいのだと、テルは自分の弱さを見つめていた。

イワレビコの真意

翌日はテルの気持ちを代弁するように、朝から雨が降っていた。テルは今日の夜、どんな出来事が待ち受けているのか不安でよく眠れなかった。

「昨日、何かあったのね」

雨の日には東の入り江の海を見ながら短い祈りをして、その後すぐにその日の作業に入ることが多い。その日は小さな勾玉を彫る作業だった。途中、ほかの者が食事の準備をしていて二人になった時を見計らってノロが話しかけてきた。

「今日の夜、一緒に行ってほしいところがあるのです」

「そんな頼み事は初めてね。男の人のところかしら」

テルは昨日、イワレビコが突然来て、今夜、部屋に来るように言われたことをノロに告げた。落ち着いて話そうと言っていたが、イワレビコと自分とでは考え方も違うし、もしかして、話だけでは終わらなかったらどうすればいいのかわからないことを正直に話した。

意外なことに、ノロはイワレビコのことをよく知っていた。

「イワレビコ様は倭国に戻られてから、何度か、対馬にいらしているわ。ここだけではなく、九州本島の東にある出雲王朝や吉備地方の豪族が支配する土地へも潜り込んで、内情を調べているみたいだわ。気質はスサノオ様に似ているけど、この国で一番倭国の将来のことを考えている方で、あなたに近いと私は思う」

テルはノロの言葉に驚いた。そういう多面的な見方、考え方は今のテルにはできないことだった。昨日、イワレビコに会い、噂に聞く戦好きと残虐さを見せつけられたような気がして受け入れることができなかった。久しぶりに会ったというのに、反感をもって心を閉ざしている部分があった。

「王子は何のために来たと言っていたの」

イワレビコの目的は明らかに海外情勢の視察で、あわよくば馬や牛とともに荷車を手に入れたいと言っていた。イワレビコにとっては倭国のための最新兵器というところだろう。

「木国に乗り込んであっという間に平定したそうだけど、やはりあのお方は相当な危機感を感じていらっしゃるのね」

「危機感？　イワレビコ様は私に今夜、寝所に来いと言いました」

「それで、悩んでいるのね。イワレビコ様はあなたを女として見ていると思うの」

「わかりません。落ち着いて話したいということかもしれませんが、日子様たちはそうは思ってはくださらないでしょう」

ノロはイワレビコのことを信頼している部分があるようだった。自分も一緒に付き添うから、イワレビコに会うことはほかの誰にも言わないほうがいいと言った。

　イワレビコは自分で釣った魚を料理してテルを待っていた。どうやら鉄製の包丁とか、テルが味わったことのない調味料のようなものも倭国から持ち込んできたらしい。

「美味しい」

　テルは魚の生臭い匂いがあまり好きではなく、これまでは焼き魚に塩をふったものや干し魚しか食べたことがなかった。

「テルは醬(ひしお)は使ったことがないのか」

　そう言いながら、イワレビコは無邪気に笑った。

　対海国は朝鮮半島からの影響があり、九州島に比べて食べ物は美味しいと思っていたが、イワレビコはどこでこんなものを習ったのだろうか。ノロのもとではいろいろなものを作ってきたが、可能であれば、こうした美味しいものも作って皆に味わってもらいたいと思った。

「そんなことより、昨日お前は俺の活躍を喜んでいるといっていたが、それは本心ではないだろう。お前はアマテラスになりたいようだとノロから聞いているぞ。アマテラスになるためにお前はどうするつもりだ」

　イワレビコの情報網は至るところに張り巡らされているらしい。イワレビコの言葉には相手の心の奥底までのぞき込むような圧力を感じる。中途半端な答えでは許されそうにない。

　テルは少し目をつむった。すると頭の中に、テルとイワレビコがアマテラスとスサノオの魂に導かれて今ここにいることが浮かんできた。歴史ではアマテラスとスサノオはわかり合えずに戦となり、アマ国のアマテラスは敗れて殺されたという。

テルはこの世にまだ何も痕跡を残していない。今死ぬわけにはいかないのだ。

イワレビコは人を殺すことなど何とも思わない魔人のような兄だ。気に食わなかったら、妹を消すことも躊躇しないだろう。

恐怖心がテルの体を固くする。しかし、同時になぜか心が燃えてくるのをテルは感じた。ノロが言うように、イワレビコは自分と似ているのかもしれない。何を考えているのかはまだわからないが、物事の真実を見極めるために深く考え、行動し、またそのことを人と話して高めていきたい衝動が感じられるのだ。こういう人間をテルは嫌いではなかった。

「アマテラス様には武力はないけれど、母が子を見るような目で人々を慈しみ、世の中を照らしてくださいました。私にはその力はないかもしれない。でも、私にも祈ることはできます。そして、人々の生活を豊かにするために、海の向こうから伝わった技術をもって、服や布団や飾り物など、生活に便利なものを作ることもできます」

「それがお前の方法か。果たしてそれでうまくいくかな。倭国は貧しい。冷害、地震、長雨と天災が少し続いただけで、国が乱れた。おやじが殺されて、さらに悪くなった。お前の言う慈しみの心やもの作りで、これを解決できるのか」

「天には心があり、天災は人々のまがまがしい行いが引き起こすものです。悪が悪を呼ぶ循環の中でさらに国が混乱して皆が罪を犯している。大きい罪、小さい罪、生き物である限り誰もが大小の罪を犯しながら生きているのは確かですが、今はそれが極まっている。穢れているのです。でも、本当は罪を犯さずに生きていけるなら、誰もそんなことはしたくないはずなのです。罪を犯す者が悪いのではなく、罪そのものが悪いのです。私はそう考えます。国の混乱は国の上に立つ者の責任が大きい。国を治める者には、人々が罪を犯さなくてもいいような社会を作ることに責任があります」

そう話しながら、テルの頭の中には〈祓い給え、清め給え、守り給え、幸い給え〉という祈りが、何度も聞こえてくる。

「人々は空、海、大地、太陽、水などの自然の恵みの中で生きています。アマ族の祈りは特に太陽を中心とする海のアマ、空のアマに捧げられてきました。いつもその自然への感謝に帰ればいいのです」

「感謝？　感謝の祈りとは何だ」

「祓い給え、清め給え、守り給え、幸い給え」

テルはその言葉を口にした。

「人間同士だけの社会はいつも争いがあり、穢れから逃れられません。アマ族の国父であるイザナギ様は黄泉の国から帰ってきた時に、穢れた心を冷たい川の水で祓い、汚れた身体を清められ、再生の喜びに歓喜なさいました。そして、アマテラス様はその御心を継いで、祓い清められた心身を守り、皆で幸せになりましょうと祈られました。私はその心こそが永遠に続くこの国の形だと思っています」

イワレビコはまだほんの子供だと思っていたテルがアマ国の歴史を学び、国を率いてゆく一つの考え方に到達したことに驚き、見直した。

「祓い給え、清め給え、守り給え、幸い給え、か。一つの考え方ではある。テル、それでは俺が木国を征伐したことについてはどう思う」

イワレビコの言葉は容赦なく深いところに切り込んでくる。次の言葉でテルの生死が決まるかもしれないと思うと、テルは喉の渇きを覚えた。ノロに水を頼み、喉を潤してから、イワレビコに向き直って答えた。

「反対というよりも人には役割があり、時代が、天がこの世に求めるものがあり、その役割を選ばれた人に果たさせるのではないでしょうか」

「まどろっこしい。賛成なのか、それとも反対なのか」

「もう少し聞いてください。それはお兄様にしかできないことでした。私には無理です。アマテラス様とスサノオ様のことを考えると、時が移り、社会の求めるものが変わって、アマテラス様の役割が変わったのです」

「どういうことだ」

「アマテラス様はこの海中に浮かぶ小さな対馬の女王様でした。ここは険しい山だらけで米はあまりできません。ですから皆のために海の恵みの豊穣を、祈っていました。でも、弟君のスサノオ様の時代は米作りが重要でした。この小さな島で頑張っても多くの人は養えない。スサノオ様はその時代を荒々しい荒御魂をもって切り開いたのです。それはアマテラス様にはできないことでした。これと同じだと思うのです」

「俺がスサノオで、お前がアマテラスか。面白い。ノロ、お前はどうだ」

ノロは、テルがここまでのことを考え、魔人といわれるイワレビコ王子の前でも堂々と意見を言えるまでに成長したことに感激しながら聞いていた。

「テル様のご意見は深く歴史の教訓を読み取られたお考えで、立派なことと思います。確かにテル様と、イワレビコ王子様のお役割は違っていて当たり前で、国を運営していくうえでは、それぞれの道に秀でた人が伸びていくことは望ましいと考えます」

「おなごの考えることは子供っぽい。しかし、面白い。テル、時代が移って社会の求めるものが変わるといったが、この世は邪馬壹国と対海国だけではない。果てしなく広大だ。倭国は大きな世界の中では、大陸から外れた海の中の端っこの国だ。お前のいうような人間の心と体を清めれば、それで国がうまくゆくなどという保証はどこにもないぞ。アマテラスの国づくりなどこのアマ国の古代の幻だ。お前は、狭い地域しか見ていないのだ」

テルはまだ何も言い返す根拠を持っていない。

「私の考えは子供っぽい小さな幻なのかもしれませんが、でも、私にはそれしかできない」

「がっかりするな。できない理想も真剣に語るなら、それはそれで使いようがある。むしろそっちのほうが好都合というものだ」

イワレビコは何か考えていることがありそうだ。しかし、極度の緊張から少し解放された今、テルにはイワレビコの言葉の奥を考えるには疲れすぎていた。

テルはタカアマヒコのことを思い出した。昼に二人は会っているはずである。二人はいったい何を話したのだろう。

「ノロ、お前は中国の情勢を聞いてはいないか。この小船越（こふなこし）は倭国と朝鮮半島を結ぶ対馬の交通の要衝だ。いろいろ耳に入ってくるだろう」

「外国のことについてはタカアマヒコ様のほうが詳しいはずです」

「お前の知っていることを聞いているのだ。俺は行ってみたいのだが、タカアマヒコに強く止められた。俺の顔にはすでに倭国の王族の紋様の入れ墨があり、ごまかしようがないらしい」

テルは一つ疑問に思ったことを聞いてみた。

「中国には魏、蜀、呉という三つの大きな国があって、それが三すくみで戦っているそうですね。魏の国が勝つかどうかわかりませんし、勝ったとしても公孫氏国やそのはるか先の海を渡った倭国まで来るのはずっと先のことのように思いますが」

「テル、中途半端な考えは身を亡ぼすもとだぞ。知らないことは口を出さないほうがいい。戦のことは俺がよく知っている。最後は国力と戦いに向かう気迫だ。魏が勝つのだ。それは遠くないすぐ先の現実だ」

確かにイワレビコの言う通りかもしれない。テルたちとは違い、自分の戦いのつもりで情報を集めている者の真剣さが強く伝わってきた。

イワレビコが求めている中国の情報を、ノロは知っている限り正確に話すことにした。

「朝鮮半島北部の公孫氏国のことを中国というかどうかわかりませんが、今は、倭国から魏と蜀へ通じる道は閉ざされています」

「ほう、そうか。もう一つの江南の呉の国とは付き合いがあるのか」

「呉は公孫氏国と若干の交流があるようです。しかし、倭国との交流には魏に対抗する政治的な理由としては価値がないと考えているようで、忘れた頃に補給に寄ることがあるだけで国としての交流は聞きません。中国大陸は奥が深く、西方や西南の奥には中国を上回る進んだ文化、技術を持つ国があると聞いたことがあります。一方で、東夷の国々は何もかも劣っているそうです。だから、中国の皇帝は東夷の国は皇帝の徳を慕って貢献するだけの飾り物の役割しか期待していないそうです」

「ほう。それは誰から聞いたか」

「倭国は今、公孫氏国に定期的に貢献していますから、彼(か)の国の遣いや韓国諸国の海人も、この港にはよく来て泊まっていきます。その時に一緒に寝る女子たちは、言葉を解しますので、彼らは気を許していろんなことを話します」

ノロは殺伐とした気性を持つ外国人を好きではなかった。彼らは自分たちが優位な文明国に住み、様々な技術を倭国にもたらしているとの考えから、倭人を見下していることが態度に表れていた。

公孫氏国の高官であっても、彼らは常に魏と敵対し交戦状態にあることからかいつも殺気立っていた。そして中国の階級意識を倭国にまで持ち込んで、倭人を下戸のように見下していた。ましてや、女子などは単なる性欲のはけ口であることと、上長に対する貢物くらいにしか見ておらず、人間扱いしていなかった。

そうした国の人間が自国を文明国と称するなどノロに言わせれば、滑稽そのものなのだった。

「公孫氏国との付き合いで、何か変化は感じないか」

「先ほどもおっしゃっておられましたが、イワレビコ様は、公孫氏国は必ず魏に滅ぼされるとお考えなのですね」

「そりゃそうだろう。公孫の先祖はもともと魏の臣下だった奴だ。魏がそんな裏切りの国を許すわけがない。中国の三国時代も初代から二代目たちの争いに移ってきたそうだが、魏の司馬懿という奴はただ者ではないらしい。全力の戦というものはそんな長く続くものじゃない。最後は決着がつくものだ。いずれにしろ三国に決着がついたら、公孫氏国など中途半端な国が生き残る可能性はない。それがいつなのかの問題なのだ」

テルにもイワレビコの考えがおぼろげながら理解できるようになってきた。もし、魏が勝利したら、公孫氏国に刃が向かい、その先には倭国にも向かう可能性があると考えているのだろう。戦人というのはそういう風に将来を読むのかと、恐ろしくなった。

「私に思い当たることは、公孫氏国の遣いが最近ますます殺気立ってきたということくらいです」

「それはどういうことだ」

「船を降りる時に服が濡れたなどといった些細なことで下人に鞭を振るい、わいろの額をもっと多くしろと文句をつけたり、無意味にいらいらして夜伽をする女にも乱暴になることが多い。そんなことです」

「そうか」

イワレビコはそれを聞き、黙ってしまった。何かを恐れているようにも見える。立ち上がり視線をあちこちに動かしながら歩き回る。忙しく頭を働かせているようだ。

「よし。やめた。俺は逃げる」

テルとノロは何のことかわからずに目を見合わせた。イワレビコは確かに逃げると言った。

「テル、お前とタカアマヒコとノロは俺と一緒に邪馬壹国へ帰るぞ。十日以内だ。すぐに準備しろ。説明は後だ」

密かな計画

対海国から戻ってきたイワレビコはすぐにイッセ大王に会うよう求めた。

「兄貴、状況はかなりまずい。魏の国が公孫氏国を滅亡させるにはもう十年とかからないだろう」

大王はイワレビコが何を言っているのか、よくわかっていなかった。

「遠い海の向こうの国の話だろう。倭国にそれが何の関係があるのか」

イワレビコは兄であるイッセ大王のことを大王になったことだけで満足している無能な男と見ていて、これまでは適当にあしらっていた。しかし、今後、魏が中国の統一を果たし、本格的に周辺諸国の整理に乗り出してきた時には、このイッセと一蓮托生の運命となる可能性があると考えていた。そのため、ここはきちんと説明し、腹を据えて丁寧に説得に当たらなければと思い、話すことにしたのである。

「俺は対海国に行って、朝鮮半島と中国の様子を調べてきたのだ。今、倭国は公孫氏国に貢献しているが、それは心ならずもそうせざるを得なかったからだ。公孫氏国が長く続くならそれでいいが、どうも中国の三国の争いはもうすぐ決着がつきそうだ」

公孫氏国は、後漢の楽浪郡太守だった公孫康が韓国南部を統括するために、楽浪郡の南に帯方郡治(現在のソウル特別市付近)を設置した。その後、公孫氏が魏に反旗を翻してその地を乗っ取り、皇帝を名乗って国を建てたのである。それまで倭国は帯方郡を通じて後漢皇帝に貢献していたつもりだったのが、その道が途絶えたために自動的に公孫氏国傘下に組み入れられてしまったのである。

「魏が勝ちそうなのか。それはまずいぞ」

「ああ、大いにまずい。結果的に敵国にしっぽを振っていたと見えるからな」

「どうなるのだ」

「逆らう者は皆殺し、それが中国のやり方だ。公孫氏国もその東の高句麗や夫余などの有象無象も、最低でも王位にある者は皆殺されるだろうな」

「それは本当なのか。そんなのはこちらの責任じゃないじゃないか」

「そんな言い訳が通ると思ってるのか」

「しかし、倭国とは間に海があるから、そうやすやすとは襲ってはこれないんじゃないか」

「兄貴は甘すぎる。相手はやると言ったら必ずやるんだ。今だって血で血を洗う戦いの真っ最中なのだ。そんな考えじゃ顔を見るなりものも言わさずにすぐに殺されるぞ」

イツセ大王は見る見る顔面蒼白になり、立ち上がって部屋の中をふらふら歩き回り出した。

「あと十年もないのか。もうすぐじゃないか。おい、どうする。どうすればいい」

「兄貴、格好つけて死ぬか。うまくやれば、この国の神様になれるぞ」

「何を言ってる。死んだら終わりだろう。神になれるとはどういうことだ」

「どうせ人間一回は死ぬんだ。精いっぱい格好つけて、我は倭国と民のために身代わりとなって我が身一人の命を捧げ、以て我が国将来の礎となならん、とか何とか言って魏に首を投げ出すのだ」

「馬鹿野郎。冗談じゃない。それなら大王の座はすぐに譲るからお前がやれ。そうだ、それがいい。お前が死ねばいいのだ」

「まあ、兄貴にはできない相談だったな。こういうことは普段からそう思っていないとできないし、そうじゃないとやっても説得力がなくて馬鹿にされるだけだ」

「では、どうするのだ」

「俺は新天地を開拓するつもりだ」

「新天地だと。逃げるというのか」

「兄貴に言われたくはねえなあ。まあ、しかし、逃げたと言われたほうがうまくゆく。アマテラスがいたのだ。こいつと組んで俺たちはここよりも大きな国を手に入れる。アマテラスは殺されるだろうが、大きな名誉を手に入れるだろう。兄貴はどうする。一緒に新天地を作るか、それともこのまま大王をやって、その後殺されるか、どっちを選ぶ」

「アマテラスとはなんだ。お前はいつもわからんことを言う」

「テルだ。あいつは面白い能力を持っている。本気でアマテラスになりたいと思っている。あいつはアマテラスとしてこの小さな国を変えることができるなら、死んでもいいと思う性格だ。あんな阿呆みたいに純粋な女がすぐ近くにいるなんて、まだ俺の悪運は隆々たるもんだ。お互いに助け合えば、新天地開拓も実現できるし、魏の侵略も防ぐことができる」

「何を言っている。そんな調子よく物事が進むわけがない。現にお前が木国を征伐した後も、この国は混乱の火がくすぶっているのだぞ」

イワレビコはその言葉を無視し、一人含み笑いをしている。そして、明日の夜にテルとタカアマヒコを呼んでいるから、兄貴も納得するように説明すると言い残して、イワレビコは愉快そうに帝室を出ていった。

天の祈り

イワレビコ一行の三艘の船が出港した三日後、テルとノロの船、そしてタカアマヒコたち一行の船は時間をずらして別々に対馬の中央地峡部の小船越東の港を出港した。直接壱岐島を目指すのではなく、対馬と壱岐島の間の瀚海(かんかい)を流れる対馬海流を左舷に受けながら、島伝いの反流に乗って南に向かう。そして島の最南部の矢立山(やたてやま)のあたりから壱岐島に向かうのが瀚海を渡るには最も効率的だった。

天気は曇り、そして海は凪(な)いでいた。

一大国に渡ってきた時、テルは船酔いに苦しんで船底をのたうち回ったことを思い出した。しかし、今回は行く手に時折顔を見せる太陽に向かいノロとともに礼拝する余裕もあった。テルは先日のイワレビコとの会合を、なぜか死の匂いとともに思い出した。死の匂いは自分もいつ死ぬかわからないことを明らかに自覚させた。死の影は年を取り、老いて体が徐々に病に侵された果てに見るものと思っていた。しかし、年若い自分にも死はすぐ隣にあった。

生はこの世界の輝かしい花だ。しかし、生の周囲は死に囲まれている。生は死のすぐ隣には かない花のようにある。しかし、その想いはテルを強くした。テルの魂は逃れられない運命を自覚しながら、全力で生の使命を果たすようテルに求めていた。

前方に目をやると、壱岐島の右端の奥に九州島が見える。そこに懐かしい倭国、邪馬壹国がある。父のウガヤフキアエズ王はアマ族だったが、現地の豪族の子孫から侵略者の王の子孫として殺されてしまった。

暗殺されるようなことをする父ではなかったとテルは思っていた。しかし、国の頂点に立つ者には、過去の歴史まで含めて責任が問われることもあるのだ。

穏やかな波の上に大きな雲が浮かんでいる。テルは父の大きな背中を思い出し、その冥福を祈った。

しばらくすると、テルをずっと見ていたのか、ノロと目が合った。

「イワレビコ様に会う前の夜、私は王子に犯されると思い、怖くて眠れませんでした。でも、イワレビコ様には全くそういうご様子が感じられなかった。ノロ様がおっしゃった通り、確かに王子様は真剣にこの国のことをお考えでした。女としての私のことなど、眼中にない様子でした。私はイワレビコ様のような方とこれまで出会ったことがありません。男は皆何かしら、動物の匂いがしたけれど、あの時、魔人・スサノオの再来といわれるあの方にはその匂いがしなかった。不思議なことです」

「男が女を襲うのは普通のこと。王子もいつもならそうだったと思うけど、そうしなかった。中国では『大欲は無欲に似る』というらしいわ。イワレビコ様はきっともっと大きな欲があるのか、そうでなければ大きな心配事があるのではないかしら」

「大きな欲か大きな心配事」

それまでテルは、イワレビコはせっかちで、思い立ったらすぐ行動に移す性格と見ていた。しかし、話を聞いてみると、多くの情報を集め自分でも確認のために現場に出かけて調べようとしていた。そして、その情報をもとに深く考えていた。彼もまた、倭国から疎開した時の彼ではなく、より大きく成長したということだろう。

ふと見上げると、北から南に向かう渡り鳥が船の帆の上に止まって羽を休めているのが見えた。渡り鳥は中国にも朝鮮にも、そして倭国やそのもっと南や東の国にも自由に渡れる。空の上から、人間が繰り広げる多くのことを見ていながら、鳥の世界を生きている。

テルは思わず愉快になり、笑いたくなった。

人間たちの心配事や欲は、しょせん人間たちだけが悩んでいることなのだ。そして自然は人間とは関係なく、もっと大きな全体を包んで回っている。

その中心に太陽があった。太陽がなければこの世は暗く冷たい闇で、何物も生きることはできないだろう。

この人間の社会とは、ただの幻なのではないのか。

今、テルの乗っている漕ぎ手付き帆船をイザナギが初めて手に入れた時、彼は大いに喜び「天の鳥船」と名付け、海原を自由に羽ばたき勢力を伸ばした。

しかし、人は鳥そのものを作れるわけではない。同じように、魚も鹿も木も草も花も、山も雲も海も、人は何一つ作れず、自然にあるものを借りているだけなのだ。

真に偉大なものとは何だろう。

それは人を生かす自然ではないのか。人のすることは動物のすることとそれほど変わるところはないのではないかとテルは思う。

人も動物も子孫を残すために性の営みがあり、生きるために食糧を調達する必要がある。それは生きる手段であるはずだが、人はややもすれば、そのことが目的であるかのように生きている。

稲作はもともと南から伝わった稲をもとに、川のそばの湿地や沼地で細々と行われていた。

画期的に変わったのはイザナギが船で鉄製の農機具を朝鮮半島から持ち込んで以降のことだ。鉄器を使うことで灌漑用水路を作って水を引くことが可能になり、硬い土地を改良して田んぼとして耕作できるようになった。

そして収穫量が飛躍的に増えたのだ。

（食べ物が多くなって、皆が昔よりも豊かになるはずなのに、どうしてそうなっていないのだろう）

テルにはそのことが不思議だった。

画期的な技術で社会の富は人が増える以上に増えた。しかし、残念なことに人間の限りない欲望はその成果を丸ごと独り占めしようと働く。皮肉な見方をすれば、稲作のなかった時代は貧しすぎて、争うだけの富がなかっただけなのかもしれない。

豊かさは人間の本質の一面をあらわにしたのかもしれない。

しかし、テルは穏やかな自然の秩序の中で営まれる人々の生活こそが、社会の真の幸福であると考える。

富を求める欲望、権力を極める欲望は、人々の幸いとは矛盾する。

自然に学ぶ時、強すぎる欲望はすでに自ら気づかない穢れをまとっているのだろう。人間は誰もが、穢れを祓い、清め、それを守らなければ、社会で生きる人の本当の幸せはないのではないか。

（祓い給え　清め給え　守り給え　幸い給え）天（うみ）からそう祈る声が湧き上がった。

（祓い給え　清め給え　守り給え　幸い給え）天（そら）からも祈りの声が降りてきた。

（祓い給え　清め給え　守り給え　幸い給え）テルは自分の祈りをアマに返した。

アマは海も空も笑った。テルも一人声を出して笑った。

天の鳥船は滑らかに音もなく海上を走ってゆく。帆に当たる風の音だけが聞こえる。

渡り鳥が瀚海を横切る船を追い越して前方の倭国のほうへ渡ってゆく。秋から冬に移りかわる季節が海にも流れていた。

女王・日御子誕生

天の教え

この年、稲の生育は順調だった。本来なら、素直に豊作の祭りに酔えるはずだった。

しかし、倭国内の乱はまだ続いていた。

権力に直接歯向かう力のない弱い者たちの恨みは、権力者ではなく、その権力の根源である田んぼに向かうようになった。

深夜、灌漑水路が壊され、稲が盗まれた。また畔（あぜ）が埋められたり樋（とい）が壊されたりして、田んぼに給水されなくなる事件も起こった。さらに手の込んだことに田んぼの苗が二度播きされ生育が妨げられることや、田んぼの区画を示す杭（くい）を抜いて境界をわからなくして、所有権の争いを生み出す事件も起こった。

人々の心が刹那的、虚無的になり、民の集会所に糞尿を撒くような狼藉までなされた。母子相姦、父娘相姦や獣姦など、眉をひそめるような風俗が流行するようにもなった。久しぶりに帰ってきた倭国の現状はそんな風で、数日のうちにその状況はテルたちの耳にも入るようになった。

テルとタカアマヒコ、ノロが高良山の王宮に呼ばれたのは倭国に帰って十日ほど経った頃のことである。

イツセ大王が王座からノロに声をかける。

「久しく、テルとタカアマヒコが世話になった」

「有難きお言葉でございます。お二人とも見違えるようにご成長なさいました。嬉しいことでございます」

「ノロも倭国は久しぶりだろう。今のこの国をどう見る」

「どう見ると申されましても、私がここにいたのはもう十年以上も前のことでございますから、よくわかりません」

「相変わらず、世渡りのうまい奴だ。まあ、いい。タカアマヒコはどうだ」

タカアマヒコは何と答えていいかわからない。正直に答えて、大王の虫の居所が悪ければ、殺されるかもしれないと思うと、何とも答えようがない。

「お前は若いが能力は並ではないとイワレビコが言っていた」

大王は横にいるイワレビコの顔も見ずにそう言った。イワレビコは特に顔色を変えることもなく、機嫌よく酒を飲んでいる。

「テルはどうだ。三年ぶりか。お前はどう思うか」

「ニニギノミコト様の天孫降臨以来、この国が目指したものは稲作などの穀物の生産を中心に据えて国づくりをしていこうというものでした。特に稲作は大勢の民が仲良く協力してかかわっていかなければ最後の収穫まではたどり着けないものです。その点では天災がきっかけとはいえ、残念なことになっていると思います」

「残念か、物の言い方は心得てきたようだな。今日は大事なことを伝える。心して聞け」

イッセ大王はイワレビコを自分の横に呼び寄せ座らせた。二人で考えたということだろう。大王は一呼吸おいてから、重々しく言葉を発した。

「テル。お前を邪馬壹国の次期大王に指名する。お前は邪馬壹国の女王となり、倭国の国王となるのだ」

大王の言葉にテルは茫然とした。女王に、国王になれと大王は確かに言った。テルは言葉が出ない。喜びよりも恐怖心が湧いてきた。

最初に声を発したのはタカアマヒコだった。

「大王様、その命令は軽口にしても度が過ぎています。本気とは思えません。なぜ、今、そんなことをおっしゃるのですか。とてもうまくゆくとは思えません。いったいどういうことでしようか」

「大王はテルに聞いているのだ。黙っていろ」

イワレビコにそう言われ、タカアマヒコは黙らざるを得なかった。

「テル、どうする。受けるのか、受けないのか、一年の間、猶予を与える。じっくり考えて返事をしろ。もしお前が嫌なら、ほかの者に譲る」

テルは聞きたいことがいっぱいあったが、頭がいっぱいになり考えがまとまらない。ただ一つだけ、聞いてみた。

「今は驚きだけで何も考えられませんが、大王様たちは譲位した後、どうなさるおつもりなのですか」

「答える必要はない」

イツセ大王は冷たくそう突き放したが、イワレビコ王子が横から言葉を継いでくれた。

「兄貴、これはお互いにとって大事なことだから、変な駆け引きなどしないで、話しておいたほうが後々のためだぞ」

イツセ大王は渋い顔をしたが、特に反論する風でもなかったので、イワレビコが続けた。

「実は俺たち二人は東に渡って、新しい国を築くつもりだ。今を逃せば、中国の新技術は出雲や吉備やその奥の国に伝わって、すぐに戦力の差はなくなる。先だって対海国でお前たちの話をじっくり聞かせてもらったが、倭国のように出来上がってしまっている国をちまちま運営していくのは俺たちの性に合わない。お前たちのほうがうまくできるはずだ。俺たちはもっと大きな国を作りたいのだ。もちろん、この国を譲るに際しては条件があるが、それはお前たちが承諾した後のことにしよう。譲る時には必ずお前たちが歓迎されるように、俺たちが仕組んでやるから心配するな」

「いったいどうなさるおつもりですか」

「そこまでだ。俺たちにはまだすることがある。今日はもう帰って、ゆっくり考えろ」

最後に大王が話をさえぎった。

テルとタカアマヒコはお互いキツネにつままれたような顔で見つめ合った。

テルは、まだ何か大きな隠された物事があるような気がしたが、全身が疲れ果て、宿舎まで帰るのがやっとのような気がしていた。

翌朝、ノロと一緒に日の出の礼拝をした後、タカアマヒコを呼んで昨日のことを三人で話し合った。

タカアマヒコはそんな甘い話はない、絶対に何か裏があると反対した。イワレビコが対海国に来たのは朝鮮半島と中国に渡って海外情勢を調査するためと言っていたし、彼は実際にはほかの情報源も持っているはずで、その情報はすべて、もうすぐ中華を統一する魏が遼東の公孫氏国に攻め入って滅亡させることを示している。そうなれば、倭国も一蓮托生の運命にある。

それを恐れているのだろうとタカアマヒコは言った。そうでなければ、混乱しているといえども、邪馬壹国は九州島の半分以上もある広大で豊穣な地域を占めており、彼らがみすみす手放すはずはないというのだ。

「おそらく倭国は十年もしないうちに今の混乱どころではない困難な状況に陥るだろう。この国は魏から敵対国として見られる可能性が高い。テル、そうなったら、お前は女王として殺されるかもしれないのだぞ」

ノロもタカアマヒコと同意見のようだ。

「確かにその可能性は大いにあります。イワレビコ様たちはあなたたち二人を犠牲にして、自分たちは東に新天地を築いて逃げるおつもりかもしれない」

二人の意見はもっともだ。しかし、もし自分が断ったら、この国はどうなるのだろう。誰か、ほかに適任者がいるのだろうか。

「ほかに誰かいるかどうかではないのです。もしあなたが、大君になったとしても、中華の国にはアマテラスの理想は通じないでしょう。中国も倭国も同じ穀物生産で富を作っているといっても、中国の農民はただの道具や、戦のための数集めの兵隊にしか過ぎません。倭国は違います。この国の民は道具ではなく、一人一人が国づくりに貢献している大事な国民です。おのずから、中国の皇帝と、倭国の大君とは性格も役割も大きく異なります。中国の皇帝は国同士の存亡を考えることに忙しく、民のことなど考えてはいません。それに対して、倭国の大君は民がうまくやっていけるように考えなければならない。この国では中国のように民を使い捨てにすることは許されないし、そんなことをしたら国そのものが成り立っていかないのです」

　ノロがそう言うと、タカアマヒコがさらに言葉を続けた。

「テル、魏の国は強大だ。そして残酷だ。甘い考えは全く通用しないぞ。考えてみれば、イツセ大君とイワレビコ王子の選択は正しいのかもしれない。魏が本気になって攻めてきて、もし倭国が戦うことを決意したとしたら、皆殺しにされることは間違いないだろう。悪いことは言わないから、変なことは考えないで逃げるのだ」

「頭のいい人はみんな逃げるのね。でも、もし、魏が倭国を征服したとしたら、この国の民は中国の農民のように、皇帝の道具として死ぬまで希望を持つことも許されないまま生きなくてはならない」

　ノロもタカアマヒコもその言葉を聞き、黙ってしまった。

　恐怖は人の判断に大きな影響を与える。しかし、国を預かる者が自分の死と、国と民とを天秤にかける判断が許されるものだろうか。

　テルは対馬の女王であった頃のアマテラスのことを思った。アマテラス様はイザナギ様からアマ国の統治を任され、スサノオに攻められながらも太陽の御子としての道を全うして死んだ。しかし、その死は無駄死にではなく、国と民と名を残した。アマテラスの統治は民の求める理想として今に伝わっている。

自分はどの道を行くべきだろう。今ならまだ逃げられる。そして、逃げなければ殺されるかもしれない。しかし、もし、この混乱を乗り越えて幸い住む国とすることが自分にできるなら、いや、その可能性が少しでもあるなら、やるべきではないだろうか。

魏と戦って勝つという可能性はないだろうが、テル一人が死ぬことで倭国の形をつなぐ道があるなら、それは勝利と同じといえるかもしれない。

問題は民を率いて国を変えてゆく力が自分にあるかどうかだ。

どうすべきかは、天が教えてくれる。テルはそう思い定めた。それはただ、自分の心のありようによるだろうとも思った。

テルはしばらく一人になり考えたいと二人に告げた。アマテラスのことを思いながら、空に、海に、山に、自然に、身と心を任せることにしたのだ。そうすればおのずから、答えが出るであろうことをテルは確信していた。

テルへの国譲りの提案の後、イワレビコは国内の混乱の制圧のため、倭国の辺境を忙しく駆け回った。

イワレビコは各地に忍び込ませていた八咫烏（やたがらす）をいったん邪馬壹国に集め、各地の反乱状況の報告を受けた。邪馬壹国には各地に秘密裏に配置しているイワレビコ直轄の五十人ほどの諜報要員がいて、これらの者たちは符丁で八咫烏と呼ばれていた。

イワレビコは報告に上げられてくる反乱の根となる細かい破壊行動に対して敏感に反応し、

厳しく取り締まった。

「倭国の治安を乱すことは重罪だ。死罪を免れない。こうした不届き者が二度と出ないようにするためには、犯罪者を取り除くことが一番だ。殺せ。そうすれば、正しい者が満ちる世の中となるのだ」

その言葉通り、首謀者、実行者、同調者は捕まえたうえで死刑を言い渡し、刑を執行した。その親族も、罪の軽重を測り、軽い者は妻子を没収して下戸に落とし、重い者はさらにその一族全員を奴隷に下げた。

イワレビコは人々から憎まれることを望むかのように、苛烈な刑法をあえて実行した。また、各地から体力のある若い男を家族から引きはがすように連れ去り、自軍に加え、厳しく鍛えた。しかしイワレビコの軍の待遇がよかったことから、内部の統制はよく保たれていた。イワレビコはすでに次の戦いを見据えて準備をしているようだった。

倭国の各国邑には大王とイワレビコに対する怨嗟(えんさ)の声が満ちあふれた。強権政治の中ではその声が表面に出てくることはなかったが、八咫烏から送られてくる報告にはそうした民の真の声がそのまま表れていた。

倭国は混乱だけではなく、疲弊の度合いも以前より増しているように見えた。

イツセ大王とイワレビコ王子が一番恐れていることは暗殺である。しかし、イワレビコが組織して鍛えた親衛隊が日夜二人の警護をしており、食事も信頼のおける女を傍に置いて任せていたことから、隙はなかった。

そんな状態が一年も続くと、倭国を逃れて、難民として倭国の対立国である狗奴国に逃亡する家族や、九州島の東海岸から海峡を渡って、対岸の国に逃れる者たちも現れた。

イッセ大王からテルに呼び出しがかかったのはそんな頃だった。

四季が一回りする間、テルは自然をじっと観察していた。海の潮の満ち引きには月の満ち欠けが関係し、四季には太陽の日が照る時間の長短が関係していることを知った。草花の落ちた後、果実が実り、その果実を小動物が食べ、その小動物をまた、狼や熊や大きな鳥などが捕獲して食べる。そんな様子もテルはよく見ていた。

乾燥した大地を雨が潤し、田畑に穀物や果実が実を結ぶ。雨が運んだ水は川に流れ海にそそぎ、また雲となって天に帰る。

自然は生きているもののように均衡を保ち、この世の命を支えていることをテルはただただ見ていたのだった。

この世には蜉蝣（かげろう）のように短い命もあり、月や太陽のように長い命もある。それぞれの存在に意味がある。

それは例えば、木の葉が枯れ落ちて良い土となるように、地に落ちた稲の実一つから多くの実がなるように、生き物が死んでほかの生き物の餌になり命の糧となるように、死にさえも意味があり、同じように、穢れや咎（とが）や、争いにさえも意味があるのだとテルは思うようになった。

（良きにつけ悪しきにつけ、人間にも自然のように物事を変える力があるのかもしれない）

木の葉が役割を終えて枯れていくことと、人が人を殺すこととでは、その意味は全く違う。人として生まれ、人として生きるためには、木の葉が役割を果たして枯れるような死に方を求めるべきだと、テルは考えるようになった。

祓い給え　清め給え
守り給え　幸い給え

テルの考えは昇華し、この祈りの言葉がすべてになった。

それは、過去を祓い、現在を清め、未来を守る幸せの祈りだった。

テルは、イッセ大王の国譲りの提案は、自分の考えが偽りのものでないことを試す、運命の必然に思えた。

王位の問題について、その後ノロにもタカアマヒコにも相談したことはなかった。二人は不安かもしれないが、ずっと近くにいてほしいとテルは願っていた。

国譲りの条件

　五人は一年前と同じ部屋で向き合った。

「この一年、私たちにも護衛をつけてくださり、おかげさまで落ち着いて考えることができました。こと、お礼申し上げます」

　テルはまず礼を述べた。

「イワレビコの働きで、この一年でだいぶ国内の整理ができた。お前の心の整理はついたか」

「その前にいくつか教えていただきたいことがございます」

「何だ。言ってみろ」

「イワレビコ様のお力で各地の反乱の目は根絶やしにされ、この国はだいぶ統治しやすくなったと思います。それでもお二人の御心にお変わりはないのですか」

「我々がここに残るということか」

「お二人のお力ならば、この国も新天地も造作なくまとめていくことができるのではと、そう思ったのです」

「言いにくいことを言えるのは立派だ。誉めてやろう。しかし、下の者が大君の決断を疑うようでは、国は成り立たん。深く考え決めたことだ」

「失礼を申しました。お許しください」

「ほかにもあるのか」

「畏れながら申し上げます。あれから一年が経ち、タカアマヒコも立派に成長しています。私ではなく弟が継ぐということはお考えの中にはないのでしょうか」

タカアマヒコとノロは驚き、テルの顔を見た。

「我々は国の遠い将来の姿を思い描き、決断し、今を動いているのだ。お前が女王として一番輝くためにイワレビコは一年間嫌われ役を買って出たのだ。タカアマヒコにはお前を補佐してもらう」

「私が女王として一番輝くために……」

「そうだ。タカアマヒコ、それでいいな」

大王がタカアマヒコに向き直り、覚悟を求めた。タカアマヒコは補佐とはどういうことかわからず、口ごもった。

それまで黙っていたイワレビコが、焦れて口を出した。

「お前もテルの考えを聞いただろう。あの言葉は大したものだ。未来永劫、価値ある言葉となるだろう。しかし、あれは国を治める者の言葉ではなく、いわばアマテラスの祈りのようなものだ。あれが独り歩きしたら、民は自由に放たれて、別の意味で国は混乱する。民が一人一人自由になったら、一年がかりの米の収穫や、田んぼを作ることや、何よりよその国から攻められた時、ひとたまりもないぞ。テルはテルでいいが、お前はそのそばで、しっかりと倭国を統治するのだ。お前たちは二人で一人だ。ノロはテルにいつもついて守れ」

イワレビコの言葉にタカアマヒコが思い余って口を出した。

「この私に倭国を統治せよと。果たしてテルと私でそんなことができるものでしょうか」

「お前は心配性だからこそちょうどいいのだ。俺たちは新天地を開拓するが、考えてみれば我々は同じ立場なのだ。そうは思わないか」

イッセ大王が弟を励ますように言った。同じ立場とは、両者が新たな境遇に立ち向かうということなのだろうか。この国はいまだにアマ族の者たちが命をかけて新天地を開拓しなければならないことを言っているのだろうか。いずれにしても、二人のただならぬ決意が伝わってくる。

テルにはもう一つ聞かなければならないことがあった。

「一年前、この国を譲るには条件があるとおっしゃっていました。それはどんなことでしょうか」

「正直に言おう。倭国は、いや、倭国だけではなく、広大な大海の中に浮かぶこのちっぽけな倭人たちの島国は、いま危機存亡の瀬戸際にある。我々は力を合わせなければ、いずれも滅んでしまうだろう。条件とは、お互いが無条件に助け合う契約をすることだ」

「中国に立ち向かうのですか。そうでなければお互い死ぬと」

「立ち向かって勝てる見込みはない。皆殺される。お互い助け合って、どちらか一方が残れば上出来だ。両方が生き残るなら、万々歳だ」

「タカアマヒコ、どういうことか、私にわかるように教えて」

テルはイッセ大王のいう意味がわからない。生き残りというなら、イッセ大王たちのほうが瀬戸内海を渡り、敵の真ん中に飛び込んでゆくのだから、余程危険なはずだ。それに対して倭国は今表面的には混乱は片づいたように見える。どういうことだろうか。

イワレビコがタカアマヒコに答えるように促した。

「大君様たちが向かう瀬戸内海の向こうには、道々に安芸、吉備、出雲、摂津、熊野、越などの地に住む豪族がたくさんいる。今では武器もそれなりに整備されて、少人数で乗り込むのは危険だ。随時、最新の武器と兵隊、食料を入手しないと戦えない。一方、中国では公孫氏国が魏の国に滅ぼされようとしている。その影響は必ず周辺にも及ぶ。倭国は公孫氏国滅亡の後、よほどうまく立ち回らないと一緒に滅亡させられる。どっちにしても前途は多難なのだ」

イワレビコが満足したようにうなずき言葉を継いだ。

「その通りだ。この危機的状況を打開するために、お互い得意なことで協力しようということだ」

タカアマヒコには不安が残った。王権交代の条件についてはまだ何も聞かされていないのだ。

タカアマヒコは意を決して切り出した。

「アマテラス様が出雲王朝の大国主様と話し合った国譲りの条件は、以後、互いの領土を侵犯しないことと、アマ国の技術力で出雲に巨大な宮殿を建設することだったといいます。今回、お二人が新天地に雄飛するに際して、女王となるテルも私も何かを提供できる力があるわけではありません。私たちだけが一方的に利益を得るようなことのように思えます。大王様たちはいったい我々にどういったことをお望みなのでしょうか」

この問いについてイワレビコが答えた。

「大事なところだ。下手をすればお互い、無意味に死にかねない。俺たちもよくよく考えたことだ」

イツセ大王とイワレビコ王子がテルとタカアマヒコに命ずる条件は次のようなものだった。

- テルは女王即位に際して「日御子」と改名すること
- 我々の権限、行動等についてはすべて秘匿すること
- 兵隊、武器、軍船、食料、その他の東征軍のために必要な一切を常に供給すること
- 日御子は祭祀、神事、文化、外交を担当し、ほかの政治に関与しない
- 政治はタカアマヒコが行うが、内政の重要な事案については我々の指示に従うこと
- 日御子との連絡は我々の部下の男子一人がその任に就く。この者を宮室に置くこと
- 倭国の各国邑の官の人事は当面我々の指示に従うこと

・各国邑の市場に使大倭（しだいい）制度を新設し、常時監視報告すること
・外交についてはすべて報告すること
・海外取引の実務は伊都国に担当させ、タカアマヒコがこれを指揮監督すること
・倭国の国邑制度と官僚組織はそのまま引き継ぐこと

使大倭とはいわば監視人のことである。

タカアマヒコの予想通り、条件は厳しいものだった。

この条件では新女王の権限は大きく制限され、やりたいことは何もできないのではないかと、タカアマヒコは暗澹たる気持ちになった。

「厳しい。逆に私たちにはどんなことができるのでしょう」

「甘いな。本来なら、国を取るとは殺すか殺されるかだ。俺たちを殺して新しい国を作るほどの気概がなければできないことなのだぞ。もし、受けなければ、お前たちの明日はないものと思え」

イワレビコは魔人の顔を見せた。

タカアマヒコは沈黙せざるを得なかった。ノロは黙ってテルの顔を見た。

条件を聞いたテルは、二人の覚悟を知った。条件は厳しいものだが、その内容はすべて、中国に向けたものであるとテルは理解した。

「お断りする道はないということですね」

「そうだ。お互い、生きるか、死ぬかだ」

「最後にもう一つだけ教えてください。大王様、王子様のお言葉に従って今後それぞれの道を行く時、私に期待するアマテラスの国と、お二人が目指す国は大きく異なると考えます。お二人は東の土地にどんな国を作ろうと思っておいでなのですか」

テルはイワレビコが対馬を去る直前に発した「俺は逃げる」という言葉を思い出していた。

短気なイワレビコは苛ついている様子だった。この問いにイッセ大王が答えた。

「この大八島（おおやしま）の国は古来四方を囲む海を天然の要害とし、我ら倭人はその中で自主独立を保ちながら、暮らしてきたのだ。土地と自然は人の性質を決める。この国は中国と比べれば貧しいかもしれないが、その代わりに穏やかで暮らしやすい国を築いてきたのだ。ところが今、この国に海の向こうの野蛮な国が押し寄せ、我らの国と民を蹂躙（じゅうりん）しようとしている。奴らの技術はまるで、すべて戦のため、人殺しのためにあるようなものだ。そんな奴らの思うままにはさせない。しかし、奴らは強大な武力を持っている。それに対抗するには時間がなく、我らは奴らの思うままに奴隷の境遇に落とされてしまうだろう。そんなことにならないために、我々はここにいては駄目なのだ。我らは奴らから離れたところに豊かな国を作って奴らに対抗するつもりだ」

イッセ大王はいつになく強い口調で語った。

「しかしテル、お前は我らとは違う考えを持っていると聞いた。イワレビコは対馬でお前の想いを聞き、もし自分が王族でなければ、そんな国に住みたいと思ったそうだ。おそらく、倭人の多くの者はお前の想いに惹かれることだろう。お前はここでその道を究めればいい。中国でもいにしえの聖人はお前と同じようなことを考え、一つの流れとしてそれが脈々と伝わっていると聞いたこともある。とにかく今は非常時だ。皆同じ道を行けば最悪の場合すべて無だが、二つに分かれれば、生き残る可能性は広がる。お互いが思う国づくりをして生き残ろうではないか」

大王と王子は同じ思いを共有しているらしい。また、テルの思いを二人が理解していることに、テルは感激した。

「私はこの筑後が好きです。ニニギノミコト様がアマ国からこの地に降りた時、

向韓国-真来通　笠沙之-御前而（韓国に向かいて真来通(まきとお)り、笠沙(かささ)の御前(みさき)にして）

朝日之-直刺国　夕日之-日照国也（朝日のただ刺す国、夕日の日照る国）

と詠うようにお喜びになったお気持ちが、高良山からこの平野を見た時、本当によくわかります。たとえ、誰かがこの国を侵略してきても、私は逃げません。この土地と自然とを一番愛しているのは私たち倭人です。この地を愛する限り私たちは負けない。私はそのために私なり

のやり方で戦います。お二人のお気持ちもよくわかりました」

テルは大きく息を吸ってから、言葉を続けた。

「ここは邪馬壹国、倭国、そして日の本の国。私が命を捧げる国。お二人が私に託すとおっしゃるなら、お受けいたします。私は日御子（ひみこ）になります。身が引き締まる思いです。心して精進努力いたします。ただ、その精進に関して、一つだけ、お願いがございます」

「なんだ、申してみよ」

「大君様には時間の一刻一刻が貴重だとは存じますが、何とぞ、私たちに統治を学ぶ時間をいただきたいのでございます。春夏秋冬の巡る一年間の学びの時をお願いいたします」

「お前は今、いくつだ」

イツセ大王がテルの年を聞いた。

「十六です」

イツセ大王とイワレビコ王子が少し話し合い、イワレビコが答えた。

「わかった。一年間やろう。ただし、譲位式はすぐやる。女王に即位してから、学びはやればいい。その一年間は誰にも会わないようなやり方を考えろ。我々も準備期間が必要なところだ。一年間は倭国各地を回って牽制しながら、情報を集め、作戦をまとめることとしよう。しかし一日たりとも延長は認めない。一年間だけだぞ。それでいいな」

「ありがとうございます。壱岐島の一大国に行かせてください。技術を学び、王にふさわしい心を鍛えてまいります」

「一大国か。なるほど。よく学んでこい。そして、テル、お前は今度の正月から女王としてこの国に君臨するのだ。名は正式に日御子と改めよ。憎み嫌われている我らは譲位して、しばらくは目立つようにこの国にいて、お前が帰ってきてから、東の国に向かう」

イッセ大王が言葉を継いだ。

「しかし、自重せよ。民は怖いぞ。甘くすればなめられる。辛くすれば憎まれる。お前のアマテラスの理想をこの地で実現するようにやってみろ。政はタカアマヒコに任せ、民からは畏敬の念をもって慕われるようにしろ。一番気をつけねばならぬのは近い将来に必ずやってくる中国だということを忘れるな。二人でよく相談して国をよく治めよ」

大王は兄の顔に戻ってテルを激励した。

邪馬壹国と卑弥呼

卑弥呼の秘密

倭の女王国はこの洛陽から、水行十日、陸行一月の距離にある。

著作郎の陳寿の賓館に向かう道すがら、東の方、朝日が昇りくるはるか遠くの地平線を見つめながら、張政は改めて邪馬壹国の日々のことを思い返していた。

(卑弥呼とは何者だったのか)

陳寿からの宿題は邪馬壹国のこと、卑弥呼とは何者で、邪馬壹国を卑弥呼はどうしたかったのか、それは成功したのか、ということだった。

張政の悔いは、卑弥呼が何者かもわからないまま、あまりに早く殺してしまったことだった。

結果論になるが、その直接の責任は卑弥呼の無知にある。卑弥呼の朝鮮半島の帯方郡に対する救援軍要請は時期が悪すぎた。あまりに早くそして、上手すぎだったのだ。

魏が領土を回復した帯方郡に倭国が最初の貢献をしたのが、景初二年（二三八年）の六月のことである。この時には帯方郡は魏の手に落ちており、魏の勝利を確信した卑弥呼は帯方郡太守・劉夏（りゅうか）のもとに大夫の難升米（なんしょうまい）を送り込み、洛陽にいる魏の皇帝へ朝見を求めたのである。

当時、これまで一度も交流のない倭国からの貢献を魏は大いに喜んだ。

卑弥呼の貢物は粗末なものだったが、品物の質よりも、早期貢献の大切さを女王は知っていたのである。

渡海作戦を直接指揮し、お役御免となった帯方郡太守・劉昕（りゅうきん）の後任の新太守・劉夏は、この倭国の遣いの難升米一行に部下の守護をつけて洛陽まで送り届けた。明帝はこの朝見を受け、卑弥呼に「親魏倭王」の称号を授けたうえ、金印紫綬を仮授する大歓迎をしている。

前回陳寿に会った時、張政は自分の推測で倭国の使節を洛陽に送り届けたのは劉夏の功名心から来ているに違いないと言った。今でもそう思っているが、張政は陳寿に自分の考えをそのまま伝えたことを少し反省していた。

「盧平、あれはいまだに謎だな」

「我々が倭国に行く十年も前のことですからね。全く事情はわかりませんでした。あれは、謎も謎、すべて、かかわる者の欲得と勘違いの連続で、史上まれに見る茶番だったと私などは思

います よ」

「王頎様は勘の鋭い方だから、おそらくすべて見抜いていたのだろうがな。倭国行きを指名された時にわしは下っ端の塞曹掾史だったから、何のことかわからず、ただ言いつけに従うしかなかった」

「王頎様は実力者で、上昇志向の強いお方でしたが、結局、幽州刺史で後漢皇帝と近かった毌丘倹様同様に反司馬派とみなされ、失脚なさった」

「おい、盧平、お互い年老いたな。こんなことを声高に言っていたら命がいくつあっても足りないぞ。秘密は秘密、謎は謎のままでいい」

「そうでした。そうでした。あの著作郎はやはり怖いお方ですな。私にまでこんなことを思い出させる」

謎、勘違い、茶番。確かにそうかもしれなかった。

卑弥呼だけではなく、邪馬壹国の遣いの難升米も、そして、帯方郡太守の劉夏も、何か秘密を隠している様子だった。当時、張政はそんなことは深く考えずに卑弥呼を殺してしまったが、長く倭国にいて、事はそう単純ではなかったかもしれないと思い始めていたのだ。

塞曹掾史の立場ではどうにもできなかったが、その後、倭国女王・壹与の後見人として国の舵取りをした。魏に戻り、帯方郡太守として責任ある立場で振り返ってみた時、当時のことは忘れたほうがいいという思いと、もっと追及すべきだったという矛盾する念が交錯して悩ましかった。

（もう少し生かしておくべきだったのだろう。そうすれば……）

　今となってはもう、かなわぬことである。

　倭国の民は正直でまじめだが、卑弥呼の周囲の者は何らかの隠し事を最後まで守り通したのかもしれない。陳寿なら何かを感じ取ってくれるだろうか。

　ともあれ、陳寿への証言は誰かに難が及ばぬよう、気をつけないといけない。

　その点で盧平は物事の正面しか見ないことを自分に課して世渡りをしているような男だった。張政はそれがどこか救いだった。

　張政は陳寿から問われたことを改めて整理してみた。

「邪馬壹国」は「やま・い」国で、この国名は倭人の発音にそのまま漢字の音を当てはめたものが伝わったものである。倭人たちの意味するところを漢字で表記すれば、「邪馬」は「山」、「壹」は井戸の「井」になる。

　邪馬壹国は「山の上でも井戸から水が湧くような水の豊富な山の国」という意味で漢字にすれば「山井国」となる。

　卑弥呼の居城の高良山には、山頂近くにも豊富に水の湧き出る泉があり、山で生活するのに不自由はない。高良山は九州島で一番広い筑後平野に耳納（みのう）山地が入り込んでいる低い山で、この宮殿の周囲は神籠石（こうごいし）という石垣で囲われていた。その上に回廊や見張り小屋などの建造物があった。

張政たちは、倭国に初めて馬や荷車を持ち込んだ軍隊である。

これを使おうとしたのだが、中国の地形とは勝手が違った。急な山地や小さな河川が多く、背の高い草木が繁茂する平地に往生して、役に立たなかった。馬や荷車を活用するにはもっと国土を整備する必要があるが、倭国はまだそこには至らなかった。

中国の中原の都は平地に街の街路と街区を作り、その周囲を高い城壁で囲って王城を作る。皇帝はその中心にあって国を治めるのが常だが、倭国では山に城を築くのである。武器の主流が弓矢だからだろう。上から敵を射るほうが威力がある。

もともと張政は玄菟郡（げんとぐん）から高句麗、夫余（ふよ）、沃沮（よくそ）など、東夷の国ばかりを見慣れてきたせいか、邪馬壹国の山城に別段違和感はなかったが、中国人はなぜわざわざそんなところにと思うだろう。

「卑弥呼」もまた倭人が発音する「ひみこ」に漢字の音を当てたものだ。倭人たちの意味でいえば、「日の御子」または「日の巫女」で、太陽や土地など自然信仰の祭祀ということになる。倭人たちは「卑弥呼」を「日御子」と書きたがるが、「御」の字は単に御するという意味なので、何か勘違いしている。

山上の宮室は、天孫民族であり、太陽の祭祀である卑弥呼の存在を象徴していた。

しかしこれも中国人にはよくわからない。太陽の存在は暮らしや農業には重要だが、人間とは別の規則で動いているもので、支配することなどできないものだ。

太陽を祀る巫女がなぜ女王になるのかと問われれば、それが倭国のやり方だということしかない。

おそらくそこには倭国の風土が関係している。

小麦と稲の差こそあれ、魏も倭国も国力の基本は、穀物栽培主体の農業にある。倭国では、雨が安定して多量に降る。そして、耕作できる土地に限りがあるため、収穫量が多い稲作を農業の柱とした。しかし半面、稲作は人手を多く必要とした。

倭国の神話によると、はるか昔に宇宙を作り、島や土地を産んだ神々がおり、その後、アマ族の女王であるアマテラスが孫のニニギノミコトという神に邪馬壹国の地を治めよと命令して、天からここに降りて国を作ったという。邪馬壹国の王族たちは、その子孫というわけだ。

しかし、天孫降臨族というアマ族の少数の支配者層だけでは、国も農業もできない。だから、もともと九州島に住んでいた民に農業の道具を与え、米の作り方を教えて働かせることで、稲作中心の国を作ったのだ。

この原住民はもともと山の際や海辺に住んでいたので、彼らの労働力を使うために最初は山際や川のそばの葦原に田んぼを作るしかなかった。倭人の国はそういう風に発展してきたのだ。

しかし、張政が見るところ、倭国と中国の農民とでは大きな違いがある。中国は国土が広大で、農地も人も多い。農民は食糧生産をするための道具であり、戦となれば兵隊として駆り出される。中には徴発した農民を「死に兵」などと呼んでいた将軍もいたほどだ。要するに消耗品なのだ。

倭国では農地の狭さに加えて自然災害が頻繁に起きる。国王の役割は、国土を災害から守ること、それとともに農民を災害から守る必要があった。そうでないと食糧生産が維持できないのだ。

卑弥呼亡き後、男王を立ててもなかなか国が収まらず、混乱の日々が続いたが、そんな中にあっても、国王はいつも民の生活を心配しているように見えた。民から搾れるだけ搾り取るという考えは倭国にはないようだった。

このことは張政が倭国に赴任してすぐわかったことだ。この様子を見て、張政自身、この国を長く治めて自ら君臨しようという欲はなくなった。

魏の国から見て、倭国が将来的に脅威となることはないだろうし、従属させておいて、皇帝の権威付けに利用するくらいの役割がせいぜいだろう。その意味では中華の対外政策はおそらく正しいのだ。国土も民も文化も生活も、中華の中原に比べてすべてが見劣りするし、やはり、辺境は辺境でしかないのだ。

ただ、農民として生まれるなら、張政は倭国のほうがいいかもしれないと思った。

もちろんその思いの裏側は、国を支配する権力の側であるなら中国がいいということでもある。

倭国はまだ宇宙創成神話の神々が、生身の人間の身近にいる。

天孫降臨を果たしたアマ族は稲作の大きな可能性を知り、九州島中最大の筑後平野に邪馬壹国を建国した。それ以来、約七、八十年間、紆余曲折がありながらも男王のもとで稲作中心の安定した国づくりに励んできた。しかし、大きな災害をきっかけに国が乱れた。その時に神話にあるアマテラスの権威を借りて女王・卑弥呼が誕生したのだ。

卑弥呼はもっぱら何やら呪文を唱え、占卜のまねごとをしている。そして奴婢を集めて装飾品や生活に必要な品物を作り、それを改良することに励んでいた。また、踊りや歌や、季節の祭事を取り仕切り、食事を美味しく作るための方法を試したりしていた。

卑弥呼の意図することの第一は、日の巫女の名の通り、太陽に対する礼拝だ。自然に対する感謝を捧げ、人々の日々の行いと想いから穢れを祓い、清め、幸せに生きようと祈り、呼びかけることだった。

張政から見て、それは全くとりとめのない、目的のはっきりしないことだ。とても政治とは言えないままごとのようなものだった。

こんな無防備な国は、他国から狙われたらひとたまりもないだろう。

卑弥呼を支えて実質的な政治を取り仕切っている弟がいたというが、はっきりしない。張政の印象には残っていないのだ。卑弥呼が死んだ後に見た記憶もない。

その男は倭国の統治に必要な組織を中国や朝鮮半島の国から学んで作り上げ、よく仕切っていたという。卑弥呼が女王に即位してから張政が倭国に行くまでの十四、五年間、国は安定していたので、それなりの能吏だったのだろう。

しかし、貧しい倭国では経済を安定させるために大規模な整備をして稲作りに必要な土地改良をする必要があり、当時はまだまだ道半ばだった。

魏の田舎の農村に広がる豊かな平野一面の小麦畑は、そこでは見ることができない。ただ山沿いの扇状地や川沿いの低湿地に少しばかりの田んぼがあるばかりだった。

「盧平、中国の小麦畑の収穫量と邪馬壹国の田んぼの収穫量を昔比べたことがあったな」

盧平は昔から小麦粉をこねて味付けした豚まんじゅうには目がなかった。

「それはもう話になりませんな。農地が狭い。それに比べて、帝都の近郊であっても目の前の畑は、見るだけで眼福で腹いっぱいになります。大体田んぼは平たんに作らなくちゃ水が引けないのが不便だ。なだらかな起伏があるのが自然の土地で、麦の栽培のほうが適しているのですよ」

「確かにそうだ。一本一本の収穫量は稲のほうが多いが、麦のほうが簡単で育てやすい。なんで奴らはあそこまで稲にこだわるのかな」

「奴らは米のほうがたくさん収穫できるし、うまいって言ってましたがね。江南人の血でも入っているのですかねぇ。しかも、奴らの米はほとんど年貢に取られて自分たちは海の魚とか、山の動物を捕まえて食っている。それに毎年襲う秋の大風、大雨でせっかく作った米が駄目になったりするのに、全くもって訳がわかりません」

倭人は自分たちの国を「豊葦原水穂国」と自慢していた。

「葦は稲と同類ですがねぇ。確かに稲藁も葦も様々な用途に使えるが、そんなものを有難がって自慢するのがおかしい」

盧平はあくまで倭国には批判的だ。

張政が陳寿の歴史局の館に来るのはもう五度目になる。最初に倭国のあらましは伝えてあり、陳寿はその内容に沿って資料を確認しているのだろう。今後は深い内容に入っていくはずだ。張政たちは洛陽での本来の仕事を終えているので、時間はたっぷりあるが、陳寿のほうは多忙らしく、少し待たされた。

洛陽の巷では呉の孫皓との最後の戦に備えて、長江の上流で軍船をたくさん作っているという噂が流れていた。陳寿の史局にはそうした情報も集まるものらしい。

著作郎様はもうすぐお入りになりますと、控えの者が告げてから少しして陳寿が部屋に入ってきた。

「お待たせして失礼しました。今日はたまたま私の師匠でもある張華様がお見えになりまして、長老様のご経験を一緒にお聞きしたいとおっしゃっていますが、同席してもよろしいですか」

張華は武帝・司馬炎と緊密な関係にある実力者であり、陳寿の後ろ盾とも噂されていた。張政は張華の名声だけは知っていたが、会うのは初めてで大いに緊張した。

「張撫夷将軍か。張華である。東夷での活躍、特にはるか地の果て東南海中の倭国まで、皇帝の徳と勢威を示したこと、よく聞いておる。長い間ご苦労であった」

「有難きお言葉、痛み入ります。張華様のお名前は幽州辺境の帯方郡まで轟いております。ご尊顔を拝し、この老生の良き冥途の土産としてあの世に持っていくことができます」

　張華は若い頃より王佐（おうさ）の才（さい）を認められ、武帝の寵臣、友人としても知られていた。その容貌は陳寿とはまた違った、男子の実力と魅力を余すところなく伝えていた。

　それとともに、魏と呉の最終決戦の噂は本当のようだ、と張政は思った。

「倭国の報告のことは著作郎から一通り聞いた。その邪馬壹国は建国以来男王の治世が七、八十年続き、その後、国内の乱が七、八年続き、その後に女王・卑弥呼が共立されたということだが」

「はい。邪馬壹国のもとは朝鮮半島と九州島の間にある対海国の対馬にあり、そこではもともとアマテラスという女王が統治していたそうです。倭国乱の後、卑弥呼が共立されたのはそういう事情があります」

「卑弥呼には夫も子供もなしと聞いたが」

「はい。卑弥呼の宮室に入れる男は政をつかさどる弟と、卑弥呼に給仕し伝辞を取り次ぐ役割の男二人だけでした。あとは様々なもの作りの作業をする者、鬼道を学ぶ者などといった奴婢が千人ほどいました」

「男子が二人、奴婢が千人か。それで倭国の内政はうまくいっていたのか。妙だな。著作郎殿はどう思う」

張華は陳寿に問いかけた。

「はい。私も長老様の話を聞いていて、何か、顔が見えないような気がしました。普通国の内情を聞けば、その君主の性格や風貌が国と重なってありありと思い浮かぶものですが、倭国に関してはどうもぼんやりしています。女王国というだけではないような気がしていました」

張政の緊張の度合いが増した。盧平も会話の迫力にいつもの軽口も出ず、ただ、黙ってしきりにお茶をなめていた。

張華と陳寿には倭国のありようが通常ではないように思えるらしい。張政はそこに二十年近くいて気が付かない自分が無能である気がしてきた。いや、そうではない。張政も何かおかしいと気が付いてはいたことなのだ。

「婦人が不淫で妬忌がないという国は聞いたことがない。盗窃がなく、争いごとも少ないということも立派なことだ。大人と下戸の間、各宗族の間に尊卑の念と差序が保たれることはこの中国でも少ない。また、国々に交易する市場があってこれを取り締まる使大倭という官を置き、重要な地域に、中国の州の刺史のような行政権と軍事権を持った一大率という官を配置して検察するということも理にかなっている。いや、かないすぎている」

「邪馬壹国の政治の実務を任されていた女王の弟は相当に優秀な男だったようです。そのほか

にも、邪馬壹国には官僚組織が整備され、支配下の国にも配置され、司令が行き届くようにな
っていました」

「その弟は卑弥呼の死後どこに行った」

「それが、目立たない男で、卑弥呼の死とともにぷっつりと姿が見えなくなってしまいました。

人知れず殉死したのかもしれません」

「男が女のために、弟が姉のために殉死と。そんなことがあるのか」

「当時私たちは倭人の言葉がわからず、倭人の下手な通訳を介して会話をしていまして、その
男のことはそれ以上、わかりませんでした」

「おそらくもう一人の伝辞の男と一緒に逃げたのだろうな。張政殿の当時の階級は何だ」

「はっ、塞曹掾史でした」

「そうか。王頎将軍には何か考えがあったようだな」

張政は王頎が倭国に自分を送り出した時の〈あれこれ考えるな。お前くらいの役職のほうが
いいのだ〉という言葉を思い出し、汗が吹き出しそうになった。

「倭国は何万戸の国だ」

「はっ、最初に渡った頃には、邪馬壹国以下、全二十九国でざっと二十万戸です。人口は約
八十万人といったところでした」

「まああの国だ。卑弥呼には前王を継ぐような男子の兄弟はいなかったのか。それとも何か

卑弥呼でなければ、女王でなければならない理由があったのか」

「私が聞いたのは、海難事故で亡くなった者、前王の死の前後の倭国乱で死んだ者がいたということです。私が王頎様から与えられた仕事は卑弥呼の処罰と倭国の早期平定でしたので、それ以上追及することは考えませんでした」

「そうか。帯方郡太守の王頎将軍から倭国への援軍を言い渡された時、ほかにはどういった指示があったのだ」

張政はお茶を一口飲んだ。張華の落ち着いた目の裏にある鋭い視線に気圧され、当時の混乱状況を正直に話すしかないと思った。

「魏軍の直接の目的は、倭国と以前から対立関係にあった南部国境を接する狗奴国との紛争の援軍ということでした。ご存知のことと思いますが、当時の王頎様は東夷を国境の果てまで追い詰めて勝利し、また韓国諸国の反乱鎮圧のために帯方郡の太守として赴任した直後のことだったのでございます。そんな時に突然海の向こうから顔や体に入れ墨を施した鯨面文身の遣いが来ました。卑弥呼は魏の明帝から倭国をよく治めるようにと『親魏倭王』の金印紫綬を仮授されているにもかかわらず、そのような立場の者がよりによってあの時期に争いの種を持ってくるなど、王頎様には耐えがたいことだったと思います。結局、卑弥呼には倭国を統治する能力なしと見て、その扱いについては皇帝にお伺いを立て、勅を受けたうえで、塞曹掾史である私に倭国の争いを平定してくるようにとの仰せでした」

「これ以上物事を複雑にさせるな、面倒をかけるなというわけか。王頎ももう少し追及すれば、この著作郎殿に名前を残してもらえただろうに、残念だったな」

　張政にはまだ張華が何を言っているのか理解ができなかったが、次の言葉でおぼろげながら張華の疑問が見えてきた。

「九州島の東は、侏儒国（じゅじゅこく）、裸国（らこく）、黒歯国（こくしこく）など南のほうにしか行かなかったようだな。どうして倭国以外の倭種の国には行かなかったのだ」

　確かに言われる通りだった。張政の軍は瀬戸内の奥に向かう東に、まっすぐに進むことができなかった。そこには侵入者を迎え撃つ気概を持った野蛮な倭種がいて、五百人の張政の軍勢では打ち負かすことができなかったために避けていたのだった。張華はそれを見透かすように言ったのだった。

「申し訳ありません。当時は多勢に無勢、我々の戦力では上陸して敵を打ち破ることは無理だと判断しました」

「そうか、王頎にはその報告は上げたのか」

「はい」

「洛陽まではその報告は届いてなかったな。著作郎殿は見たことがおありか」

「いや、そのようなものは見たことがありません」

　張政の首筋を冷や汗が流れた。その顔色を見て張華が言った。

「王頎もそこまではやりきれなかったか」

陳寿が張政に助け船を出すように、東夷の事情を説明した。

「遼東以東の地域も広大で、高句麗、夫余、沃沮、それに朝鮮半島の濊、韓諸国と多くの国があり、それに対して全体の兵力には限りがありました。その中で、倭国には魏への臣従の意思を確認したということで精いっぱいだったようです」

「そうか、それにしてもそんな情勢の時に帯方郡に援軍を申し込んだら、その先のことは予想できそうなものだ。卑弥呼もさすがにそこまで無知ではないだろう。何か別の事情がありそうだ」

張政の横で聞いている盧平は、張華の一言一言に緊張して顔色が青ざめた。

「いや、張撫夷将軍、心配なさるな。当時の東夷の困難な状況はよく知っている。このことは当時不思議に思ったわしの個人的な疑問を確認したかっただけだ」

張華は一転して笑顔になり、陳寿のほうに顔を向けた。

「ところで著作郎殿、倭国の女王・卑弥呼は、日を御する魔力を持つ神として、世間離れしたことを民に吹き込み、なかなか面白い国を作っていたようだ。貴君はこれをどう記述するつもりか」

「はい。その部分については『事鬼道、能惑衆』とするのが適切かと今は考えております」

「ほう、鬼道につかえ、能く衆を惑わすか。ふぉっふぉっふぉ。それは面白い。我が中国にも昔からそういう奴がいる。それでは王頎将軍が殺したくなるのも無理はないかもしらん。それは愉快だ」

　張華はさっきとは打って変わって上機嫌だった。

「魏志と列伝については読ませてもらった。満足のゆく出来だ。そして東夷のことはよくわかっていなかったが、張撫夷将軍の話を聞くことで補えるだろう。完成した『三国志』を読むのが今から楽しみだ」

「はっ」

「武帝がまた著作郎の話を聞きたいと言っていた。近いうちに倭国の女王を肴に三人で飲もう」

「承知いたしました」

「魏志はきっといい出来になる。このうえは晋書を書くことだな」

「精進いたします」

「うむ。愉快だ」

　張華は満足した様子で待たせておいた馬車に乗り、帰っていった。

「はあ。生きた心地がしませんでした。まるで我々のことをその場で見ていたような洞察力。それにあの威圧感が半端じゃありませんな」

　陳寿が張華を見送りに行っている短い間に、それまで黙っていた盧平が息を吹き返したように口を開いた。

「それにしても著作郎様は大変なお方なのですな」

部屋に戻ってきた陳寿は、さらに張政に卑弥呼のことを質問する。

「東夷の中でも倭国、邪馬壹国の国家経営は、狗奴国のことを除けば、非常に安定していたように見えます。いや、安定という以上に、こういう言葉が適切なのかどうかわかりませんが、精神性に優れているようにも思えます。私は王頎将軍の判断を重視して、鬼道と記述するつもりですが、実のところ、長老様はその卑弥呼に接してどう思われましたか」

張政は張華が去って緊張していた体が緩んだように感じ、少し饒舌になった。

「卑弥呼の言うことは『祓い給え　清め給え　守り給え　幸い給え』ということだけでした。そこには倭国の建国の神話や卑弥呼擁立前の国内の乱が人々の心にあり、また、恵みも大きいが災いも多い自然の力が関係していたようです。自然の脅威を日常的に意識しなければ、あの国では経済が成り立ちませんし、生きていけない社会と皆思っていました。そこに卑弥呼は付け入り、アマテラスという太陽を人格化して頂点に祭り上げたような宗教もどきを作り上げて、君臨していたということでしょう。卑弥呼は政治的なことは一切弟に任せ、口出しはしなかったようです。何か問題があっても卑弥呼には累が及ばないような仕組みなのです。私の知る限りでは、中国にもない宗教と政治の二元的な統治法で、どこの知恵者が作ったものかと驚きました」

確かに非常に特異ではあるが、宗教集団にはよくあるやり方だと陳寿は考えていた。教祖の神秘性、無謬(むびゅう)性を際立たせるためには、人々の利害の調整という矛盾が避けられない政治に触らせないのが一番いい。そしてそういった場合、往々にして実質的にその集団を率いて方向性を決める有能な裏方がいるものだ。

張華は若い頃に魏の佐著作郎(副長官)を務めたことがある。個人的な疑問と言っていたが、何か、宗教集団を越えた倭国のありように別の作為的な意図を感じていたようだ。それは陳寿にしても同じだ。

中国の太平道にしても五斗米道にしても、道教を基礎とする人物によって創立され、一定の地域に勢力を伸ばした。が、しょせんは巨大な国家に対して農民の不満を集めて批判対抗勢力として生じたもので、時代のあだ花のように散っていった。

しかし、倭国の女王の場合には、国が乱れてまとまらなかったところに、人々から祭り上げられるように現れ、それなりに秩序ある国家を維持していたというのだから、奇跡的と言ってもいいくらいだ。だが、果たしてそんなことが自然発生的に起こるものだろうか。それはありえないと陳寿は思うのだ。

顔が見えない、と陳寿が思うのはそのことだった。

卑弥呼にも、その弟にも、三国志のそれぞれの初代皇帝である魏の曹操、蜀の劉備、呉の孫権に匹敵するような強烈な個性を感じない。

東夷の辺境の小さな国を魏・蜀・呉の三国と比較するのはもちろん無理があるだろうが、それにしても人々の集団があり、国土があるところには必ず個性ある人としての魂が生まれて宿り住み、それ相応の似つかわしい顔が現れるものだと陳寿は経験上知っていた。

「張華様と同じく、私にもいくつか疑問があります。卑弥呼の傍にいたもう一人の『給飲食、伝辞出入(飲食を給し、辞を伝えて出入す)』の男とはいったい何者なのか。また、伊都国には邪馬壹国とは別の王が代々いたということですが、なぜ倭国に卑弥呼のほかの王がいたのか。もう一つ、伊都国に我が国の刺史に近い権力を持った一大率という者がいて、邪馬壹国以北を検察していたということですが、その成立の歴史はどういうことだったのか。不思議なことが多い」

張政はその質問に答えることができなかった。

陳寿は張政が答えに窮しているのを見て、自分の考えるところを独り言のように言った。

「女王国という国の形を中国人が知るのは初めてのことです。洛陽の人々は、倭国の女王が遣わした朝献使節を見て、しかも、卑弥呼と壹与の二代の女王が誕生し、力を持って洛陽に使節を送ってきたことに非常に興味を覚えています。しかし、実際には卑弥呼は政治にはかかわらなかったという。そして、九州島の東の海の先には、帯方郡の派遣軍も恐れるような強い倭種の国があったという。もしそうなら、どうしてこれらの国は邪馬壹国を攻めて我がものとしないのか。そして、卑弥呼の最も身近にいるその給飲食、伝辞出入の男は、普通であれば女子が務めてもよさそうなものなのに、なぜ、そこにいるのか。卑弥呼も弟もなぜそれを認めているのか。どうもそれが腑に落ちないのです」

「著作郎様は、卑弥呼の陰に弟以外に誰か国を支配している者がいる、もしくは支配に関与しているとお考えなのですか」

「ええ。倭国の女王・壹与が晋建国時の武帝即位の盛典に壮麗な朝献使節を送ってきた時、長老様も一緒に凱旋なさいましたが、その後は途絶えています」

「過去が取り戻せるものなら、もう一度あの国のあの時に帰ってみたいものです」

張政は心の奥にある言葉を絞り出した。

「ところで、女王・壹与は長老様の娘ですか」

「えっ」

「壹与は中国名のようでもあるし、『壹を与える』という、邪馬壹国の国を譲るという意味からして、国の実質的な支配者しか命名できない名前のような気がしたものですから」

張政は胸に熱いものがこみ上げてくるのを抑えることができなかった。

陳寿はそれを善悪の問題として言っている訳ではない。どちらかといえば、魏にとってはいいことに違いなかった。

張政にとっては、倭国の女に壹与を産ませ、女王に育て上げたことは、自分が二十年も倭国にいて、苦闘して何かを成し遂げた証明であり、誇らしい刻印として胸に刻まれていたのだった。

女王・日御子の願い

日御子即位す

イッセ大王の退位と日御子の即位の譲位式典は秋の収穫が終わった正月の同日に、高良山の宮殿で行われた。国の内外に倭国王である邪馬壹国の大王位承継が行われたことを宣明するのである。

正月は現在の太陽暦の十月の頃で、秦の始皇帝によって作られた暦に依っている。

参列者は国内ではアマ族の主だった大人と倭国二十九国の大官と副官、各国の使大倭、それに伊都国の王と一大率に絞られた。

国外では、遼東で自立している公孫氏国の王・公孫淵のほか、韓国の馬韓、弁韓、辰韓の各国王に招待の使者を送った。しかし、もちろん外国の皇帝、王は出席することなく、遣いの者が祝辞と祝いの品を届ける程度である。

参列者たちは、日御子とタカアマヒコのことはよく知らない。しかし、イッセ大王とイワレビコ王子の恐怖政治が終わるのは大歓迎だ。もちろん、そんなことは百も承知で、イワレビコは機嫌よく笑みを浮かべていた。

イッセ大王に促され、日御子が挨拶に立った。

日御子は父のウガヤフキアエズ大王を思い出していた。父が死んでもう十年になる。

「父王ウガヤフキアエズがみまかってはや十年。その後、この国は国内で相争う混乱が長く続く不幸があった。隣の邑との争い、親子兄弟の身内同士の争いがあり、不信や疑念、そして欲と恐れとが高じて殺し合いにまで至った。外敵が攻めてきたのではない。国は民の心が壊れた時に内から乱れる。この日御子は、前王イッセ大君と同じく、天のいと高きところ高天原に現れ、天の中央にあって宇宙を統一する役割を果たされたアメノミナカヌシ(天之御中主)の子孫である。この地上創成を果たされたイザナギノミコトの正当な末裔である。太陽と自然の力を我がものとして高天原を治められたアマテラスオオミカミ(天照大神)の血を受け継ぎ、この筑後の高良山を天孫降臨の地と定めた邪馬壹国建国の祖神ニニギノミコトの四代目の子孫である。日御子はアマテラスオオミカミとイッセ大君の御心のもと、今日よりこの邪馬壹国の女王となる」

そう宣言した日御子にかつてのテルの面影は残っていない。

「アマテラスオオミカミは世の乱れを嘆いて天の岩戸にお隠れになったことがあった。世の乱れはすなわち人の心に罪、咎、穢れが入り込むこと。それがこの世を闇の国にしたのである。人が自然の大いなる力を忘れ、欲にまみれ争う時、高天原の神々はお怒りになり、この世は乱れ壊れる。そんなことが二度とあってはならない。この日御子の天から授かった身体は今後すべて倭国に捧げる。日御子の仕事はすべての生き物が調和し楽しく豊かに暮らせるよう、ただ全身全霊で祈ること。祈ることで神々の力を我がものとし、この世に幸いが満ちるよう人々の心を変えていくこと。それが日御子の為すことである」

祓い給え　清め給え
守り給え　幸い給え

日御子はしばし心の中で祈り、言葉を続けた。

「我は倭国を再び栄光ある神の国と為すために、神々を体現するご神体の山々の峯に神の社を作ることから始める。この日御子とともに神々のご加護があふれる国を作るのだ。麗しき我が祖国。倭国に幸いあれ」

その場にざわめきが起こった。新女王の言うことは古い昔のことではないか。

正気なのか、それとも頭がおかしいのか。

「神の社」とは何だ。「祖国」とはこの倭国のことか？

日御子はいったいどんな世界を作り上げたいのか。

そこにいた者の多くは日御子の言葉をにわかには理解できなかった。

しかし、「麗しい我が祖国」という言葉に懐かしさと平和を感じた。それは戦いとともに生きていかなくてはならない日々を、一瞬忘れさせてくれる不思議な感覚だった。

参会者は日御子の言葉を聞きながら、壇上の横に座っているイツセ大王とイワレビコの表情をのぞき見ていた。なぜ急に二人が引き、経験のない妹に譲位するのか、皆疑問に思っているのである。

日御子の後にイツセ前大王が挨拶に立った。

「本日、倭国は新女王を大王に迎えた。誠に喜ばしいことである。皆も聞いたように、今後、この国はよりよく変わってゆく。皆の協力と一層の奮起を願う。もちろん、国づくりは大王が一人でできるほど簡単なことではない。そのために、タカアマヒコ王子に補佐してもらうこととした。本来なら、次にはイワレビコ王子と続くところだが、これまで長く続いた国の混乱を早期に終わらせるために、我らは二人同時に引き、新世代を体現する日御子を女王としていただき、タカアマヒコ王子に政治の全権を譲るものである。ただ、二人はまだ若く、政の経験もない。我々は二人が十分に成長するまでこの国に対して責任がある。したがって倭国の安定のために、軍に関しては当分の間、イワレビコが担当する」

会場からは、まだ恐怖政治が続くのかと、声にならないため息が漏れた。

次にタカアマヒコ王子が挨拶に立った。

「長い間、国内で混乱が続きました。これを平穏な形に戻し、国を豊かにしていくことが女王と私に求められることだと自覚しています。混乱のもとになった原因は直接的には災害です。自然の猛威から我が国を守るには二つの道があります。一つには先ほど新女王・日御子様がおっしゃいました自然と人間の関係、人間同士の関係の見直しです。我々が自然に生かされていることは誰もが日々感じていることで、自然は命そのものです。その自然が人間の行いに怒っているのです。日御子様はアマテラスオオミカミ様の再来として自然の怒りを鎮め、人の社会をあるべき姿に戻していかれることでしょう。もう一つには、自然の猛威に耐えられる食料を確保することです。そのためには米を中心とした稲作をより強力に進めていくことと同時に、海外で価値あるものを開発して作り、非常時のために鉄や食料を調達できる道を広げていかなくてはなりません。また新女王様の理想は、国内で相争う邑のない国ということですから、倭国の全二十九国邑が皆豊かさを感じ、地域の神々に感謝する日々を送れるような方法を考え、実現してゆくということも私の役割であることを心に刻み、努力して参ります」

タカアマヒコの挨拶は、そつがなかったが、問題は実行力である。それが本当にできるのかと皆半信半疑である。

その冷静な目は次に壇上に立ったイワレビコ王子に注がれた。

「国とは何か。国境である。特に北の対海国、南の奴国、そして邪馬壹国の東の海の向こう。我が国は南北と東にそれぞれ外国との最前線を抱えている。北の対海国の向こうの半島、大陸の国は内乱状態で、いつこっちに類が及ぶとも限らない。東には吉備の鬼たちをはじめ得体のしれない蛮族がいる。我が国が強ければ、国境は外側に動き、弱ければ内側に動いて、どんどん領土が狭まる。国内で争うことができるほど、甘くはないぞ。南の国境を接する狗奴国、この国は野蛮で貧しい。大王の卑弥弓呼(ひみくこ)は、何かあればすぐ我が国に侵入しようとする。倭国は大海に浮かぶ小舟だ。日御子、タカアマヒコ、この倭国の船をもっともっと大きく安定させるのだ。イッセ前大王とこのイワレビコは今後神出鬼没の存在となる。いついかなる時にも争いのあるところ、我らが現れ成敗する。諸君、心して国づくりに励め。譲位した我らが今後何を目指し、何をするのか、それは今後おいおい明らかになるだろう。一つだけ言えることは、周囲を敵に囲まれているこの国をもっと強く、豊かにすることが我々の目的ということだ。そのためには今以上に軍を鍛え、強くしていく必要がある。各国邑には兵の徴発を適正に割り当てていく。諸君にはそのつもりでいてほしい」

座にいる者たちは凍り付いた。これでは以前と何が変わるのかわからない。魔人・イワレビコはまだまだ恐怖の存在であり続けるのだ。

新女王に即位しても全権どころか、ほんの一部の権限しかないことに、日御子とタカアマヒコは耐えなくてはならなかった。イワレビコの言い方は露悪的だったが、しかし、イワレビコの軍に頼らざるを得ないのが倭国の現実だった。

混乱の根が残っている地域には、まだイワレビコの名が必要だった。

それを必要としなくなる日が早く来るように、実力をつけなければならない。そうでなければ女王としてもやりたいことがやれないことは日御子にもわかっていた。

九州島の南部にあって敵対している狗奴国の卑弥弓呼大王にも新女王誕生を知らせる使者を送った。

卑弥弓呼一族もアマ族出身者で、日御子たちとは遠い親戚に当たる。卑弥弓呼の家系は武力にたけ、熊襲と戦いながら九州島の険しい山並みの奥まで進み、現在の鹿児島県と宮崎県南部地域に狗奴国を築いた。

しかし、不運なことにそこは火山灰土の土壌におおわれた稲作に不向きな地域で、稲作技術が本格的に入ってきた時には、経済面で倭国に後れを取ることになった。それを卑弥弓呼は恨んでいるのである。

卑弥弓呼はこれまでも特に隣接する南の奴国の食料を求めて、事あるごとに侵略を繰り返していた。

秋の稲刈りが終わると野に降りて民家を焼き討ちしたり、弓矢を打ち込んだりして略奪を繰り返した。時には田んぼの水路を壊して、村人をおびき出して殺したり、女をさらっていったりした。

イワレビコの率いる軍隊もこれに対抗して実りの季節の前に鉄剣を持って山に入って征討したり、村人を全員捕まえて倭国に連れ帰り、奴隷にしたり、下戸にしたりしていた。

しかし、狗奴国の山地は険しく奥が深く、地理を熟知している熊襲は縦横に山中を移動して逃げ、きりがなかった。イワレビコの心残りはこの卑弥弓呼の首を上げられなかったことだった。

卑弥弓呼にとっては、敵対国に若い未熟な女王が誕生するということは、韓国に通じる陸路にある邪魔者を討伐する絶好機となる。

しかし、使者はイッセ大王とイワレビコ王子が今後も倭国にとどまり軍を指揮するという。卑弥弓呼にとってはなぜイッセ大王たちが力を保持しながら退位するのか、理由がわからないのが不気味だった。それはうかつに攻め入ることができないことを意味した。

卑弥弓呼は膠着状態がまだしばらく続くことを覚悟せざるを得なかった。

矛盾と希望の島

イッセ大王が残した官僚組織はイワレビコがいる間はきちんと働いてくれるだろう。

各国の市場を監視する使大倭は交易する者の不正を厳しく取り締まっていた。邪馬壹国以北の官の行為を重点的に検察する一大率は、軍権を持ち、官吏の不正を摘発して処罰する権限を持っていて、恐れられていた。

これらはイワレビコ直轄の組織であるし、与えられた職務に忠実なことがわいろなどの利益となるだけに、一生懸命働いていた。いずれにしてもこうした組織は邪馬壹国支配の国家維持には必要な存在だった。

即位式典が終わり、日御子とタカアマヒコは秘密裏に一大国に向かった。

日御子の宮室にはノロとイワレビコが派遣した伝辞役のアワショウを残した。

日御子はノロに、外部の者には自分がここにいるように振る舞い、外部の者の用事はアワショウを通じてのみ受けるようにと命じた。アワショウはその用件をイワレビコに伝え、処理することになっていた。

そしてもう一つ、ノロに与えられた大事な仕事が、高良山に多くの奴婢を集めてノロが対馬で日々励んでいた太陽礼拝と、衣服などを作る作業を教えることだった。

もちろん、ノロに異存はない。奴婢の多くは親の犯罪や生活の困窮から奴婢に身を落とした者で、彼女たちの自立した生活を少しでも手助けするのは、ノロも望むところだった。

ひょっとして、国中の山に神の社を作っていくということも、食べることに困っている者たちを救う意図があるのかもしれない。日御子はまだ詳しいことを話してはくれない。しかし、これまでの男の政治とは別なやり方で世の中を変えようとしている。それを自分は垣間見ているのかもしれない、とノロは思った。

一大国は国といいながら耕作地のほとんどをアマ族の者が所有している。一大国の人口のほとんどはアマ族の小作人として耕作する下戸である。

対海国と一大国のこの支配と被支配の関係を、日御子は様々な場面で見ている気がした。支配階級のアマ族と土地の者、上級階級の大人と下戸、格差のある男と女、公孫氏国と臣従する倭国、主人と人権のない奴婢など、一方的な上下関係の矛盾は社会の至るところに存在した。

人間同士の関係、国同士の関係は、強者と弱者の関係しかないように不自由だった。日御子は矛盾ばかりのこの小さな島で、例えば自然と生き物のような、例えば母と子のような、強弱とは違う人間のつながりを求め、試したかった。

それとともに、中国、韓国との国境の島の歴史を持つ壱岐島で、倭国全体がもっと豊かになる可能性を追求したいと思った。

一大国は小さな一つの壱岐島が一国となっている。そこに対海国と同じく、日子という大官と日の守という副官が置かれている。

一大国に多い下戸は自立した戸数のうちに数えられない。

倭国の徴税の単位は「戸」であり、一戸を一単位として行われる。税は奴隷の所有者にまとめて課されるのである。一大国ではこうした対海国の大人の所有に帰する下戸の家が三千ほどもあって、これは対海国よりも人数的には多かった。

対海国と一大国の面積を比べると、対海国が何倍も大きい。しかし、稲作の時代となって以来、一大国の穀物生産力が対海国よりも勝るようになっていたのである。

この逆転現象の原因は、対海国と朝鮮半島の位置関係と産業構造の変化にある。対海国には中国、韓国の進んだ技術、武器、文化が最初に入ってくる。そして、天の鳥船の技術が伝わって以来、対海国のアマ族は早くから海外に雄飛する夢を実現し、多くの男たちが豊かさを求めて海を渡った。アマ族はまず平地の多い壱岐島を植民地化した。そして、この二国連合が九州島ほかの日本列島に進出していった。

その名残として対海国と一大国の支配、被支配の関係が続いているのである。

日御子とタカアマヒコが高良山に帰る時には、仕事を分担して倭国を統治しなければならない。タカアマヒコは大王ではなく、官僚組織を動かす立場なので、対海国で学んだ実務に磨きをかけ、他者を指導できるまでになることを目指した。

そのため、壱岐島で韓国から渡ってきた様々な新技術を持つ職人を呼び集めた。

壱岐島の中央部には縄文時代に海岸線に近かった集落跡の平地があるが、タカアマヒコはここに目をつけ、米の収穫を増やすことを目指した。

日子が灌漑技術者のカン、土壌改良技術者のシン、稲の生育技術者のパク、鉄加工技術者のムン、建築技術者のキム、稲藁加工技術者のチョの六人を一組にしてタカアマヒコのもとにつけてくれた。

日子の名はホシオヒコといい、もともと邪馬壹国の者で、ウガヤフキアエズ大王の頃から仕えているという。技術者のほかにもし人手がいるなら遠慮なく言ってくれという。もしうまくいけば、ホシオヒコにとっても大いに役に立つ技術になる。

技術者たちも倭人と同じく顔に一大国紋の入れ墨を入れていた。皆韓国なまりではあるが倭人の言葉も話すので、即戦力として使えた。

タカアマヒコはまずカンに壱岐島の中央部に水を引くことを依頼し、灌漑技術を身につけようと努めた。

カンによれば、壱岐島は水が豊富なうえ、山は低山ばかりで、灌漑土木工事は楽だという。彼のやり方は竹を割って水平器を作り、それで平衡を測りながら山から川の水を田んぼまで引いていく。水路面をならすために、高いところを削ったり、谷を埋めたりして用水路を作り、底と横壁には水がしみ込んでしまわないように粘土質の土を上塗りする。

壱岐島は小さな島なので、川は短く幅も狭いものしかない。また、山も低いので、川の上流の水面と田んぼの高低差はそれほどなく、工事は大がかりなものではない。

しかし、タカアマヒコには一年しか時間がないため、まずカンに一つの用水路の計画図を書かせ、その工事をいくつかの区画に分けて人を配置し、カンに監督させた。

タカアマヒコはその一部始終を見ていた。文字が書けるので、その要点を記録した。

カンが面白いことを言った。

「今、一大国は対海国より人が多い。けど、昔は対海国のほうが多かったはずね。平地はやぶが茂ってばかりで、役に立たない。ここは、山が低くて小さい。だから、獣もあまりいない。海だけで、人はそんなに暮らせない」

確かにカンの言う通りかもしれない。稲作技術が土地の役割と意味を変えたのだ。

タカアマヒコはカンに九州島の山と平野でもうまく水が引けるかどうか聞いてみた。

「山からじゃないよ。大きな川の上流から分流させて引いてくるね。そうすればもっと、米が取れる。ムンをもっと使って、鉄製の道具を作らせれば、早くできる」

「鉄製の道具だな、さて何と交換すればいいのか」

「米だよ。弁韓は米があまりないのか。それは本当か」

「よそから買うほど米がないのか」

タカアマヒコはその情報は持っていなかった。ホシオヒコに確認したところ、確かだと言う。地形のせいか、気候のせいか、ほかの原因かはわからないが、米を求めているのは確かだという。そうするとなおさら、この一大国の米作りは重要となる。

タカアマヒコはまたキムに神の社の建て方を相談した。日御子から各地の山に、神の社を作るよう指示されているのだ。

神の社とはどういうものかは、タカアマヒコにはよくわからない。日御子の言う神そのものさえわかっていなかった。

これまでは神も命も人間につける尊称だったが、女王は神の地位をもう一段上げて、抽象化しているようにタカアマヒコには思えた。

壱岐島に向かう船上でタカアマヒコは、そのことについて、日御子に聞いてみた。

「昔、アマテラス様が天岩戸にお隠れになった時、人は慌てふためき、光を取り戻すためにすべての力、すべての英知を傾けて光を取り戻した。その幸運はアマテラス様の優しい御心のたまものだと私は思う。人間は本来、神の手の中にあることを知っているのだ。しかし、知っているだけでは駄目。人はすぐ忘れてしまうから」

「確かに人は忘れっぽい」

「そう。天の岩戸に籠られた時、アマテラス様は八咫の鏡に映った光に自らを観じて外に出てきてくださった。それを長く戒めとすべきだが、あろうことか私たちはその大事な鏡を戦の道具のように使っている。こうしたものは神の社に祀るべきもの。人は見えないものを信じない。情けないことだが、感度の鈍い人間は動物にも劣っている。人間が神に対して素直な感謝の心を忘れないよう、日々新たにするための依代が必要だと思う。私はそのために言葉の祈りだけではなく、神霊を招く依代のための神の社を倭国全土の山に作りたい。神の社は神のためのものではない。それは人間のためのものだ。神の前には女王も奴婢もない。男も女もない。日々神に恥じることなく生きているかを省みて、穢れを祓い、清め、自然にかなう生き方を行う者こそが神の御心にかなう者。神の社は質素でいい。その代わり、人に自然の営みの偉大さを感じさせ、自然に手を合わせたくなるような威厳のある形にしてほしい。ただそれだけを願っている」

日御子は人が神を忘れ、神の社を朽ち果てさせるようなことがあるなら、その時にはまた神罰が下るであろう、ともつけ加えた。

亀卜(きぼく)の島

日御子は人が安定して暮らしていくには最低限の衣食住が必要と考えていた。

タカアマヒコには食と住の開発を任せ、邪馬壹国に残したノロには衣服を作る技術と、行き渡らせる方法、そして、交易で有利に取引が見込めるほどの装飾品、宝飾品を作るよう伝えた。

日御子自身は壱岐島の空の天(アマ)と海の天(アマ)の真ん中の自然に身を置いて、もっと自分を研ぎ澄まそうと考えていた。

日子から日御子の世話をするために選抜された十人ほどの奴婢の中に、チカという年若い女子がいた。表面は陽気で働き者だが、粗野なところがある。自分の年は知らないというが、見たところ十五歳くらいで、日御子よりも少し年下だろう。右の頬にあざがあった。

日御子に命じられた広間の床の掃除が終わった後、チカは日御子に話しかけてきた。

「日御子様はこの国の女王様なんでしょう。毎朝お日様を見ながらぶつぶつ言いなさって、いったい何をしてるんですか」

　その無遠慮な言葉を聞いて、日御子は思わず笑ってしまった。

「ぶつぶつ言っている、か。チカといったかな。チカは何をしているように見える」

「なんだかぼおっとしてるように見えてうらやましいです。おらがそんなことをしてたら鞭で叩かれて、飯にありつけない。おらには親もいねえし、ほんとはこんなとこにいられるような人間じゃないんだろうけど、どうしたことか、ここに入れてもらったんで、朝から晩までただただ働いてるだけですから」

「チカ、こっちに来てみなさい。海が見える。今日は秋晴れで空が真っ青でなんと美しいことか」

「ほんとだあ。おらは上を見るとか、遠くを見るとかしたことないもんで」

「チカにとって幸せとは何だろう」

「幸せ？　難しいなあ。難しいことはおら、わかんねえです」

「何かしたいことはないの」

「それならいっぱいあります。腹いっぱい食べて、ぐっすり寝て、いい男と子供を作って、赤ん坊を産みたいです」

　チカはこれまで人にそんなことを聞かれたことも考えたこともなかった。

「あのさっきの話ですが、ぶつぶつ言っていた時に、何かとっても不思議な顔に見えるんだけど、どうしてなんでしょう」

見るものに誤解されることは上に立つ者としてはいいことではないと日御子は思った。

祓い給え　清め給え
守り給え　幸い給え

この言葉は日御子自身への戒めでもあるが、それ以上に人々の心から発する自然や祖先への感謝と祈りの言葉となるべきものだ。そうすると、この言葉は一人で呟くよりも、口に出して唱えたほうがいい。

日御子はチカに学びそう心に決めた。

「この言葉は人の罪穢れを祓い、清め、それを守って皆で幸せに暮らそうという誓いの言葉なのよ。チカの言う通り、一人でぶつぶつ言ってないで、明日からは口に出して言うことにしよう」

「いや、おらそんなつもりで言ったんじゃねえけども、おらもそれを聞けるんなら、そのほうがいいです」

チカはそう言って日御子の顔をじっと見つめた。

「日御子様はおらと一緒くらいの年に見えるけども、子供を産んで、育てることより女王様のほうがいいと思ってるんですか？　おらにはそこがわからねえです」

「私は願をかけているのです。結婚しない。子供を作らない。その代わりに、この土地に生きる人も生き物も、皆が仲良く幸せに暮らしていけるようにしたい。それを願っているのです」

「はあ、そりゃ、欲張りだなあ」

「欲張りか」

「いや、おらはそんなこと考えたこともねえし、お日様が出れば働いて、沈んだら寝る、ただそれだけです。皆お日様に任せてんです。アッ、わかった。だから日御子様はお日様を拝んでいるんだ」

　この世の生き物は愛すべき存在だと日御子は思っている。人知れず生まれてきて、美しい花を咲かせ、子孫を残す務めを果たして、また人知れず死んでゆく。

　人もまたその連鎖の中にある。しかし、人には知恵と大きな欲望とがあり、ほかの生き物を凌駕する力もある。その力が悪いほうに向いた時にこの世界は天の罰を受け、闇に包まれるのだ。

　チカのようなささやかな夢を持つ人間の夢こそ、かなえてあげたい。それこそが日御子の願いだった。そして上に立つ者の役割だろうと日御子は考えた。

「チカ、お前は体を動かして働くことが得意なようだが、もし、よかったら、毎朝、ここで一緒にお日様を拝むというのはどうだろうか」

「えっ、いいの。おら、一生懸命やるからお願いします」

自分を研ぎ澄ますことの中に、チカのように社会の片隅で、一生懸命生きている人間のことを知る必要があるのだと、日御子はチカに気づかされた。

そしてチカが祈りの仕方を変えてくれたことにも大きな意味があると思った。

また、奴婢の中にサキという名の若く美しい娘がいた。日御子が日子に占卜ができる巫女を探していると伝えておいたので、その候補の一人ということらしい。

日御子は一大国にいて、以前より強く自分と国の将来を知りたいと願うようになった。壱岐島は中国と倭国の中間に位置していることから、倭国と魏に関することの卜はこの壱岐島で占うのが一番いいとも考えた。

日御子自身、太占(ふとまに)の占いはする。しかし、自分のことは偏り、ゆがみがあり、占わないと決めていた。また、神の社の守り人として巫女の後継者を育てたいという思いもあった。

サキは一大国の力のある巫女ということだったが、少し話してみると、日御子に対する従順な態度の裏に、何か影のようなものが見て取れた。

サキの親はこの島の中では珍しい地元の豪族の一人だった。しかし、この島にいては出世も限られるので、日御子の来島を機に娘を利用して、日子だけでなく、あわよくば日御子にも取り入り、九州島に力を持ちたいと考えているようだった。

サキ自身、力のあるアマ族の大人の男に見初められ、この島を抜け出したいという野心があるようだった。

サキの占いは亀卜（きぼく）といい、海亀を使うもので、対馬と壱岐島に渡ってきた中国人から伝わっているものだという。

亀卜はまだ肌寒さの残る早春の朝に海辺で行われた。

日御子の命数と倭国の将来の消長を占うように伝えてあった。

サキたちは浜辺に稲藁で結界を張り、火をくべながら、一心不乱に天神の御心が正しく降りてくるように祈り続ける。天は潮風を強く吹かせたり、緩めたりしてその祈りにこたえている。

護衛たちが遠く周囲を警備している中、日御子とノロは結界の外からそれを見ている。

亀卜は鹿卜（ろくぼく）に比べると細かい割れ目が多く現れるので、読み方が難しい。その分、読み手の力量が問われた。

サキはまだ独り立ちができるほどには経験がないようで、少し年配の巫女が傍について一緒に占っている。

「恐れながら、女王様の命は冬を待たずして枯れる花木に似ると出ております。また倭国の将来は枯れた木の後に、種類は違ってもまた同様の木が成長し、長く葉を茂らせると出ております」

「私は天寿を全うできないということか。それはいつだろうか」

「五十よりは前ではないかと」

「占いに偽りの言葉は不要だ。見たままを言いなさい」

日御子の問いにはサキではなく、後ろに控える巫女が代わって答えた。

「時期は盛夏、歳の頃は三十少し過ぎた頃。思い半ばの早世と現れています。しかしながら花木ですので、何がしかのことを成し遂げて後のことであるでしょう」

「三十過ぎか。では、種類は違ってもまた同様の木とは何だろう」

今度はまたサキが答える。

「花の形と色が違います。しかし、似ているところがあるというのは、女王の御代が続くということではないかと」

自分が死に、また女王が後を継ぐとはどういうことだろう。これから先、子をなす予定もない日御子には心当たりがなかった。

「ところで、お前たちは我が一族と何か因縁があるのではないか」

その言葉を聞いたサキは血の気が引いたように顔が蒼白になり、下を向いて黙った。

いつの間にか護衛の者たちが日御子の後方に付き、目を光らせた。

「サキの後ろの者の名は何という」

「ナミと申します。壱岐島で昔から亀卜を生業（なりわい）としている一族の出身です」

「鹿卜はしないのか」

「はい。この島には大きな鹿はおりませんので。ただ、九州島に渡った一族にはそうした者もいると聞いております」

　答えるナミの目にはかすかな曇りの色が見えた。

「それだけか」

「……、日御子様は覚えておいでではないかもしれませんが、十年ほど前に邪馬壹国の弥馬升のカクサイというものに殺された巫女がおりました。鹿卜で今回と同じように倭国の将来とウガヤフキアエズ大王の命数を占ったのです。その巫女は私の姉のミミです」

　日御子は父が死んだ時、まだ七歳だった。父はサルタヒコの一族の者に矢を射られて死んだと聞かされていて、詳しい事情は知らされていなかった。

「ミミの占いは天の怒り、稲の不作、地の怒り、そして王の不慮の死をことごとく当てたといいます。しかし、そのために死を賜りました」

　思いもしないことだった。弥馬升は邪馬壹国では伊支馬につぐ邪馬壹国の大臣で、ナミの姉の死は大王の指示なくしては考えられない。

　ナミの一族は悲嘆にくれ、その後も苦労を強いられたことだろう。知らなかったとはいえ、日御子は恨まれても仕方がない立場だ。

　ミミは巫女として毅然としてその任を貫いた。父王はそれを怒り、死を与えたのか。それを知った今、日御子はナミに対して、謝罪しなければならないと思った。

　女王とは、大王とは、目の前の民だけではなく、その国の歴史にも責任を持つ地位なのだと改めて思い知らされた。

日御子はナミの顔を見た。

隣にいるノロにすがりたい気持ちだったが、女王の立場ではそれは許されない。

日御子は慣れ親しんだ倭国の神話と歴史を思い出してみた。神話の世界では謝罪の言葉を口にする神々はいなかった。

宇宙を統一したアメノミナカヌシの神ほか二名の宇宙のはじめの三神も、その後に現れる天津神も、地上に現れたイザナギ、イザナミなどの神世七代の神々、イザナギによって産み出された神々、アマテラスやスサノオも、謝罪とは無縁の神だった。

日御子は護衛の者にしばし下がるように命じた。

「私も巫女である。その立場にいたら私もミミと同じことをしただろう。ミミの行いは巫女として正しかった。申し訳ないことをした。邪馬壹国の女王として今正式に謝罪させてほしい。そしてミミとその一族の名誉を回復してもらいたい」

ナミもその弟子のサキも、嗚咽(おえつ)しながら女王の言葉をかみしめた。

祓い給え　清め給え
守り給え　幸い給え

言葉は自分に返ってくる。自分が親から生まれ出た時から罪、穢れはその身にしみ込んでいるのである。ナミはそのことを教えてくれた。

自ら罪、咎、穢れのある人間が、自分のことを棚に上げて、上から指示するような言葉は言えない。

人間の力には限界がある。限界を超えて求めようとすると、不完全で閉塞的な状況に陥る。日御子はそう薄々感じていた。

日御子は(幸い給え)という祈りに女王としての思いを強く込めていた。自分の生がどうなろうとも、この想いだけは何としても残したかった。

人が祈る時、心が寛く穏やかで無垢であったほうがよい。

人が人に対するわだかまりを捨て、素直になり、許しを請う相手は、太陽であり、大地であり、海であり、命であることが望ましい。こうした自然への祈りが自らを変え、幸せを求めるのではないか。

戦いの勝利や、物事の成就や、欲望の実現は、人が努力することであり、本来神々に祈ることではない。

祈りは我欲に閉じ込められてはならない。欲を願うならば、命の自然な幸せ、喜びを求める大欲が望ましい。自分の役目は自然のありようにかなった祈りなのではないか。

日御子はこの壱岐島に来たことに運命を感じ始めていた。

幸いの道

壱岐島での時間は飛ぶ鳥のように早く過ぎた。

狭い壱岐島を日御子はくまなく歩き、地形と季節の移ろいと人々の様子を観察した。低い山しかないが、海と平地があり、外国との交易もあるこの島は、倭国の縮図ともいえた。

壱岐島に生きる下戸たちは、小作人として収穫と労働の多くを雇い主に上納しながら、日々食べることに忙しく暮らしていた。

しかし、生活は貧乏ではあるが、災害がなければ、また、中国や韓国の武力侵攻や略奪さえなければそれなりの平穏があった。

壱岐島に暮らす人々は、嬉しい時、悲しい時、季節の折々に老若男女の区別なく会同し、酒を飲みながら歌い踊り、一つになって笑い泣いた。

そんな光景を見て、日御子に一つの考えが浮かんだ。皆が一緒に楽しく酒を飲み、歌い踊りすることには大きな力がある。（幸い給え）ということは、人々が生活の苦しさを忘れて、分かち合える国づくりを目指すべきだろう。

その想いが浮かんで、日御子の足取りは早くなり、笑みがこぼれた。大きな笑い声を上げながらしばらく走った日御子は、草むらに倒れ込んだ。仰向けに寝転んで空を見上げた日御子は太陽も笑っていると、そう感じた。このような無垢な笑いを得たのは、もう記憶にないくらい遠い昔以来のことである。

夏の終わりが近づいたある日、日御子はタカアマヒコを呼んだ。久しぶりに会う弟は体も一回り大きくなり、日に焼けて顔も大人びて見えた。

「万事うまくいっているようね。その顔を見ればわかる」

「テル。いえ、日御子様。田んぼ作りは面白い。中国の技術はすごいものだ。稲には何よりも水が必要で、その水は高いところから低いほうに流れる。これまでは稲作に都合のいい土地を探し求めて歩いたが、ここではもっと広い土地に水を引いて田んぼにする。山を削って上流にある水の水位を保ちながら田んぼまで運ぶのだ。鉄製の鍬がたくさんあれば、九州本土でも米がいっぱい取れる」

「やはり鉄の農具が必要なのね」

「ああ。米は韓国で売れる。米と鉄を交換できれば一番いい」

「米がたくさんできれば災害にも耐えられる国になる。ぜひ本土でも成功させてほしい」

「ああ、できそうだ。でも、米を多く作るということは、かなり自然に手を加えなくてはならない。それは日御子が望むことなのか、それをちょっと聞きたかった」

「そうね、向こうから来た職人はどう言っていたの」

「そんなことは当たり前だと言っていた」

タカアマヒコが心配した自然を壊すことへの抵抗感が強かったのは倭人だけだった。帰化した職人たちはそんなことを気にする気配はなく、ただ大笑いされただけだった。彼らにとっては米をたくさん作りたいというから工事を始めたのに、それが始まると、中には泣きながら開墾している者もいることに驚き、それを笑う。

「おそらくこの国に鉄剣が入って以来、大きく変わったのだ。鉄は野原に落ちているわけじゃない。大量の木を燃やし、山の形が変わるくらいに削って、自然を破壊しながら作るのだ。鉄は米を作るにも、人を殺すにも極めて効率が良い。中国では人を支配し、皇帝一人の国を作るために膨大な量の鉄を使うという」

日御子はしかし、この国の者は山が壊され、土地が見る影もなく変わってしまうと泣くと聞き、大いなる救いであると安堵した。

「私は自然を破壊したいわけではない。ましてや、人を支配したり殺したいわけでもない」

「でも、技術というものは、一度手に入れてしまうと、その誘惑にはおそらくどの国の人々も勝てないだろう。それが極端になると、便利さや豊かさを求めて、殺し合う。欲の強い人間を放っておけばそうなるしかない。そのことに人間は恐怖を覚えるはずだ。便利を求めて自然破壊を繰り返すことには、後々必ず大きな問題が出てくる。自然界の復讐が人に及ぶのだ」

「悲しい、恐ろしいこと。人間には使いようによってはこの大きな自然までも破壊する力まで与えられている。でも、食べ物を得るために自然に力を借りることは神々も喜んでくれるはず」

「もし、将来、人の欲が強まって、この自然を破壊する者が出てきたらどうする」

「感謝を忘れて自然を破壊するようなことになれば、そこで初めて人は自然の中でしか生きられないことを思い知る。命がかかってやっと間違いに気が付き、目が覚める。残念ながら、その循環は未来永劫続くことかもしれない」

「そうなったら、おしまいだ」

「今、私が自然よりも人間を下に位置付けて、自然に寄り添い、人の罪、咎を自覚して祓い清め、幸せに生きていくことを進めるのは、獰猛な人間が帰る正しい場所を示すため。人を殺してまでも究めたい欲と、その正反対の死をも恐れない清らかな魂の間に人間はある。私はその一方の光を示したい」

「テルは変わらない。いやますます純化している。そのために神の社が必要なのだな。わかった。神の社は重要だ。建設に力を注ぐことを約束しよう」

「お願い」

「最後にもう一つだけ教えてほしい。テルの考える幸とは何だ」

「幸ではない。幸うと言っている」

「幸と幸うことは違うことなのか」

「タカアマヒコ、ここで好きな女はできましたか。大事に思う仲間はどう」

「突然何を言い出すかと思えば」

「私は生涯結婚しない。代わりにお前のたくさんの子供たちが見たい。そして、親族と邪馬壹国、そして倭国のために、皆が豊かに笑い合い、睦み合う国づくりをしてもらいたい。それが幸うということなの」

「仲良く睦み合う。難しい。どう違うのだろう」

「この世には刻々と進んでゆく時間があって、永遠にとどまることはない。死んでしまった者でさえ、あの世で暮らすからにはこの世と同じく、常に人の思いとともに変化する。幸の状態をとどめようと努力するよりも、幸が続くような心のありようを築いていく。それを周りにも広げていくことが望ましい。一人の幸は虚しい。今この時が思い通りになれば幸というなら、競い合いの果ては殺し合いの世界と変わらなくなる。人同士の考えでなく、一人一人が自然に感謝し、謙虚になったら、そんなことにはならないと思う」

「テルはそこまで行き着いたか。それを目指すのだな。承知した。幸おう」

「私にはお前だけが頼り。助けてほしい」

「そうだな。二人で新しい国を作るのだな。壱岐島に来てよかった。そろそろ大王さまも魔人・イワレビコ様も焦れているころだ。邪馬壹国に戻ろう」

難升米の野望

伊都国は末盧国（現在の唐津市周辺）から松浦川とその上流の厳木川をさかのぼるように東南へ陸行して五百里（約三八キロメートル）のところ（現在の佐賀県小城市周辺）にある。ここは中国、韓国からの玄関口である末盧国と邪馬壹国の通路の中間に位置する。戸数は千余戸ながら、邪馬壹国と佐賀平野の奴国という主要農業地域を含む倭国北部の税収や交易を検察する一大率が置かれる重要国である。

伊都国は邪馬壹国のほかにただ一国だけ代々王制が許された特別な国だった。

また帯方郡治からの郡使を迎える際には、いったん伊都国にとどめる決まりとなっており、そのための賓館が置かれていた。

その後、郡使たちは東南に百里の奴国を通り、東に百里の場所にある不弥国の港から筑後川を渡り、邪馬壹国（現在の久留米市周辺）に入ることになる。

倭国は歴史的に邪馬壹国と伊都国の二国連合を中心として発展してきたといえる。

しかし、ウガヤフキアエズ大王の後、倭国に混乱の時代が七、八年も続いたのは、伊都国王の責任だとして、イッセ大王とイワレビコ王子はその権限の多くを奪ってしまった。今ではその地位は往時に比べるとだいぶそがれていた。

伊都国の王は代々世襲制で、当代の難升米（なんしょうまい）王は日御子よりも七歳年上だった。

難升米はイツセ大王とイワレビコ王子が卑弥呼に倭国を譲ったことが不満だった。

「巫女風情とひ弱なその弟にこの国を任せることなどできない。前王たち二人が九州島を去ったら、この国はわしのものとする」

伊都国城内の高楼からは南に有明海を、東南方面に筑後川をはさんで邪馬壹国を望むことができた。日御子が女王の座について以来、難升米は毎日、高楼に上るようになった。そして、日ごとにこの倭国を我がものとしたいという思いが高まっていた。

その難升米に、筑紫の岡田の宮（現在の北九州市八幡西区）に滞在していたイツセとイワレビコの命令が伝えられた。

「日御子と協力して、兵と最新の武器を送れときたか。日御子が戻ってきて、奴らはいよいよ東に向かうのだな。その時がやっと来たようだ」

王の部屋には大官の爾支（にし）、副官の泄謨觚（せつもこ）、柄渠觚（へいきょこ）も控えていた。

年配の柄渠觚のイツシオがたしなめるように意見を述べた。

「岡田の宮から海の向こうは安芸の国、吉備の国ですから、東征に向かうのでしょうが、それでも倭国盗りについては未解決の問題が三つございます」

「国盗りの大業をするのだ。もちろん覚悟のうえだ」

「いや、今日はあえて言わせてください」

「言ってみろ」

「一つには、まだ、国内の乱が収まっていないことです。皆イワレビコ王子の影に恐怖しておとなしくしていますが、もし、イワレビコ王子がこの国を去ったということが知れ渡れば、これを再び治めるのは簡単ではありません」

「うぬ」

「二つには、朝鮮半島北部の不穏な空気です。情報では、どうやら蜀の天才軍師の諸葛亮孔明は五丈原で死に、その勝利を指揮した魏の司馬懿宣王という鬼神のごとき将軍が公孫淵との戦いに起用されたということです。おそらく遠からず公孫淵は魏に滅ぼされることでしょう。さすれば、その影響はこの倭国にも必ず及びます。対応を間違えると、公孫氏と同じ運命をたどりますぞ」

「うむ。それも一理ある」

「三つには、なぜ悪知恵の働くイッセ大王とイワレビコ王子が、あの日御子とかいう小娘に国を任せたのかです。その理由を見極めないと、魔人・イワレビコが戻ってこないとも限りません」

「しかし、日御子を殺して既成事実を作ってしまえば、そんな問題はどうにかなる。倭国王はわしを置いて代わりはいない」

「甘い。それは甘すぎます」

「何を言う。わしのどこが甘いのだ」

思いもよらないイツシオの激しい言葉に爾支たちは驚いた。イツシオのもどかしさは爾支たちも日頃から共有してはいたが、この場で王に直言するとは思いもしなかった。

「我が家の祖も天孫降臨の祖のニニギノミコト様にアマ国から随身してきた家系であります。私はホヲリノミコト様以来、ウガヤフキアエズ様、イッセ様と倭国王のありよう、人となりを三代にわたって見てきたつもりです。そのうえであえて申し上げますが、難升米様は人の上に立つ者としてはお優しすぎる。私は王から人を始末しろと命じられたことはありませんし、王が自分で手を下して相手を討ったとも聞いたことはありません。イワレビコ王子と一緒に征討の戦いに臨んだこともない」

「黙れ。それが何だというのだ。タカアマヒコも日御子も、そんなことはしていないだろう。同じではないか」

「生きている人間を殺すことはよほど肝の据わった者でなければできないことですぞ。それは政も同じです。大王の決断一つで多くの人間が生き、また死ぬことにもなります。国王の決断とは民の生死を分けるものです。今の王にはまだその覚悟が見えません。さっきの三つの問題にしても、自らがこの国の大王になると決めたなら、断固として命をかけて行わなくては物事を為すことなどできません」

「お前はわしを何一つ決断できない、情けない男と馬鹿にするのか。わしはやるといったらやる」

爾支のサネビコが見かねて仲裁に入った。

「イツシオ殿、いったい何を一人で興奮されているのだ。言いすぎですぞ」

「いや、私は難升米様に倭国王になっていただきたくて、あえて申し上げているのだ。イツセ大王とイワレビコ様は良い手本を残してくだされた。この国を治めるには同じことをすればよいのだ。魔王のように厳しくなければこの国は治められぬ。しかし、それには難升米様は心根が優しすぎる。あえて言えば甘すぎるのじゃ。もっと厳しくなっていただかなくてはこの国は成り立ってはいかぬ。私は覚悟して申し上げたのだ。しかしこれは本来許されることではない。もとより私はこの命を以て償う所存である。難升米様、この不届き者のイツシオをまず手始めにお手討ちにしなされ」

イツシオは伊都国の軍部をまとめてきた武人で、もう六十歳に手が届こうかという硬骨漢で、言い出したら聞かない男だった。そのイツシオが目の奥に悲しみを秘め、難升米王に覚悟を迫っていた。

サネビコたちはイツシオの気迫にもはや何も言えず、王の言葉を待った。

「お前の意見はわかった。しかし、考えてもみよ。お前の言う通り、これからの倭国は魏という強大な敵を相手に対抗して生き延びていかなくてはならぬのだ。武力で対抗しようとするのは公孫淵と同じ運命をたどることになる。そんな馬鹿なことはしない。わしの頭の中には魏との関係をどうするかということが第一にある。幸いなことに伊都国は代々倭国を代表して帯方郡との外交を取り仕切ってきている。今この国の命運を決めるのは、武力よりも外交の力だ。日御子にはその力はない。わししかいないのだ。皆はどう考えるか」

　サネビコもイッシオと同様の考えを持っていた。しかし、小なりといえども王座に就くと、それなりに能力が身についてくるものだと改めて難升米王を見直した。しかし、実戦でその力を発揮できるかどうかはまだわからない。

「難升米様、ただ今のお言葉を聞き、この老いぼれ、もはや申すことはございません。先ほどの失礼の段、申し訳ありませんでした。王が、そのようにお考えであれば、是非もございません。今後はこの国をまとめ上げ、魏の強大な力に対抗して強固な国を築いていただきたい」

　イッシオは目に涙を浮かべて難升米の手を握りしめ、退出した。

「イッシオも老いたな」

　難升米はその後ろ姿を見てそう言い、すぐ二人に向き合った。

　イッシオの気合を受けたように今度は、副官の泄謨觚のアシカガが口を開いた。

「あえて武力ではない外交の道を行くことは難升米様の得意とするところで、異存はございません。しかし、イッシオ様の申し上げた三つの問題は依然として残ります」

「お前の意見を言え」

「はっ。一年前にイッセ大王の命令とはいえ、我々は日御子を女王と決めた即位式に参列しております。ここで、まだ何もしていない女王たちを討てば、我らは反逆者の汚名を着せられ、国内がまた混乱に陥ることは必定。ここは名より実を取り、難升米様は外交の責任者として力をため、一方で、日御子たちには是々非々の立場で対するのがよいかと存じます」

「サネビコはどうだ」

「これは巫女の太占の啓示を借りるまでもなく、理で考えることのできる問題です。難升米様が万全の倭国王となられるためにはいずれにしろ時間が必要です。イッセ大王とイワレビコ王子が消えたことを確認する時間、魏の対倭国政策を確認する時間、日御子たちが失敗して力を失うまでの時間。その間、難升米様は公孫氏から魏へとうまく乗り換えることさえできれば、自然と倭国は伊都国のものになります。魏とうまく付き合うことができれば、たとえイワレビコ様といえども、手出しはできません。今あえて火中の栗を拾うことは得策とは思えません」

「時間はどれほど必要なのだ」

「そこは巫女の卜が必要かもしれませんが、おそらく春秋五回も回れば十分かと」

「長いな」

長短はともかく、確かに時間が必要かもしれなかった。

しかし、卜というなら、日御子も腕のいい占い師でもあるという。もし、日御子がその未来を知ったうえで、今行動しているとするなら、問題はもっと複雑だ。日御子はいったい何を考えているのだ。難升米の中には釈然としないものが残った。

いずれにしろ、昔日の勢威はそがれたとはいえ、未熟な日御子には一大率という強大な検察権と外交を握っている伊都国を無視する力はないはずだ。

時間は自分に味方する。待つことに何も心配はない。難升米はそう思うことにした。

翌朝、イッシオの死の報がもたらされた。トリカブトの毒をあおったという。難升米に驚きはなかった。

イワレビコにもひるまずに軍の立場に立って言うべきことを言う剛毅な男だったが、彼の晩年の伊都国は邪馬壹国に押されて志を得なかった。最後の夢を自分に託したのだろう。しかし、事態はより急を告げている。そうでなければ、イッセ大王とイワレビコが倭国を捨てることなどなかっただろう。イッシオにはそのことが理解できなかったのだ。

難升米は周囲には型通りの悲しみの演技をし、サネビコに国を挙げた丁重な葬儀を出すように命じた。

葬儀では難升米が葬主となり、邪馬壹国女王にも使者を立て知らせた。しかし、日御子も夕カアマヒコも葬儀には参列せず、柄渠觚と同格の官である奴佳鞮(のかてい)と弥馬升(みましょう)を使者として遣わせてきた。

彼らは「近いうちに高良山でお会いしたい」との女王のことづけを言いおいて三日後に帰っていった。

一度しっかりとこの目で日御子の人物を見極めるのも悪くない。難升米は、高良山に赴くことにした。

伊都国から日御子の高良山の宮室までは約五百里（約三八キロメートル）の一日行程である。不弥国と邪馬壹国の間に筑後川があるが、もし攻め入ろうとすれば、兵力の多寡の問題があるだけではないかと難升米は単純に考えている。

逆に邪馬壹国の王とすれば、そうした近くには信頼できる身内しか置けないので、アメノウズメノミコトの子孫である伊都国の王家が特別扱いを受けているともいえる。

家系とは何だろう。

天孫降臨したニニギノミコトの妃は、アマ族の者ではなく現地人の国津神の大山津見神（おおやまつみのかみ）の娘のコノハナサクヤ姫だった。その子供のホデリノミコト（火照命＝海彦）、ホヲリノミコト（火遠理命＝山彦）もどこの誰とも知らない国津神の娘と結婚した。ホヲリノミコトの子のウガヤフキアエズに至っては父であるホヲリノミコトの妻・豊玉姫の妹、つまり叔母である玉依姫と結婚して、イツセ大王とイワレビコ（後の神武天皇）ほかを産んでいる。

また、高貴な家に生まれたとしても、その家を継げるのは一人だけで、時が経てば、生家は継いだ者の妃と子に乗っ取られるのだ。

大王家の家系といってもその程度のものだ。かくいう難升米も威張れたものではない。要するに王といっても安閑としてはいられないのだ。

高良山の宮殿には何度も来ているが、不弥国から入ってくると、高良山と明星山（みょうじょうさん）の二つの峯が左右に並んでいるのが目印となる。高台にある宮殿からは九州島で一番大きな筑紫平野が一望できた。

北の奴国と邪馬壹国西部にまたがる筑紫平野の山裾は、周囲の山から平野に流れ出る水が扇状地を形成している。この扇状地はよく水の出る笠沙状の土地であり、平野は広々として、アマ国とは比べようもないほど豊かだ。まさにニニギノミコトが感嘆したという「朝日のただ刺す国、夕日の日照る国」である。この穀倉地帯を握っていることが邪馬壹国の力の源泉であることは、視覚的にもよくわかる。

どんなことをしてでも、ここを手に入れてみせると、難升米は改めて決意した。

高良山の警備は厳重だった。守護の持兵が山の下から宮殿までの要所を固めており、尾根伝いに作られた神籠石(こうごいし)の上には城柵が厳設され、その上から見張りの兵が目を光らせていた。

女王の宮室の周囲には多くの建物があり、そこには千人ほどの奴婢がいた。この女の園で女たちは日御子の世話をするかたわら、衣服や工芸品を作ったり、歌舞音曲の訓練をしたりしていた。また、巫女の修業をしている一団もいるという。

日御子自身はめったに人に会うことがない。

ただ、他者との取り次ぎをして辞を伝える男が一人いて、この者は飲食の給仕もしていた。男がただ一人というのが不自然だった。日御子は男を寄せつけないという噂があり、この男はおそらくイワレビコの部下ではないかと難升米は推察した。

日御子に直接会える男はほかにはタカアマヒコ王子しかいない。日御子に入る情報のほぼすべてが、この男を通じてということになる。そしてその情報を必要とし、その命令を日御子に下せるのはイッセ前大王かイワレビコしかいない。

伊都国の王として日御子に呼ばれている難升米は、客殿で待つ間もイワレビコの影を感じるようで落ち着かなかった。日御子に本音を言うことは危険だと考え、探りを入れるだけにしようと、サネビコと打ち合わせた。

先にその男が一人入ってきて、日御子とタカアマヒコの来場を伝える。

その顔には邪馬壹国文様の入れ墨があった。ただ王家の紋様ではない。

王の側近には、見たもの聞いたことを忘れない能力に秀でた者が秘書役として置かれるが、この男もそうした能力がありそうだ。

女王と王子が来て、難升米が一通りイツシオの葬儀の礼を伝えると、タカアマヒコから質問があった。

「イツシオ様はご病気ではなく、何か思うところがあって、自ら毒を含んでお亡くなりになったとの噂がありますが」

「穏やかな死に顔でした。自分の体力気力に自信があった者ほど、衰えに悩むのかもしれません。自分に代わって日御子さまを盛り立て、ますますこの国を隆盛に導いてくれと。それが自分の遺言と思ってくれと言い残しました。剛毅な彼らしい死でした」

「さぞお悲しみのことでしょうが、幸いなことにイッシオ様には立派なご子息様がいると聞いています。伊都国のためにいい働きをしてくれることでしょう」

日御子から言葉をかけられたが、どこまでのことを知っているのかわからない。やはり、あまり踏み込んだことは言えないと難升米は考えた。

「有難きお言葉。日御子様もタカアマヒコ様も日々国王の風格が身についてこられて頼もしい限りです。このうえは、立派な跡継ぎの王をお産みになられることですな。日御子様のそばにいつもついているこの立派な男子はアマ族の者ですかな」

「アワショウのことか。気になされるな。記録係として置いているだけです。跡継ぎのこともご心配は無用です。私はずっと独り身で、この国を我が夫とすることを決意しているので」

「それはもったいない。しかし、ご立派なお覚悟でございます。そうすると、タカアマヒコ王子の役割は大ですな」

「あなたにもぜひ、盛り立てていただきたい」

「即位式の時に日御子様は山々の峯に神の社を作り、この国を神々のご加護あふれる国とすると宣言なさっておられました。計画は順調ですか」

これにはタカアマヒコが答えた。

「もともと、我らアマ族は米作りを目指してこの地に渡ってきた。平野を囲む山々は水を貯め、運び、地をならす恵みをもたらす。山々は神のご神体そのものです。今神の社を各地に作っているが、それは神々しいものだ。幸いなことにこれを神々はお喜びになり、作物が豊富に実っている。日御子様の日々の祈りが高天原に通じているのです」

「仰せの通りにございます」

「穀物の豊かな実りと神の社作りは人々に活気ももたらしている。田んぼの仕事は狩りと違って誰が仕留めたから一番偉いというものではない。春から冬まで一年中、仕事がある。だから、その折々に皆で集まり、酒を飲み、歌い、踊り、祭りが生まれて楽しんでいる。この基盤があればこそ、苦しい時にも、安心して神々に心を預けて、（祓い、清め、守り、幸う）という人の理想の暮らしを追い求めることができている。また神の社を作ることで、人々は日々の食に悩むことがないのです」

難升米は、タカアマヒコの陶酔したような言葉に反感を抱いた。

伊都国には米作りの仕事は与えられていない。一大率という強大な権力は与えられてはいるが、食料や使役などを提供させられる大人や下戸には蛇蝎（だかつ）のごとくに嫌われ、地方の行政官にも面従腹背で嫌がられるのが伊都国の仕事だ。要するに社会のどぶさらいなのだ。こいつらは格好ばかりの役目を楽しんでいる。少々の役得では割に合わないと難升米は思った。

しかし、そういった思いを外に出すことなく、難升米は続けた。

「我が伊都国もぜひあやかりたいものです。ところで、我が国には代々一大率のお役目が与えられて、倭国北部地域を検察しておりますが、何分にも経済に関しては千余戸の小さな人口しか与えられていません。食料の多くは邪馬壹国から支給を受けており、誠に有難く感謝いたしておりますが、これをもっともっと増やしていただきたく、何とぞお願いいいたします。それから」

「ほかに何か」

「おそらくお二人も気にかけておられると思いますが、大陸の魏・蜀・呉の勝敗の帰趨がだんだんと見えてきまして、魏の皇帝はこの先、後顧の憂いとなる遼東地域に手を伸ばしてくるかと思います。そうなると、今我が国が貢献している朝鮮半島北部の公孫氏国との関係をどうするのか、これを間違わないように対応を考えておかないとなりません。そこで、日御子様の基本的なお考えをお聞きしたく存じます。またそうなると、付随して外交予算も増やしていただかないとなりませんので、併せてお願いしたく今日は参った次第です」

「伊都国の巫女の占卜では何と出ておいでか」

「当たっているかどうか、何とも言えないところがあります。日御子様はどう占いますか」

日御子もタカアマヒコもじっと難升米の顔を見て、そして目をそらした。

日御子が巫女に太占の卜をさせた結果は単純ではなかった。一つには今後起こる外国との関係で日御子の死が示されていた。

それを聞いた時に、日御子は父王であるウガヤフキアエズのことを思い出した。同じように父にも死が告げられており、巫女はそれで殺されてしまったのだ。

日御子は死を受け入れ、今を生きている。ただ、その死の原因を読ませると、そこに難升米と思われる人物が関係しているらしいことが出てきたのだ。それが悪意なのか、そうでないのかはわからないが、卜はそう告げていた。

「確かに難しい占いでした」

日御子はそう言った。

中国のことはタカアマヒコから聞くくらいで、日御子はもちろんその国柄を想像するだけだが、好ましい国と思ったことはなかった。多くの人を養い戦に明け暮れる力があるのだから、経済的には豊かなのだろう。

しかし、その富は国民に還元されることなく、武力の強い男たちの殺し合いによって、独り占めされることが当然とされているらしい。その後には人々に身分や階級差が付けられる。

そんな世界で生きることは日御子には耐えられなかった。

倭国では人々が助け合わなければ生きていけない。国王といえどこの自然からは逃れられない。富と権力を争って殺し合うことなどできるはずもないことだった。

しかし、中国では盛んに一人の皇帝の一つの国を作るための争いが起きていることは現実なのだ。争うことを可能にする豊かさがあるのだろう。しかし、それは上部のことだ。

難升米が外交といいながらも、中国の表面的な豊かさにひかれているらしいことに、日御子は嫌悪した。

沈黙を破ってタカアマヒコが声をかけた。

「難升米殿は魏に対してどうすべきとお思いか」

「考えるまでもないこと。我らの道は強いほうについてゆくこと、それしかありません。幸いなことに彼我(ひが)の間は海で隔てられており、生きるだけなら何とかできます。しかし、大事なことは独立国として生き抜くことです。そのためには、公孫氏国にしても魏にしても、怒らせないよう、うまく立ち回ることしかありません」

難升米はその考えに、自信を持っているようだ。

日御子はその卑屈さ、甘さも嫌悪した。イッセ前王とイワレビコ王子はもっと深く考え、自らも調査しようと対海国に渡った。そこまでして考え抜き、東征という選択に命をかけたのだ。それに比べると、難升米の考えは安易だった。

かと言って、伊都国から外交を取り上げ、タカアマヒコに任せるのは難しい。

「独立国として生き抜くために……その通りです。しかし、強大な国に対するには愚鈍なぐらいがちょうどいいのでは」

「それはいったいどういうことでしょうか」

「いずれ必ず、その時は来ます。判断の時期を待ちましょう」

「日御子様がそうおっしゃるなら、承知しました」

納得できなかったが、心の奥を見られているような気がして難升米は引き下がった。

地位は人を作るという。日御子は年上の自分を何ら恐れることもなく抑え、話を聞き、主張し、指示した。イッセ前王とイワレビコ王子が国譲りの相手と見込んだことにもこうした素質を認めたからなのだろう。

いずれにしろ、思っていたよりも手ごわい相手ということはわかった。

いとまごいをしようとする難升米たちに、タカアマヒコは最後に一つ報告があるといって呼び止めた。

「今年は天候もよく新田開発も順調で、稲は豊作となる予定だ。神の社の建設も皆の協力があり、次々に着工している。ついては、地域の者が日々礼拝できるように、里山の林にも宮を建設することを計画している。これは邪馬壹国だけではなく、また、海岸部にも拡大して倭国全体に広げる計画です。ご承知おきいただきたい」

「しかし、伊都国にはその予算はありませんが」

「もちろんご心配無用。倭国が賄う。また、労務の徴発についても倭国の役人に村々を回らせることにする」

「それはご熱心なことで結構です。我々はとしては邪馬壹国以北の検察を担当していますから、ご協力はいたします。しかし、南部地方はどうなりますか。それでなくとも敵対する狗奴国を刺激することが懸念されます。神の社の建設が争いのもとになってしまっては元も子もないというものです」

「これは日御子様の最も重要な事業です。アマテラスの再来として、平和、礼節、睦み合いの心を大事にする国づくり。これを定着させ後世につなげる核としたいとのご意志です」

「これは相談ではなく、報告ということですから、これ以上、何も言うことはありません」

夕方になり、高良山のふもとにある伊都国の館で難升米とサネビコは話し合った。

「イワレビコ様よりはマシではありましたが。しかし、女王とはいえ、年長の長年の盟友に対して無礼千万でした」

「あれ以上向き合っていたら、自分を抑えきれないところだった」

「はたで見ていてはらはらしました。しかし、何か、イワレビコ様の影を感じました」

「あのアワショウとかいう男、何を考えているのかわからぬ」

「イワレビコ様の置き土産ですな」

「日御子までもが監視されているようだ。魔人は死なずか」

「しかし残念ながら、日御子にはそれなりの力量があることは認めざるを得ません」

「だとすると、我らはどうすればいいか」

「我らの国盗りのうち、イワレビコ様と日御子には期待ができないとなると、残るは、魏が公孫氏国を破った時が勝負でしょうな。それにもう一つ、今日最大の収穫といえば、あの神の社です」

「神の社？　腹立たしい限りではないか」

「そこです。我々よりももっと腹立たしいのは、熊襲や隼人(はやと)の狗奴国の卑弥弓呼でしょう。自分の勢力圏と思っている山に、これ見よがしに神の社など建てられたら、面目丸つぶれでしょうからな。奴が黙って見ているとは到底思えません」

「当然だ。やはりまだ若いな。やりすぎて死んでいく運命の女だ。先が目に見えるようだ」

「卑弥弓呼との不和を仕掛けにして、魏に働いてもらいましょう」

「いいぞ。読めてきた。周到にやるのだ。くれぐれも内密にな」

「いずれ近いうちに物事が動き出すことでしょう」

「馬鹿な女め。この国はわしのものだ。愉快だ。酒だ。酒と女だ。日御子の運命に盃を上げるのだ」

狗奴国の謀(はかりごと)

神の社の建築

国境の山が何やら騒がしい。

これまでは見向きもしなかった神聖な山に男たちが群れを成し、見慣れない小屋を盛んに建てているというのだ。その男たちは倭国の南部の奴国の者たちで、指揮する男はどうも韓国の職人らしい。

狗奴国(このこく)は確かに倭国の最南部の奴国と隣り合っている。しかし、これまでは川筋の地帯までが奴国の地で、一歩山に入れば、そこは狗奴国の領土だった。お互い不可侵だったはずだ。

奴らは戦を仕掛けてきているのか。

狗奴国の卑弥弓呼(ひみくこ)大王は先祖の祖父ホデリノミコト(火照命=海彦)が叔祖父(おおおじ)のホヲリノミコト

（火遠理命＝山彦）から受けたひどい仕打ちをさんざん聞かされて育った。

ホヲリノミコトは祖父をだまして邪馬壹国を我がものとした。もともと、天孫降臨の祖であるニニギノミコトの息子の海彦、山彦兄弟はそれぞれ、漁業技術、農耕技術をもって国に貢献してきたのだが、調子のいい山彦が理不尽にも貝取りや魚取りなどちまちまやっていても国は立ち行かないと、人のいい祖父を追い出したのだ。

邪馬壹国を追われ、海からも締め出され、祖父は南の山奥に閉じ込められた。そこには先住民の熊襲（くまそ）がいて、苦労をしながら山のふもとの野原を借りていた。そし協調共存しながらやっとここまで国を大きくさせてきたのだ。

「奴らを生け捕りにしてこい」

卑弥弓呼は顔を真っ赤にして部下に命令した。

のんきに小屋を建てている男たちの集団をこのままのさばらせておくわけにはいかない。

一月ほど後に、その集団が卑弥弓呼のもとに連れられてきた。全部で六人いたうち、二人が死に、こちらも一人が腕を骨折するという被害があった。四人の男たちは皆、それぞれどこかしら負傷していた。

とらえてみると、案の定、その男たちの顔には奴国紋や邪馬壹国紋の入れ墨があった。

卑弥弓呼は自ら調べることにした。

「誰の命令だ。狗奴国の山に入り込んで何をしていた」

「誰って、邑の長に決まってる」

何を言っているのだ、こいつらは。

卑弥弓呼は火のついた薪を男の太ももに押し当てさせた。

「ギャー。熱い、熱いよ。何も悪いことはしてねえってば」

「お前たちは何を作っていたのだ」

「おらたちゃぁ、ただ、山の日当たりのいい場所に、神の社を作れって言われたから作ってただけだ」

神の社とは何だ。卑弥呼は何をしようとしているのだ。自分が神にでもなったつもりか。

もう一人の男に問い詰めた。

「お前は韓国の者だな」

「ああ、弁韓生まれの大工だ」

「お前を連れてきたのは邪馬壹国の奴らか」

「いや、俺は対海国に逃げてきたのだ。そこから邪馬壹国に連れられてきて、求められるままに建物を建てているのだ」

「卑弥呼がやらせているのだな」

「誰の命令かは知らない」

「あまり見かけないつくりだ」

「神が降りてくるところだそうだ。だから神の御霊(みたま)の居所としてふさわしい、清潔な空間にしてほしいとの仰せだ。また、人が神様に礼拝し、集い、歌い、踊れるような広さにしろと言われている」

「あの場所を指定したのは誰だ」

瀕死の男が横から口を出した。

「それが邑の長だって言ってるだろう」

「うるさい。お前は黙れ」

卑弥弓呼は城外に連れていき、燃える薪で大きな入れ墨を入れてやれと兵に命じた。

「狗古智卑狗(くこちひこ)、どう考える。戦を仕掛けているにしては何かおかしくないか」

卑弥弓呼は側近に対してても官名で呼びかける癖があった。狗古智卑狗のホムラヒコが神の社が建てられていた霧島山を示して言った。

「何よりも、倭国が我が国を侵略したということが重要ではないでしょうか。それに対して黙認するか、戦うか。もし戦うのならどういう戦略にするかでしょう」

ホムラヒコは国津神で、熊襲の血を引いている。山の戦い方については彼に勝るものはない。

「考えていることがあるのなら、申してみよ」

卑弥弓呼はもちろん黙認するつもりはない。この機会をとらえて、倭国に致命的な打撃を加えておきたいのだった。

「彼我の力を測れば、総力戦では相手が上でしょう。しかし、もし、卑弥呼以下、上の者何人かを討つだけなら、我々にも勝機はあります」

ホムラヒコは熊襲の者を放ち、九州島各地の情報を集めていた。熊襲は九州の山に通じており、尾根道伝いにどこでも自在に行くことができた。

ホムラヒコの分析はこうだった。

イツセ大王、イワレビコ王子は武力により倭国を治めていたが、なぜか、彼らは急に卑弥呼とその弟に実権を譲り、九州島から東の海を渡って出ていってしまった。卑弥呼女王は武力よりも民の生活と経済に注力して和を目指す国家運営をしており、それは国内ではうまくいっているように見える。しかし国王としては政治に疎く、外交もわかっていない。近隣国に対して無防備ともいえるぐらいに鈍感で、もし、災害で稲が不作になれば、国内からも不満が渦巻く可能性が極めて高い。

狗奴国と比べると、人口は倭国のほうが七、八倍多い。経済も投馬国（奄美、沖縄地方）に産するゴホウラ貝を韓国に輸出したりして、豊かなことは間違いない。

しかし、倭国の中心の邪馬壹国は対海国のアマ族を核として成立しており、歴史的にも実質的にも中国、韓国との交易による最新技術の導入によって、北部中心に栄えてきたのであり、南部については、いまだ完全には掌握しているとはいいがたい。南部はいわゆる我が国との緩衝地帯のようなもので、利害によって倭国に従っている国ばかりだ。

そのため、倭国には、霧島山脈という懐の深い山塊を持つ我が国に、攻め入るまでの力はない。

狗奴国も倭国に全面戦争を仕掛けるまでの力はないが、山の尾根伝いに邪馬壹国の心臓部まで忍び込んで卑弥呼やタカアマヒコを亡き者にするくらいはできるのではないか。もしそうしたとしても、彼らは我が国に全面戦争までは仕掛けられないだろう。

ホムラヒコは自説を開陳した。

「悩ましいな。わしもアマ族だ。ゴホウラ貝については投馬国と倭国の間にある我が国の南の半島の海人たちがうまく加工して、高値で奴らに売り渡してもいる。国境地帯の者たちはお互い血縁関係にある者も多い」

「それとこれとは別です。王は邪馬壹国に対しては、個人的な恨みかもしれませんが、熊襲にとっても山は神聖なものなのです。得体の知れない小屋を奴らに建てさせて何もできないでは、ご先祖に申し訳が立たないのです」

「やることは一つというわけか」

「そうです。卑弥呼を討つのです。我々の望みはそれでかなうのです」

「相手が恐怖におびえる姿を想像するのは愉快だ。これまでさんざんやられてきたんだ。稲も育たない火山灰の土地のさらにこんな山奥まで逃れて国を作ってきた。卑弥呼はどうやってもここまでは攻めてこられまい。こちらは盗むだけ盗み、最後は刺客を送って卑弥呼の首を狙えばいいのだな」

卑弥弓呼はそれこそが、先祖が報われる道だと思った。

公孫氏の滅亡

中国の東北の絶域とされていた環渤海北東地域に変化の兆しが現れてきた。

公孫氏の祖・公孫度はもともと遼東太守に任命された後漢の地方官であったが、黄巾の乱など後漢の混乱に乗じて半独立政権を樹立し、朝鮮半島の楽浪郡まで勢力を伸ばした。次の公孫康は楽浪郡の南に帯方郡を設置し、朝鮮半島南部の韓諸国や倭国まで勢力下に置くようになった。

そして二二八年に公孫康の後継者となったのが公孫淵である。

半独立政権には独特の悲哀がある。国土もあり、国民もいる。地方に任命された官とはいえ、中央の後漢は乱れ、それに対して遼東支配は何代にもわたってうまくいっていた。

そうなると、力のない中央の皇帝からの完全な独立が欲しくなる。中央の皇帝の言うがままにならない、完全な独立が欲しいのだ。中国皇帝と対等な立場が欲しいのだ。

その悲願が後漢末の混乱で、現実となるかもしれない。魏・蜀・呉が中華統一を目指して中原に覇を競いながらも、赫々たる英雄豪傑たちでさえも中華統一には届かず、三国鼎立の時代となっていた。公孫氏三代の夢は正夢になる可能性も出てきたのだ。

公孫氏にとって都合の良いことには、西方につながる道は文化の先進国であるあこがれの地・天竺に続く道であるが、東北の奥には未開の土人がいるばかりで、その先には海しかなく、中国には征服する意味も興味もない地域だったことである。

逆に公孫氏の不幸は、遼東地域が強大国である魏に隣接しているということである。

大国はすべてを飲み込むことを欲す。飲み込んで美しい秩序に収めるのが好きなのだ。

公孫氏にとっては隣接する魏の一国だけでも、敵とするには重すぎる相手だった。しかし、隣国とはいえ、万里の長城からも遠く離れて、日常その気配を感じることはない。また、三国の力関係は常に変化し揺れ動いているので、乱世のこの時代、相手を特定して肩入れするのは、先々危険の芽となる可能性もある。

このようなことを言い訳にしながら、公孫氏は魏への臣従を表面的なもので濁してきた。そして、時には江南の呉に朝貢したりして魏と呉を天秤にかけ、自らの重要性を主張しようとしたのだ。

しかし、三国時代も初代皇帝たちが鬼籍に入り、魏の勝勢がはっきりしてくると、日和見主義を通してきた遼東の田舎国の自由は、徐々に狭められていった。

二三四年、劉備亡き後に蜀の諸葛亮孔明は、総力を結集し北進して魏を討伐することを画策し、五丈原で魏の司馬懿仲達と対峙した。

知将・諸葛亮は司馬懿将軍よりも二歳年長で、病に侵されていた。自らの命が長くないことを知った諸葛亮は、魏の皇帝を討つための戦いにかけ、短期決戦を仕掛ける。

司馬宣王・司馬懿は諸葛亮の変幻自在の戦略、用兵には何度も痛い目にあっている。諸葛亮の命が長くないことを知った司馬懿は、正面から戦わず、時間をかけ、諸葛亮の体力を消耗させることが、そのまま勝利につながることを知っていた。

司馬懿は守りに徹し、蜀軍に対して勝利を目指すよりも負けない戦いを基本戦略とした。一見弱気の戦いを貫徹することができるのも、司馬宣王の並外れた能力の表れである。

読み通り、諸葛亮は戦陣で病死し、司馬懿将軍は五丈原の戦いを制した。

蜀軍は敗走を始め、魏軍はこれを追撃した。しかし、神のごとき諸葛亮は自らの死後に起こることを予期し、魏軍の追撃に対して、自らの木像を乗せた車を悠然と魏軍の前に走らせる。果たして、司馬懿は諸葛亮の生存を恐れ、追撃をやめさせた。

巷間「死せる孔明、生ける（司馬懿）仲達を走らす」と揶揄（やゆ）されることになったが、そんなことは何ほどのことでもない。

司馬懿は戦いに臨んでは慎重無比の武将だった。勝機がないと見れば、負けない体制を作って守りに徹する。勝てる相手には取りこぼすことなく確実に勝利を手にしてゆく。彼の名は魏随一の名将として天下に轟いた。

その司馬宣王が遼東に現れ、公孫康を継いだ公孫淵に対することとなった。

司馬宣王の戦いは事前の情勢分析と周到な準備工作に大きな特徴がある。

彼はまず公孫淵が敗走した時に備えて、遼東の公孫氏の背後の奥にある高句麗王の宮と通じ、東方奥地への逃げ道を奪った。

残るもう一つの逃げ道は公孫氏の裏庭である東南の朝鮮半島の楽浪郡、帯方郡方面である。これに対して、司馬懿は事前に魏の東部海岸に接する冀州（きしゅう）、青州（せいしゅう）ほかの四州に命じて、極秘に海船を大量に作らせた。そして、山東半島北部の港から兵馬を船で帯方郡に上陸させ、先に背後を制したのである。

そのうえで、幽州方面と楽浪郡からの挟撃作戦を実行し、公孫淵に向かった。

圧倒的な戦力を持つ魏軍の前に、逃げ場のない公孫淵はあっけなく討たれ滅んだ。

中国の統一国家と対峙しては国家の独立は保てない。公孫氏一族が宿命として抱えた、大国に隣接する国家の苦悩は、イワレビコが強烈に恐怖したものと同じだった。

大海を隔てた倭国のイワレビコは彼我の関係性の危うさを見て、より遠くに国を移そうと行動した。しかし、中国の一部と認識されていた陸続きの国を独立させようとした公孫淵にはそれができなかったのだった。

未熟な女王

日御子とタカアマヒコの国づくりは、就任以来の安定した天候と豊作に恵まれ、思いのほか順調に進んでいた。

新田開発は筑後川の上流の日田方面の川沿いまで至り、順調に米の収穫量を増やしていた。

田作り米作りの合間に神の社の手伝いに駆り出された男たちは、邑に帰って家作りや城柵、楼観の建設にその技術を応用するようになり、女たちもそれを喜んだ。

しかし、豊かな生活には、国防に対する気の緩みが現れるようにもなる。

南部国境には散発的、断続的な狗奴国の侵入が続いていた。タカアマヒコと守衛部隊は各国からの徴兵をより強化しようとしたが、特に北部諸国には反対が多く、兵が集まりにくくなってきていた。

日御子はこうしたことに強権を使うのが苦手だった。

それをいいことに、多少の外部侵入に対して強く防備を固めるよりも、生産拡大に力を入れるほうが効率的だという意見が現れてきたのである。

そんな中、緩んだ空気に冷や水を浴びせる出来事が発生した。厳重な守衛の持兵の目をかいくぐり、高良山の裏山から日御子の居所に侵入する者が現れたのである。裏の山は深くて道がなく、侵入する者があるなどとはまるで想定していなかった。

日御子の居所には奴婢が千人も働いている。日御子はめったに人前に顔を見せることがなかったため、侵入者は日御子を確かめるすべもなく、何人かの女に矢を放った。悲鳴が響き、侵入者たちはすぐに守護兵に取り押さえられ、鉄剣で殺された。

彼らの国籍は不明だったが熊襲で、狗奴国が差し向けた者に違いなかった。

日御子の頭に、卑弥弓呼の恨みに燃える顔が浮かんで見えた。

このことがあっても日御子は自然への崇拝と稲作中心の豊かな国づくりをやめるつもりは毛頭なかった。日御子は自らの思想を体現する神の社の建設計画を邪馬壹国、倭国だけでなく、地上の人々すべてに行き渡らせることを夢見ていた。そしてこの計画は、すべての国の賛同を得ることができると信じた。

祓い、清め、守り、幸う。

このことを普遍的なものにするためにはどうすればいいのだろう。日御子はそのことばかり考えていた。

「幸う」は幸和う、幸和い合うである。

敵を作ることは全く望んでいない。しかし、狗奴国の卑弥弓呼が刺客を送り込んだことによって、この考えにはまだ何か不足があるのかもしれないとも思った。

日御子は海彦、山彦の時代までさかのぼって過去の過ちを祓い清めることにした。そしてその祈りを、日々の行いに加えた。

　そんな中、魏が大量の海船を建造しているという噂が対海国の船人たちからもたらされた。魏の景初元年（二三七年）のことである。魏の明帝はすでにこの年七月に幽州刺史・毌丘倹に命じて公孫淵討伐を実行したらしい。しかし、長雨で遼水が増水し、軍を引き上げたのだという。いずれ遠からず公孫氏が滅びるのは間違いない。倭国上層部は騒然とした。イワレビコが恐れていたことがついに現実となるのだ。

　日御子はタカアマヒコとアワショウを呼んで情勢を分析させた。

　日御子とタカアマヒコは、祭祀の長としての女王と、政の責任者という分担をしていて、これまでは厳格に守られてきていた。しかし、日御子はいても立ってもいられず、二人を呼んだのだ。

「大きな国難が来るかもしれない。中国の遼東地域で公孫淵と魏の戦いが始まっているという。おそらく魏が勝つであろう。倭国はこれまで公孫氏国に朝貢し、庇護を受けてきたことから、倭国の立場は極めて危ういものになった。イワレビコ様が予想したことが、今現実になりつつある。どうすべきか二人の意見を聞きたい」

　まずアワショウが口を開いた。

「倭国の力を一とすれば、公孫氏国は十。そして、その公孫氏国をさらに十倍にしたよりも大きいのが中国の力です。今魏が海船を大量に作らせているのは公孫氏国を攻めるにあたって、帯方郡に兵馬を上陸させ、逃げ場をなくしてから攻撃するためでしょう。そんな恐ろしい相手と戦ってはなりません。そして、当初イワレビコ様たちと話し合ったように、最低限、イザナギ様の開いたこの大八島（おおやしま）に倭人の国を残すことが重要です。そのためにはイワレビコ様の東国に影響の及ばぬよう、それを一番にお考えいただきたい」

日御子はその後のイワレビコたちの様子が気になり、アワショウに尋ねた。

「今お二人はどうしておられるのだろう」

「苦闘なされているご様子です。イワレビコ様は怖いお方だと思われているかもしれませんが、我々、部下として仕えている者には、愛情深く頼もしいお方です。一緒に戦っている倭国から連れていった兵士のことを『久米（くめ）の子ら』と自分の子供のように大事にし、『撃ちてし止まぬ』と決死の覚悟をもって、敵に対しておられるようです」

「久米の子らか。故郷を忘れずにいてくれるのだな。兵士らも否が応でも戦意を鼓舞されることだろう。さすがはイワレビコ様だ」

タカアマヒコが感に堪えぬように言った。

「イワレビコ様には大きな神のご加護がある。きっと最後にはこの世界の礎を築くお方となられることだろう」

「そんな気の弱いことを。日御子様もそうなられるのです」

タカアマヒコは日御子の巫女的な言い方をたしなめるように言った。

「そうだな。気を強く持とう。話を戻しましょう。アワショウは魏に対してはすべて従い、刺激するなという意見。タカアマヒコはどう思う」

「やり方には同意見です。彼の国では敵対する者は必ず武力で抑え込む。国力の差を考えると、倭国はとても魏に敵対することはできません。外交の力で何とか乗りきるべきです」

「我が国はこれまで、公孫氏三代に従ってきたのです。魏にとっては敵に従うものは敵ではないのですか」

「運のよいことに我が国は中国の中原から遠く離れた海中にあります。めぼしい産出品があるわけでもない。つまり、公孫氏に対するように臣下の礼をわきまえて行動すれば、わざわざ出かけていって攻め滅ぼすまでもない、そんな国に映っていることでしょう」

「朝貢するのですね。これについてアワショウはどう思う」

「同意見でございます。それも早いほうがよろしいかと存じます」

「わかった。では誰に行かせる。難升米か」

「それが問題です」

倭国にとって外交の課題の一番は対狗奴国、次に東の海の向こうのスサノオノミコトの末につながる出雲、越、そして瀬戸内の吉備国だった。これらの国は皆倭種であり、愛憎も含めてアマ族とつながりがある。

ほかに、朝鮮半島南部の韓諸国、公孫氏の帯方郡があり、ごくまれには中国江南地方の呉国の船人が公孫氏国との行き帰りに補給を求めて寄港することもあった。

外国の問題は伊都国が歴史的に担当していたが、イッセ前王の時代に軍部力強化、情報収集力強化のために邪馬壹国がその多くを取り上げ、伊都国の役割は縮小していた。

果たして難升米は今回の任務の重要性と困難を認識し、責任をもって結果を出してくれるだろうか。そして、難升米は倭国の民と日御子の利益のためになるように公の心をもって働いてくれるだろうか。三人はそれを心配していた。

アワショウが言う。

「難升米殿は倭国よりも自らの利益のために働くようなところがあります。小さな仕事であれば、幾分かのごまかしには目を瞑るしかないかもしれませんが、魏との交渉でそんなことをされたら、倭国が亡ぶことになりかねません。ほかに適任者はおりませんか」

それは難問だった。遼東における公孫氏三代の支配はかれこれ四十年も続いていた。その間、折に触れ公孫氏への貢献使者となっていたのは、ほぼ伊都国王であった。そのため、ほかの者には中国儀礼の経験がなく、国として恥をさらすわけにもいかない。

遼東の動きは急である。魏の遼東開放歓迎の使者派遣時期を遅らせると、その分だけ魏の疑念は高まる。先に延ばすことができなくはないが、より困難で、相手にとってはより価値が低くなる。即応性が求められるのだ。

結局、以下の四点が決められた。

一、魏が朝鮮半島に海船軍を上陸させ、帯方郡開放がなされた時、直ちに遣使を派遣する。
一、遣使は難升米を大夫とし、お目付け役の次使としてタカアマヒコの部下の都市牛利(つしごり)をつける。
一、遣使は魏の窓口である帯方郡太守を儀礼訪問するものとし、役目を果たしたら、いったん帰国して状況を報告することとする。
一、献上品は帯方郡太守に適う簡素なものとして、男女生口十人、班布二匹(ひき)二丈を奉献するものとする。

もし、この条件を難升米が飲まない時には、腹を決めて都市牛利を大夫とし、邪馬壹国の官二名を派遣することも申し合わせた。

難升米は条件を聞き遵守することを確約しながら、是非にと遣使大夫役を望み、タカアマヒコはこれを認めた。

事態がここまで進んで、遣使を難升米に任せるしかないことに、日御子は自らの未熟さを思った。もし、イワレビコが王だったとしたら、もっと事前に手を打っていたことだろう。

日御子はありありと死の現実を予感した。

運命をかけた仕事

景初二年(二三八年)、魏の明帝は前年に引き続き再び公孫淵征伐の勅を発した。

今回は司馬宣王(司馬懿)が総大将となり、前年に遼水の増水があっていかんともしがたく、文字通りの水入りで引き上げた毌丘倹が副将という陣立てである。司馬宣王はかねて準備しておいた通り、公孫淵に二方面からの挟撃作戦を実行した。逃げ場のない公孫淵はこの年八月に追い詰められ、命を落とした。遼東は司馬宣王により平定されたのだ。

魏の余裕はすでにこの前年(景初元年)に、帯方郡太守として劉昕を任命したことに現れている。劉昕は山東半島から帯方郡への渡海作戦を指揮して帯方郡と楽浪郡を平定し、その功によりお役御免となる。そして、次の帯方郡太守となった劉夏が倭国の遣使を迎えることになる。

魏への遣使を成功させて、倭国王にのし上がることを難升米は心に決めている。

大夫を任されたことは成功だが、そのほかの条件については大いに不満だった。

「献上品が生口十人に班布二匹二丈だと。そんなものを誰が喜ぶ。せいぜい田舎の木っ端役人向けだ。それで戦陣にある太守に歓迎の意を伝えろと。何の冗談かと思われるぞ。それで逃げるように帰ってこいとは。日御子の評判が下がるのはどうでもいいが、わしが一番恥をかく」

難升米はそう言いながらも、日御子を出し抜いて自分を売り込むことを思うと気分は上々だった。

「さて、どうしてやろうか。爾支はどう思う」

そばには爾支のサネビコと副官・泄謨觚のアシカガが控えている。サネビコが難升米に迎合するような意見を述べた。

「中国人は礼節を重んじる文化があります。日御子様はそうした人同士、国同士の付き合いがわからない。彼らは遠く海中の国から頭を下げて礼を尽くす者たちが来れば、これにわざわざ敵対して攻めるなどということなどしません。タカアマヒコが中国、韓国から流れ着いた職人と付き合いがあるとか、子供の頃交易に携わり漢字を覚えたとかいう程度では、話にもなりません。ここは日御子様たちから出された条件をそのまま飲んで行きましょう。外交は直接会った者の力が、後になってから効いてくるものです。難升米様の実力が女王よりも上と認めさせれば、こちらの勝ちです」

「なるほど。アシカガはどうだ」

「魏にも中国にもこれまで女が皇帝に就いた例はないはずです。はじめは興味を持って好意的に扱うかもしれません。しかし、しょせん中国の皇帝と日御子様の考えは水と油、知れば知るほど関係が悪くなると考えます。今回はすぐに帰ってこいということですが、機会をとらえて何度も行くことです。そして、日御子様の性格や政治姿勢をそのまま語れば、相手は女王を相手にしなくなることでしょう。何しろ一国の王でありながら生口十人のほかは班布二匹二丈しか用意できない情けない王なのですからな」

「その通りだ。向こうでは農民や職人は奴隷と一緒だ。大人はそういう奴らを相手にしない。中国人は、特に魏の国の王は傑出した大人が好きなのだ。わしがこれまで武を鍛えてきたのは遊びではないぞ。もし来いと言われれば、わしは魏の都・洛陽までも行き、皇帝に会えと言われれば、皇帝の前で、倭国の武の舞いでも披露してみせるぞ」

難升米は上機嫌だった。

とはいえ、心配事がないわけではない。爾支がそのことを難升米に聞いた。

「ところで、そのタカアマヒコの部下の都市牛利とは何者でしょうか。私はまだ会ったことがありません」

難升米も都市牛利には会ったことがない。何を考えているのかわからないのが不気味だが、伊都国に入ってくる情報に、邪馬壹国が海外国との外交について精通しているというものはなかった。

難升米に言わせれば、日御子たちは神の社と田んぼ作りだけで国がうまく回っていくと考えている大甘の素人なのだ。せっかくイワレビコが残してくれたやり方をまねようともしないで、甘い夢を見ている奴らに国は任せられないと、難升米は宣言した。

景初二年夏の中頃に魏の海船軍が帯方郡を開放したという情報がもたらされた。難升米にとって待ちわびた吉報である。

生口十人は男六名、女四名が選抜され、ご丁寧なことに壮行式で日御子がこの生口たちに言葉をかけた。

「あなたたち十名は我が国から選抜された身体精神とも健康優秀な者たちです。心ならずも親の不始末で今の境遇に落とされ、不本意な日々を送ってきたかもしれませんが、この渡海を機にあなたたちの過去はまっさらになり、残された家族の名誉は回復されます。今後は中国の地で、新しい生活が待っています。倭国の名に恥じないようどんな環境にあっても誠心誠意務めてもらいたい。あなたたちの幸いを私は祈っています」

生口たちは感激していた。しかし、難升米は奴隷に言葉をかける日御子をほとほと情けなく思った。どこにそんな王がいるというのだ。馬鹿馬鹿しいにもほどがある。

タカアマヒコはこの渡海の遣使の重要性を強調しながら、成功を祈るなどといっていたが、もはや難升米の頭には帯方郡治での振る舞いのことしかなかった。

紹介された都市牛利は武人だった。体格がよく、まじめで律儀そうに見えた。しかし、中国の言葉も話せないし、外交の経験もないという。

単純にお目付け役といったところだろう。タカアマヒコはやはり何もわかってないようだ。

都市牛利がいっぱしの武人というなら、公孫氏国を圧倒する魏の武力を見た時、そちらに興味が行くはずだ。そんなことでは外交の役には立たない。外交よりも身内の監視が目的というなら、ずいぶんと甘く見られたものだ。難升米は苦々しい気持ちになった。

貢献使節は総員二十四名が三艘の船で行くことになった。

公孫氏時代の帯方郡治に定期的に通っていた難升米にとっては慣れたものだ。

一大国、対海国と対馬海峡を渡って狗邪韓国の港町・統営（とんよん）に着く。そこからは朝鮮半島の韓国の海岸沖沿いを西行三千里、北行四千里して泰安（たいあん）半島の沖に着き、そこから北東に曲がって仁川（いんちょん）の港に向かい、帯方郡治に入る。

運命をかけた仕事になる。ここは命をかけて乗りきり、活路を開かなければならない。難升米は帯方郡治の方向をにらみながら武者震いした。

難升米にいくばくかの自信があるとしたら、それは、公孫氏を通じて中国の独特の官僚制度を、感覚的に知っているからだ。

倭国にとって、帯方郡はとてつもなく大きな勢力に見えるが、魏にとっては、東方の絶域のほとんど価値のない地域にしか過ぎない。皇帝が打ち払おうと決意すれば、確実に仕留めることができる。

魏にとってはそんな程度のことなのだ。そこに配される官は一刻も早く中央に呼び戻してもらいたいと思うはずだ。難升米はそれを知っていた。

事実、魏が公孫淵を攻める決意をしたと同時に配置された帯方郡太守・劉昕は、司馬宣王が公孫淵を倒して帯方郡、楽浪郡を平定した後、功を認められて中央に栄転している。難升米が六月に帯方郡に着いた時には後任の帯方郡太守・劉夏に拝謁することになった。

劉夏もおそらく同じだろう。こんな辺境の地に長居は無用、早く中央に呼び戻してもらいたいと功を焦っている気配を難升米は感じた。

難升米は魏の遼東及び韓国の領土回復を慶賀し、同時に倭国の売り込みに余念がなかった。

「我が国は古くは秦の始皇帝様が徐福様に命じて不老不死の妙薬を探させた地ともいわれております。年齢が八十、九十はおろか百まで生きる者も珍しくはなく、長命です。

我が国の文化は貴国に劣るといえども、女子は不淫で妬忌せず、盗窃する者もありません。人々が争うことが少なく、礼節を重んじる国であります。それはつまり、尊卑の差序が守られ、上下の規律がよく守られていることによく現れています。

今ようやく、この東夷の果ての地域にも魏の皇帝の偉大な徳が及び、我らがこうして貢献することができるようになったことを、我が国の女王・日御子も大いに喜び、早く祝意をお伝えいたしたく、お目通りに参った次第でございます。急なことで、粗末な品ではありますが、生口十人ほかを献上いたします。何とぞ洛陽の都におられる明帝様にも、倭国の者が喜びはせ参じて臣下の礼を取らせていただきたく参ったとお伝えいただければ幸い、これに過ぎたるものはございません」

難升米は傍にいる都市牛利を意識して、日御子の命に最低限従って、口上を述べた。

武人でありながら、まともな口上を述べられる者は中国でもそうはいない。劉夏は難升米を見直し、下問した。

「はるか遠くの国から、魏皇帝のために駆けつけてくれたこと、忠孝これに勝るものはない。ところで、興味深い言葉がいくつかあった。徐福と不老不死、そして女子が不淫も妬忌もせず、尊卑の差序が守られる女王の国のことをもう少し説明してくれ」

劉夏が乗ってきたことを難升米は内心喜んだ。さらに引き付けようと言葉を選びながら話した。

「徐福様はずっと昔の伝説のお方ですので、はっきりしたことは申し上げられませんが、不老不死の薬草は海の向こうの三神山にあるといい、これが我が国のことではないかとの言い伝えが残されております。

また、これは中国のお方にとっていいことかどうかはわかりませんが、女子の不淫、不妬忌については、もともと我が国はアマテラスという太陽にもたとえられる母のような女性が国づくりにかかわっておりまして、女子はアマテラス様を理想として、育てられるところがございます。それが、男に対して、性的なことを過剰に求めたり嫉妬したりということではなく、母のような慈しみの形となっているのかもしれません。我が国は先ほどご受納いただきました粗末な品に見られるように、決して豊かな国ではありません。また自然災害も多く、皆が助け合って生きていかなければならない運命にあります。そのために皆が力を合わせて稲作や狩りや海のものを取って分かち合っています。このような民同士の信頼が根本になければ、社会が成り立っていきません。ですから、自然に年上の者、目上の者の経験と知識が尊重され、敬われているのです。これを犯した者には厳罰が与えられますが、それは皆が納得するところです」

「海の向こうにそんな国があったか。初めて知ったぞ。わしが知らないということは洛陽におられる皇帝も、特にその長生き、不老不死についてはご存じないだろう。実に面白い。ところで、こちらのお方も武人とお見受けするが、我が国に来られるのは初めてですかな」

突然のことで都市牛利は思わず素直な感想を口にした。

「私は何分にも田舎者ゆえ、この街の豊かできらびやかな様子を見て、ただただびっくりしております。まだ戦が続いていると聞き、その心構えでおりましたが、落ち着いた街の人々の様子を見るに、いったいどこに戦いが起きているのか、全くわかりません。とてつもないところに来てしまったというのが正直な気持ちです」

都市牛利の正直な感想は図らずも劉夏の自尊心をくすぐるに十分だった。

「よく来てくださった。戦はここからはるか遠くで続いておる。しかし、司馬宣王が来てくださっているので、それもすぐ片づくはずじゃ。ゆっくりしていきなされ。貴国のこともっと知りたいものだ」

「はっ」

二人は同時に声を上げた。一人はしめしめと思いながら、もう一人は気圧されての返事だった。

その夜、遣使一行への歓迎の宴が催された。

難升米は公孫氏国の歓迎を受けたことがあるが、魏の宴は料理や酒、部屋の装飾はもちろん、歌舞音曲、美女など、これまでの帯方郡では経験したことのないものばかりだった。

都市牛利はじめ初めて外交を経験した随行員たちは、そのきらびやかさ、豪華さに度肝を抜かれた。

都市牛利たちは自分たちの粗末な衣装と裸足の姿に恥じ入るばかりだったが、歓楽を装っている。

この国ではこうした異国人との交歓が当たり前にあるのだろう。言葉はわからなくとも目と耳と舌と胃ですべて理解でき、そして圧倒されるのだった。

その時、難升米と劉夏は隣同士、並んで話していた。

「卑弥呼とはどんな女だ。いい女か」

劉夏は酔い、倭国女王を呼び捨てにして下世話なことを聞いてきた。難升米がそうしたくだけた雰囲気を作り出したのだ。

「女王は劉夏様のお気にいるようないい女です。歳は二十一歳ですが、経験豊富な劉夏様には物足りないかもしれませんな」

「ほう、二十一か。いや、ちょうどいい。なぜ、女王になった。やはり血筋か」

「それはあります。また、巫女の修業をしたお方で、占い読みがよく当たるといわれております」

「そんなことをやるのか。もし外れたらどうやって責任を取るつもりだ。命知らずな」

「今は山に神の社とかいう、よくわからんものを建てることに夢中のようです」

「神の社？　危険だな。それで男はいるのか」

「いや独り身です。しかし、弟一人と、もう一人、補佐役の男が出入りしております」

「それが怪しいな。まあ、わしには関係ない。さて、洛陽にはどう報告すればいいだろう。何か知恵はないか」

劉夏のこの言葉を聞き、難升米は二人の利害は一致しているかもしれないと密かに狂喜した。

「倭の女王はまさか劉夏様のようなお力をお持ちの方がいらっしゃるなどとは、つゆほども思わずに私を送り出しました。もし、劉夏様の大きな力で私どもが洛陽の明帝様に朝見することができれば、魏を治める皇帝の大きな徳が地の果てを越えて海の向こうまで及んだ証拠として、お喜びになられるのではありますまいか」

「さすれば、わしは田舎暮らしから抜け出せるというわけだな」

難升米はにっこりと笑って盃を干した。

都市牛利たちはすっかり酔って、星空を見ながら、牛という見たこともない大きな動物が引く車に乗せられ宿舎に帰った。全員裸足の使節が夜道を歩くのはかわいそうだと思われたのかもしれない。にくい心遣いだった。

そしてそれぞれの部屋には、美女が待っていた。

一行にはもう、この国に対抗しようなどという気持ちはみじんも起きなくなっていた。

都市牛利はイッセ前王とイワレビコ王子が、なぜ倭国を離れて東征したのか、当時は理解できなかったが、今は骨の髄から腑に落ちた。独立を保とうとすれば、逃げるしか方法がないのである。

一夜にして使節団の者たちの考えは変わっていたが、イワレビコたちの東征のことについては誰も口にしなかった。中国語が話せないこともあるが、もし、ここでそんなことを口にすれば、魏が倭国まで攻めてこないとも限らない。歓楽に酔いながらも、酔うほどに恐怖が強くなり、誰も口に出せなかったのだ。

皇帝の都・洛陽

難升米はその夜、とびきりの美女をあてがわれ、宿舎には戻らなかった。そして翌日の昼過ぎに、上機嫌で宿舎に帰った。

「我々のうちの半分は、しばらくここにとどまることになる」

難升米は皆にそう告げた。

都市牛利は当初の約束と違うと、全員で帰ることを主張したが、難升米はこれを退けた。

「劉夏様にお考えがあるそうだ。もうすぐ公孫淵の命脈も断たれるから、ぜひその報告まで持ち帰ってもらいたいとのことだ。反対して帰れるものではないぞ」

「しかし、それはまた日を改めてもいいではありませんか」

「中国人はことのほか面子を重んじる。これだけの歓迎を受けて、相手の顔をつぶして帰れるものか」

「仕方ありません。そういうことでしたら、私もついていきます」

こうなってみると、昨夜の出来事が後ろめたいことのような気がしてきた。そしてこの一連の流れは、何かあらがいがたい大きな力に体をからめ取られていくようだった。

それから二か月も経たない八月の初めに、難升米と都市牛利は劉夏に呼び出された。洛陽に向かい、皇帝に拝謁させるというのだ。

難升米は大げさに驚き、言った。

「今回は帯方郡への使者として倭国女王より仰せつかって参りましたものでございます。皇帝様に拝謁させていただくのは誠に恐れ多く有難きことなれども、何も献上品を持ってきておりません。このまま参っては、我が女王に恥をかかせてしまうことになります。どうか日を改めさせていただくよう、今一度、お考え直しください」

都市牛利は事の成り行きにはらはらしながら、難升米の言葉をもっともな言い分であると思った。倭国として手ぶらで皇帝に拝謁することは、日御子様も望むところではないはずだ。このまま洛陽まで行くことは日御子様に恥をかかせることにもなる。

しかし、劉夏は難升米のその返事を予期していたように、さらに言う。

「実は貴殿たちが来た後すぐに、洛陽に遣いを送ってこのまま国にお帰ししてよいものかどうか聞いてみたのだ。明帝は倭国の貢献にことのほかお喜びで、ぜひ、洛陽にお連れするようにとのことだ。朝見の献上品のことは心配には及ばない。貴殿たちが持参したものをそのまま洛陽まで持っていってくれ。あの生口男女十人は、さすがに礼節を知る素晴らしい者たちだ。そのまま連れていけ。道中のことは心配するな。ちょうど司馬宣王様の軍が公孫淵を斬って、遼東を平定したところだ。護衛の者もつけて、危険のないようにする」

劉夏は有無を言わせぬ物言いで、命じた。

難升米は抜かりなく洛陽に入った時のために、質問した。

「一つ、教えていただきたいのですが、我が国のどういうところに興味があって、洛陽までお呼びくださるのでしょうか」

「明帝は病を得ておられる。徐福のことに関心があるらしい。それに女は命を産み出す象徴で、今回、公孫淵を討ったと同時に東南海中の女王国から遣使が届いたことを、神意ととらえておられるようだ。きっと、素晴らしい褒美が与えられることだろう」

「かしこまりましてございます」

「難升米殿、うまくやれよ」

難升米の振る舞いは日御子女王から与えられた分を超えているに違いない。しかし都市牛利には、その姿はお愛想には見えなかった。

もし、自分が難升米の立場だとしたら、この一連の流れの中で、この上ない名誉となる皇帝拝謁の誘いを断れるだろうか。喜ぶにしろ悩むにしろ、拒否することはできそうにない。一瞬、タカアマヒコの顔が浮かんだが、もはや腹をくくるしかなかった。


劉夏が指示した洛陽への道のりは、まず帯方郡の仁川の港から山東半島北部の煙台という港まで船でゆく海路だった。楽浪郡、遼東郡を通る道はまだ公孫氏の残党がいるかもしれないので、大事をとるということだった。

今回の公孫淵討伐のために海船を多く建造したので、新たな航路を試したいという帯方郡太守としての劉夏の意欲もあったのだろう。

煙台から先は陸路となる。普通に行けば月が一巡りするほどの日数というが、今回の拝謁は魏の正月の慶賀に合わせるということで、途中名所や街々に寄り、ゆっくり二月ほどかけて到着するという豪華な旅となった。

山東半島の根元の泰山を過ぎると、その先は行けども行けども平原だった。朝、地平線に太陽が上がり、夕方また地平線に太陽が沈む。そんな大地がこの世にあることを難升米たち一行は知らなかった。

平原での栽培穀物は主に麦である。一本当たりの収穫量は稲よりも少ないはずだが、この広大な土地を見ると、そんなことを気にするのがつまらないことに思えてくる。豊かさも桁外れなのだ。

都市牛利はふと、この土地で、日御子様の祈りが通じるだろうかと考えた。自然を敬い、自らの罪、咎、穢れを、祓い、清め、守り、幸うことを願い祈る。中国人はそのことをどう思うだろう。しかし、都市牛利はかぶりを振ってその考えを止めた。

自分は倭国の武人で日御子様、タカアマヒコ様からの命を受けてここにいるのだと、ただそれだけを考えようと思った。

洛陽の都は堅固な城壁で街全体が囲われていた。道々見てきた街よりも規模が大きく、活気がある。見たこともない服装や、肌の色をした者たちが行きかい、中国語ではないような言語を話す者もいた。

何を企んでいるのかわからない、どこか調子のよい難升米を都市牛利はあまり好きになれなかったが、こういうきらびやかな場所では、生き生きとして押し出しも強く、遣使としては適任だと感じた。

しかし、似合いすぎるのも考えものだ。どこに連れていかれるかわかったものではない。さらに監視の目を強める必要があった。しかし、もはやそのことにも都市牛利はあまり自信が持てなくなっていた。

洛陽に着くと、皇帝は病の身で、拝謁できないという。しかし、帯方郡治とはまた格段に素晴らしく大がかりな歓迎の宴が開かれ、各国、各地域の文化の粋を集めた出し物が上演され、とても食べきれないほどの色とりどりで美味な酒肴が次から次へと供された。

倭国であれば、大王でさえ一生涯経験できないだろうものだった。隣の難升米は満足の態(てい)だったが、都市牛利はこの過剰さに疲れてきていた。彼我を比べて大きな格差があるものを延々見せられて、喜び恐れ入る者もいるかもしれないが、反感を持つ者も出るだろう。

この国の流儀はこのように過剰を見せつけて相手を圧倒し、敵対する気持ちを失せさせるということだろうが、それは危ういことだと思った。

この都市牛利の繊細な思いとは無関係に、外交は続いた。難升米がどんな技を使ったのかは定かではないが、夷蛮族の王に与えられる称号としては最高の「親魏倭王」の地位が倭国の女王・卑弥呼(日御子)に授けられ、金印紫綬まで仮授されるというのだ。

どういう力学が働いたのかはわからない。魏のために倭国がしたことは、遼東の公孫淵から魏に乗り換え、戦の最中に機敏に勝馬に乗り、帯方郡に遣使を送ったことだけだ。都市牛利は帯方郡に着いて以来、実力以上にもてなされる感じがしてどうにも落ち着かない。

十二月のある日、遣使一行は正式に「親魏倭王」となった倭国女王・卑弥呼に「金印紫綬」を授与する仮授式典に出席するために王宮に入った。

皇帝の使者が口上を読み上げる。

「中国皇帝は倭国国王である女王・卑弥呼を親魏倭王に制詔す。帯方の太守・劉夏、遣使して汝の大夫・難升米と次使・都市牛利を送り、汝献ずるところの男生口四人、女生口六人、班布二匹二丈を奉り以て至る。汝が所在はるかに遠きも、乃ち遣使して貢献す。これ、汝の忠孝、我甚だ汝をいつくしむ。今、汝を親魏倭王と為し、金印紫綬を仮し、装封して帯方太守に付し、汝に仮授せしむ。汝、それ種人を綏撫し、勉めて孝順を為せ。汝が来使・難升米、牛利、遠きを渉り、道路に勤労す。今、難升米を率善中郎将、牛利を率善校尉と為して銀印青綬を仮し、引見労賜して遣わし還す。今、絳地交龍錦五匹・絳地縐粟罽十張、蒨絳五十匹、紺青五十匹を以て汝が献ずるところの貢直に答う。また、特に汝に紺地句文錦三匹、細班華罽五張、白絹五十匹、金八両、五尺刀二口、銅鏡百枚、真珠鉛丹各五十斤を賜う。皆装封して難升米、牛利に付す。還り到らば、録受し、悉く、以て汝が国中の人に示し、国家汝をいつくしむを知らしむべし。故に鄭重に汝に好物を賜う也」

使者の言葉は、倭国がはるか遠くから貢献してきたことが皇帝に対する忠孝極まりなく、皇帝はそれを喜び、日御子様に親魏倭王の称号を許し、金印紫綬を与えるということらしい。

ご丁寧にも難升米には率善中郎将の官位を与え、この自分にまで率善校尉の位と銀印青綬を授けてくれるらしい。いつの間にか、倭国と魏との二重に臣下となってしまったことは居心地悪いことこの上ない。もちろん日御子から後で怒りを買うことは必至だが、今はどうしようもなかった。

中国皇帝の与える官位と金印銀印にはとてつもなく大きな力があるらしいことは道々聞いていた。

歓迎殿の皇帝の使者の後ろには銅鏡をはじめ、今読み上げられた目もくらむような品々が並べられている。都市牛利はそれらの美しい品々を感嘆して見つめるばかりだった。

遣使の帰国

魏暦の景初三年(二三九年)春、倭国遣使団は帰国を果たす。

帯方郡からそのまま先に帰ってきた随行員から、難升米たちが朝見のために洛陽へ向かったと聞いていた。なぜ、命令に背いて、洛陽に行ったのか。彼らから報告を受けても要領を得ない。

あの場の空気ではそうするしかなかった。誰が行ったとしてもそうなったのではないか。そのまま帰国したら、逆に彼らの示した友好的な態度に泥を塗り、敵対することにもなりかねないのでできなかった、などと言い訳をする。

　難升米たちは意気揚々と高良山の日御子の宮城に帰ってきた。

　難升米はまず日御子の目の前に明帝からの生口十人ほかへの献上品のお返しを並べた。絳地交龍錦五匹・絳地縐粟罽十張、蒨絳五十匹、紺青五十匹と難升米への率善中郎将と都市牛利に与えられた率善校尉の銀印青綬である。

　これらの織物や顔料などはどれも皆優れた職人が作った最高級のもので、思わず見惚れるほどの品だった。

「難升米殿、この銀印青綬とは何だ」

　タカアマヒコが問いただした。

「我々一行は、帯方郡太守・劉夏様の強い要請により、心ならずも女王の命に反して洛陽まで連れていかれることになりました。しかしながら、わざわざ皇帝の都まで行ったことで、予想もしない大きな成果がありました。今御前に積み上げた下賜品の数々は我が国から帯方郡太守へ送るために持ち込んだ貢献の品のお返しです。これは劉夏様のお計らいで、魏の明帝様に献上することとなったものです。そして、銀印青綬は我々二人に授けられた魏の官位を示す印綬であります。そして今回の一番の成果は日御子様に授けられました『親魏倭王』の称号と金印紫綬の印です。金印を仮授された国はあまた存在する中国の周辺諸国の中でもこれまでに一国しかないそうです。この金印紫綬とほかに日御子様への特別な贈り物は、この通り目録が作られ、私が預かってきました。後日正式に遣いが来て、親魏倭王の仮授式典を執り行うということでした」

難升米はそう言いながら、倭女王・卑弥呼あての目録を差し出した。

都市牛利が慌てて言う。

「日御子様への下賜品には銅鏡百枚もありました」

日御子は黙って目録に目をやる。

「この『卑弥呼』とは私の名前なのか」

「はい。日御子様のお名前を何度も伝えたところ、その音を漢字で当てはめて、その文字となりました」

「読みの音が一緒なのか。文字とは便利なものだ」

タカアマヒコが銀印青綬のことを問いただす。

「都市牛利、お前は我が臣であるにもかかわらず、魏の臣下ともなったのか」

「申し上げます。そういうことではありません。確認しましたが、これは儀礼名目的なこと、私が彼の地で何か役割を果たさなければならないという負担があるわけではなく、名誉職であります。ただもし実際に魏国内で移動するとか通信する場合には、銀印は非常に有効で威力があるとのことです」

難升米が横から手助けをする。

「皇帝の遣いが申しましたことをそのまま言いますと、以下のようでした。

汝が来使・難升米、牛利、遠きを渉り、道路に勤労す。今、難升米を率善中郎将、牛利を率善校尉と為して銀印青綬を仮し、引見労賜して遣わし環す。

つまり、この官位は日御子様がはるか遠くから朝貢したことに対する女王の遣いへの単なる儀礼なのです」

タカアマヒコが言う。

「遠くから来てご苦労だったから、魏の王の臣下にし、褒美をやると言われたか。お前たちはその言葉をそのまま受けて、魏に臣下として服従しますと宣言したのか。送り出す時に日御子様はそこまでの権限は与えていないはずだ」

「お言葉ながら、我々が劉夏様の申し出を断ってそのまま帰ってきたとしたら、我が国の今後は悲惨なものになりますぞ。それに公孫淵の帯方郡に貢献していた時にも、臣下の礼は受け入れていたではないですか。もちろん公孫氏国には海を渡って攻めてくる力がないからとおっしゃるかもしれませんが、魏はそれほど甘い国ではありません。失礼ながら、タカアマヒコ様は冷静さを欠き、怒りの中で判断しておられるようだ。都市牛利からも聞いてください」

「冷静さを欠いているだと。馬鹿な。たかが帯方郡太守の一言で、王の命令がすぐ破られるようでは、国は成り立たない」

都市牛利はタカアマヒコの命を受けながら、難升米と洛陽に赴いた当事者の立場である。

「私も難升米様と同じく劉夏様の強い要請を断れずに洛陽まで行きましたから、同罪です。しかし、恐れながら、魏の国は公孫淵の国とは比較にならないほどの強大な国で、その国土の広さ、人の数から、食べ物や武器、城壁で囲われた街づくりなど、見るもの聞くもの、すべてが途方もありません。武人としてこれではいけないと思いながらも、圧倒されてしまいました。もしこの国と戦えと言われても、百度戦って局地戦で一度勝てるかどうか。一度は勝ったとしても、次には必ずつぶされます」

都市牛利の言葉には武人の正直な想いが出ていた。

「こうした国には武力ではなく、外交によるしかないと思いました。魏は我が国を攻め滅ぼそうなどということは全く考えていないようでした。今回、朝見して臣従し、親魏倭王の金印紫綬を授かったように、その国の中では自由にしてよいということでした。我が使節は、帯方郡から洛陽まで長い旅をしました。その最初から最後まで、魏は圧倒的な国力の差を見せつけ続けました。もちろん命に背いたことは事実です。死を賜っても異存はございません。しかし、今、難升米様と私は、曲がりなりにも魏の高い官位をいただいております。相手もうまく考えたものだと思いますが、もし、今私たちが日御子様のお名前のもと、刑死したということになれば、それは魏に対しての宣戦布告ということになります。そのことをお考えのうえ、処分をお決めください」

「全くもってその通り。私も同意見です」

難升米も頭を上げ、日御子をにらみ返すように言った。

タカアマヒコは二人の話を聞き、人事を間違えたと思った。しかし人材もなく、いかんともしがたいことではあった。

日御子は冷静な様子で立ち上がり、目の前に置かれている魏皇帝からの下賜の品々を手に取って、目をつむって感触を確かめている。そして二人に声をかけた。

「後日、正式な遣いが来るといったが、それはいつ頃か」

「実は、我々が洛陽を訪れてすぐの正月に、あろうことか明帝が崩御なされました。そのため現在魏の国は服喪の期間に入っております。ですので、正式な遣いが来るのは、喪が明ける一年後になるのではないかと思います」

「わかった。少し、時間はあるな。今宵は無事帰国の祝いの席を用意してある。ゆっくり話を聞かせてくれ」

二人が退出し、タカアマヒコが日御子に聞いた。

「どういたしましょうか」

「いや、この織物を作った者の心には自然に対する敬意がある。中国は豊かであるが混乱していて、人々は苦しんでいるかもしれない。しかしその人々の心の奥にこうした純粋なものがあるのは大きな救いだ」

それだけ言って日御子は退室した。

王頎到官

遼東の公孫淵が滅んで以後も、さらに遼東奥域部、朝鮮半島の混乱は続いた。

魏は明帝の死後、斉王が継ぎ中国統一を目指すが、そのためには何としても背後の東夷を片づけ、安定させておかねばならない。まだ若い少帝の新体制のもと、帯方郡太守には劉夏に代わり、弓遵が就任していた。

この地域を安定させるためには、朝鮮半島の南部の馬韓、弁韓、辰韓三国と、半島東部の濊、遼東の東部の高句麗、その北の夫余、そして高句麗のさらに東部の海岸地域に位置する南沃沮、東沃沮、北沃沮まで制圧しなければならない。

この地域の諸国は、それぞれ少しずつ異なる未開の文化をもって国家を形成していた。力を伸ばすと、近隣国や時には魏の勢力圏に侵入侵略してくる。魏にとっては一度しっかり征伐し、服従させなければならない国々だった。

公孫氏滅亡の四年後、公孫氏征伐に力を貸した高句麗が力をつけ、正始三年（二四二年）に鴨緑江の河口地域に侵入してきた。この高句麗対策を直接担当したのが幽州刺史・毌丘倹と玄菟郡太守・王頎である。

高句麗は民族的には北沃沮、東沃沮、夫余、濊と共通している。そのため、司馬宣王が公孫淵を討伐した時のように、背後を遮断し、海船を駆使して、挟撃作戦を仕掛けるような攻撃はできなかった。

高句麗の王・宮（きゅう）は正始五年（二四四年）に鴨緑江のほとりに歩騎二万人を揃えて毌丘倹将軍が指揮する魏軍と戦い、敗北して逃げた。宮の逃亡は濊に入って勢いを盛り返したかと思えば、沃沮に逃げ、異民族の粛慎の境界にまで達してもまだ逃げ回った。

この間、宮を追った王頎軍は戦いがあれば、すべて蹴散らしているのであるが、宮は自分の庭とするこの広大な地域を自由自在に逃げ回り、遂には逃げ伸びることに成功した。

一方、公孫淵を斬って取り戻した楽浪郡、帯方郡は、その後の占領政策のまずさから、韓人たちが怒り、騒乱状態となったことがあった。

楽浪郡と帯方郡が協力してこれを鎮圧したが、この時、帯方郡太守・弓遵が戦死した。

こんなことが続くのでは、中華統一どころか、四方の夷蛮族にも示しがつかない。

王頎軍はこれらの玄菟郡、夫余、高句麗、東沃沮、北沃沮と転戦し、この地を平定してきた。

そして正始八年（二四七年）、王頎は帯方郡に呼ばれ、太守として赴任した。東夷平定の実力者が、今度は朝鮮半島の国々の統治と倭国経営にあてられ、早期安定の役目を担うことになったのである。

そんな王頎の緊張と多忙な日々に、倭国の女王・卑弥呼から遣使が送られてくるという。王頎は過去の倭国との記録を読み直した。

卑弥呼が初めて難升米等を洛陽に送って朝見を求めたのが景初二年（二三八年）。その卑弥呼に「親魏倭王」の称号を与え、明帝は崩御した。喪が明けて弓遵が倭国に梯儁を送って拝仮式を済ませたのが、正始元年（二四〇年）。これに対して、卑弥呼は遣いにより答謝詔恩を上表した。

正始四年（二四三年）、卑弥呼は難升米の部下である使大夫の伊声耆掖邪狗など八人をまた送ってきた。この時、伊声耆掖邪狗には難升米と同じ率善中郎将の官位と印綬が与えられている。

正始六年（二四五年）、その難升米は、倭・難升米と名前も大きくなり、「黄幢」を詔賜されるまでになっている。

卑弥呼はそのまま女王だが、この間、難升米の存在がかなり大きくなっている。

王頎は公式文書担当の治中従事の者に問いただした。

「記録を見ると、この倭・難升米という男は、倭国女王よりも扱いが上になってきているように見える。黄幢を許されるなど、皇帝の軍隊という異例の待遇だ。しかも名前も大夫から倭・難升米と倭という国名までついた中国風の名前まで与えられている。いったいどういうことだ」

「倭国との付き合いは、九年前からです。最初、劉夏様はお喜びになって、遣使をそのまま洛陽に送り、卑弥呼は親魏倭王の称号とともに金印紫綬の印綬を仮授されました。しかし、まだ若すぎるのか、それとも女だからなのか、凡庸以下の王ではないかとの評価になりました。それに対して、難升米は武将としても外交官としても能力があり、我が国のこともよくわかっていました。何を指示してもきちんと結果を出してくる。自然と我々は倭国経営については倭・難升米に頼ることになった次第です」

「伊声耆掖邪狗は使大夫というからには、倭・難升米の部下だろう。それを卑弥呼の遣使として送ってくるとは。わからん。卑弥呼は何歳だ」

「年の頃は今、ちょうど三十ほどではないかと思います」

「女としては盛りの過ぎた歳だ。なぜ、王が夫ではなく女なのだ」

「卑弥呼はかたくなに独り身を貫いております」

「何だと。跡取りを産まないのか。次の王はどう決めるつもりだ」

「これまでは国王の息子が後を継ぐ形で続いてきたようですが、卑弥呼の次についてはどう考えているのかわかりません。いずれにしろ、卑弥呼は政治のことにはほとんどかかわらないそうで、外に出て人に会うことさえしないそうです」

「子も産まず、政もしない。卑弥呼はいったい何をしているのだ」

「卑弥呼は海、山、太陽、月、そして自然を拝んで、各地に神の社と称する祠(ほこら)を建てて悦に入っているようです。最初に明帝から贈られた銅鏡をご神体の代わりにそこに一つ一つ飾って、民に拝ませているとか」

「それは農民の信仰だな」

「何でも卑弥呼の宮室には奴婢が千人もいて、手工芸品を作り、踊りや歌をやるとも聞きます。令亀法に似た占卜のまねごとなどもしているようです」

「鬼道の女王か。この乱世に何とも浮世離れしているな。それで、倭国はうまくいってるのか」

「いいえ。さすがにそんな隙だらけではほかの国が手を出してくるでしょう。南に隣接する狗奴国の卑弥弓呼(ひみくこ)という王とは長く不和が続いているということです」

「それで、倭・難升米に黄幢が詔賜されたのだな。それが二年前か」

「その通りでございます。しかし、狗奴国は山懐が広く、征伐するには至っていないようです」

「そうか。そうすると、今回、呼び出してもいないのに、向こうから遣いが来るというと、歓迎挨拶と、狗奴国のことだな。倭・難升米が来るのか」

「そうではないようです」

「わしを甘く見ているようだな」

王頎は帯方郡に来る前に高句麗の宮王を追って粛慎との境の海まで行っているだけに山岳戦は嫌になるほど経験している。しかし、九州島は島で、範囲はそれほど広くないはずだ。しかも、今回、倭・難升米自身が来ないとなると、彼は前線に行き、倭国の混乱は重大事になっている可能性がある。

そうなると王頎は、劉夏とそりが合わなかったことまで思い出す。実力もないのに、金と女が大好きで上昇志向が強く、病に侵されて死ぬ一歩手前の明帝にゴマをすり、卑弥呼に「親魏倭王」などというやっかいな土産を残して去った。

「夷蛮に対して臣下の礼を尽くさせるのは悪いことではないが、甘やかしすぎると、こじれた時が面倒だ。訳のわからぬ女よりも、管理しやすい男にまとめてもらったほうが魏としても先々やりやすい」

王頎は、中国東北部の果てから朝鮮半島北部まで駆け巡り、人一倍苦労を重ねてきただけに、夷蛮族の王たちが信用ならないのは身に染みている。

倭国は海を隔てた絶域で、魏にとっての脅威は少ないはずだが、海船運航路が開発されたせいで今後はどうなるかわからない。いずれにしても機会があるなら後顧の憂いは取り除いておきたかった。

問題は、倭女王は「親魏倭王」であり、その対応はいちいち皇帝に伺いを立てなくてはならないことだ。また、遣使の倭・難升米にも高い官位が付き、その扱いも同様になる。

「面倒なことだが、一つ一つやるしかない」

王頎は多忙な中、新たに大きな仕事を抱え込むことになると覚悟した。

倭載・斯烏越の失敗

数日後、王頎は女王の遣いを帯方郡治に迎えた。長は倭載・斯烏越といった。

遣いの一行は裸足で、斯烏越の額には邪馬壹国の王族の入れ墨がある。

入場式の前日の歓迎の席にいる時から斯烏越は田舎の王族らしい、ひ弱な男に見えた。しかし、こちらの態度によっては妙になれなれしく夜郎自大なところもある。

その翌日の正式な会合で彼は、王頎の帯方郡太守就任を歓迎する卑弥呼の言葉を述べた。王頎が倭国の現状を問うと、彼は興味深いことを言った。

「我が国ではかねてより、南の狗奴国と不和が続いておりまして、そのため、一昨年には難升米将軍に貴国より黄幢まで詔賜いただき、それを前面に押し出して戦って参ったのであります。しかし、狗奴国の山猿たちは全く物事の大事を知らず、愚かにもこれを無視してさらに戦を仕掛けてくるありさまです」

「魏の皇帝軍の旗じるしである黄幢が無視されたですと。それは聞き捨てならない」

王頎はその言葉を部下に言わせた。思いのほか早く訪れた好機を王頎は逃さなかった。

「それで、倭国はその狗奴国をどうするつもりですかな。間違ってもこのままのさばらせてはなりませんぞ。もしそのことが知れたら、皇帝のお怒りはいかばかりのものか。それがしも聞いて、はいそうですかではすみませぬな」

斯烏越は青くなった。卑弥呼からは一通りの挨拶をして、余計なことは言わずに帰ってこいと言われていたのである。

「いやいや、ご心配には及びませぬ。もともと、狗奴国の卑弥弓呼王は我らの同族の者で、戦っているといっても兄弟喧嘩のようなものです。ご迷惑をおかけするようなことには決してなりませぬので、ご安心ください」

「いやそれは、軽い問題ではない。先ほど、戦を仕掛けてくるとおっしゃった、これは魏国皇帝に刃を向けることと同じこと、そんなことを許したらけじめがつかない。援軍を送るようにしましょう」

「いや、いや、私の口が滑りました。日御子様からはそのようなことは何も仰せつかっておりません。それだけはお許しください」

「斯烏越殿を困らせるつもりはありませぬが、この帯方郡治には韓国南部諸国と倭国を統括する役目が与えられております。それでは、援軍ではなく、この際ですから、倭国の実情をつぶさに見せていただくということで、あまり官位の高くない者を実情視察のために送らせていただく。それでよろしいですかな」

斯烏越は自らの外交の失敗を自覚せざるを得ず、暗澹たる気持ちとともに帰国した。

「倭国の者は、皆あの程度なのか」

王頎は倭国などにかまっている暇はない。しかし、曲がりなりにも相手が窮状を訴えたことで、この際一気に国を作り変えてやろうという気になった。

それには中途半端な女王による支配を変えることが一番手っ取り早い。

塞曹掾史（さいそうえんし）の張政が呼ばれた。王頎は彼を倭国に遣いしようと考えた。

魏の職制上、塞曹掾史は高位の官職ではない。むしろ戦場の最前線の職である。

張政は王頎とともに高句麗の宮を追って、一緒に粛慎まで戦った男で、山岳戦の中で相手の正面に塞を築き戦局を有利に進める力はある。もともと帯方郡の北西部の出身なので、この実直な男に手柄を立てさせてやることで、ほかの有能な部下を近くに残せるとも考えた。

王頎は張政に倭国へ行くよう命じ、九州島安定のために四つの指示を出した。

一つ、倭国及びその周辺の実情を探ること
一つ、卑弥呼に当事者能力なしとして、混乱の責任を取らせること
一つ、卑弥呼の後任には倭・難升米を国王に指名し、当面彼を支えること
一つ、倭・難升米が国王の任に堪えない時にはそのままとどまり、安定させること

張政は突然のことに戸惑い、おずおずと王頎に確認した。

「命令とあらば何でもいたしますが、私でよいのでございましょうか」

張政はたたき上げで文字の読み書きが十分ではない。しかし、そういう者は往々にして目の記憶と耳の記憶が優れていて、命令など、一度集中して聞いたものは忘れることがない。

「わしはお前に四つのことを指示した。それが何を目的としたものかわかるか。言ってみよ」

「はい。王頎様は夷狄と戦う時にはいつも、戦力でも戦闘でも武器でもすべて圧倒する強さと豊かさを見せ、相手が二度と魏軍に反逆する気が起きないような戦い方をしておられました。今回のことも同様と存じます」

「その通りだ。あれこれ考えるな。お前だからいいのだ。もし、もっと格上の者をやるならば、こちらにもそれなりの礼儀が生ずる。四つの指示だけは忘れるな。そのほかは好きにしてよいが、当分は随時報告しろ。何なら倭国王になって一生住みついてもいいぞ」

「有難き幸せ」

「しかし、わかっているだろうが、公孫淵にはなるなよ」

公孫氏三代は後漢皇帝に玄菟郡太守に任命された身でありながら、最後は反逆し、独立王国を作った。王頎はそのことを言っていた。

「もちろん自分の分は十分にわきまえているつもりです。それで装備はいかがいたしましょうか」

「倭国を圧倒する形を見せなければならん。倭国には馬がいないそうだ。馬を使え。ただ、絶対に相手には渡すな。十個師団五百人を連れていけ。お前の部下を中心に選抜していい。武器は好きなものを持っていくがいい。早めに片づけて国の形を変えるのだ」

「五百人ですか。七、八十万の民がいる国と聞きますが」

「戦いに行くのではない。視察に行くのだ。しかし、もし戦いとなれば、魏軍の知略を見せ、馬を効果的に使うのだ。もし足りなければ後ろからいくらでも来ると思わせるのだ。万が一、お前が殺されるようなことがあったら、それは魏に対する反乱だ。全力で倭国を攻撃して滅亡させる」

「承知しました。いつ出発しましょう」

「そうだな。できるだけ早い方がいい。『親魏倭王』の称号を持つ者をわし一人の判断で処分することはできない。洛陽の許可を取るから、女王の処分については、返事が来るまで待て。遅くとも夏に入る前には返事が来るだろう」

「ご期待に添えるようにいたします」

その言葉を最後に王頎は治中従事のほうに向き直り、洛陽への報告書、指示伺書の文書作成に取りかかった。するべき仕事はいくらでもあった。

永遠の卑弥呼

日御子の教え

日御子の宮室に奴婢千人が働く女の園がある。

ここでは倭国各国から若い女子を集めて各種の技能や自然や社会に対する知識、知恵を教えていた。ノロたち指導者の努力もあって、大きな成果を上げるようになっていた。

女たちは一定の年限が来て帰ってゆくと、男たちから引っ張りだこになった。また、地域社会から求められる人材となって、女子の地位を向上させていった。

宮室の中には奴婢たちに交じってタカアマヒコの娘はじめ各国の有力者の子女もいた。

千人を超えるこのような女たちが、衣食の基本的なものは自給自足しながら、中国、韓国の美しい衣服や装飾品のまねをして、より良いものを作り出そうとしていた。

国内各国の宮廷に必要な特別の着物や装飾品、工芸品を供給するだけでなく、魏に貢献する際の生口に頼らない倭国の献上品にふさわしいものも作ろうとしていた。

また、奴婢千人の中から特に賢い者を選抜して、天地の自然に通じ、自然からの啓示を我がものとする巫女に育てようとした。

日御子は父・ウガヤフキアエズの求める卜を立て、その占いを正直に告げて殺された巫女のことが忘れられなかった。そんなことがこの先、あってはならない。

倭国では農作業の時期を決める時、国邑でなすことを決める時、海に出ていく時、進むべき道を決める時、祭りの捧げものを決める時など、大小のあらゆる機会に卜により吉凶が占われていた。

大きな雄鹿を捕まえて、巫女に卜の目的を告げてから、その肩の骨を焼き、その火坼（かたく）（＝割れた形）を読んで巫女は天の啓示を受ける。

巫女には人を説得するだけの言葉と理と常識が必要とされる。いかに結果が正しくとも、それがないと説得力を持たない。

卜は占う者の利害や生死に直結することがあるだけに、相手の怒りを買い、最悪の場合には理不尽にも殺されてしまうことさえある。そうならないためにも言葉や人間性が重要だった。

日御子は巫女の技術を習得した女子たちが各地の神の社に住み、地域の者を主導しながら日夜祈りを捧げ、地域を守るアマテラスのような、ノロのような存在にしたかった。

努力して自然と人とをつなぐ巫女になった女子に、安定した居場所を与え、権力者の気持ち一つで罰を受け殺されたりするような、そんな理不尽なことが起こらない世を作りたかった。日御子は女子たちに、この世界の序列を教えた。

この社会を支配しているのは王ではない。土地であり、海であり、太陽であり、山々であり、川であり、自然だということ。自然の中で命が生まれ死んでいく。自然の中にこそすべてがあり、自然が主たるもので、人は従属的なもの、そして命はすべて価値の平等なものだということ。

そして生まれた命は必ず死んでゆき、その途中の生の段階は、学ぶことに始まり、社会を支える者に成長し、命の衰えを感じるようになったら、自らの生の意味を自分なりに学びとり、誇りを持ち、怖がることなく自然に帰ることが大事だと日御子は教えた。

モノに執着しないように、必要以上に命に執着しないように。大事なことは、生まれてきた意味を生きる間に探し、見つけて、そのことに命を捧げ生きること。

人は授かった体と命を守るために、生きることに一生懸命になるが、生きることに執着しすぎることは、目的を見失って命の奥にある魂をないがしろにすることになる。

そのために常に、過去の罪、咎を祓い、今現在の心と体と身の回りを清め、将来にわたって純粋な魂を守ること。

皆の幸せを思いなさい。そうすればあなたも幸せになれる。そうすれば必ずあなたの生まれてきた意味と役割がわかる。

そう日御子は皆に伝え続けた。

「日御子様。私は日御子様のおっしゃることに全く納得いたします。しかし、男たちを見ると、また村で暮らしてみると、それと違うことが多いような気がします」

「それは大事な見方です。私は女で、普通であれば子供を産んでこの世に残していく立場だからこうしたことを考え、伝えるのかもしれない。私が男に生まれていたら、果たして同じことを言うのか」

日御子は自分の考えをかみ砕き、易しく皆に伝えようとした。

この国の歴史を見ると、イザナギとイザナミが一緒に国づくりをして、その後、アマテラス、スサノオがそれぞれ思う国づくりをした。男と女が常に絡み合いながら国づくりが行われてきたのだ。

生きること、生き抜くことをより大事にするのがイザナギ、スサノオで、生き抜くためには戦うことも辞さない。

それに対して、イザナミ、アマテラスは生の喜びを素直に表現するように女性らしい慈しみの心を持って生きていた。

ただ、長く生きる間に両者ともに変化もした。

イザナギは最後には国の発展と拡大の人生を反省して、筑紫の河口の阿波岐原(あわぎはら)で禊祓(みそぎ)いをし、生きることから生まれてきた意味を喜ぶことへ、目的の転換があった。

　アマテラスも若い頃はスサノオの野蛮な狼藉を毛嫌いする純粋さを示し、天の岩戸に隠れた。しかし、後にはかわいい我が子に豊かな国を与えたいと大国主に国譲りを迫り、孫のニニギノミコトを高良山に天孫降臨させた。

　邪馬壹国はそうしてできたのだ。

「私は若い頃のアマテラス様の御心を和魂（にぎみたま）、スサノオ様の世の中を大きく変えていくお力を荒魂（あらみたま）と名付けています。人間の社会では時によりどちらも大事なのかもしれない。でも、私は自分の中に湧き上がってきた考えに、生まれてきたことの意味を見つけました。誰かがしなくてはならないことだから、これを曲げずに一生を貫きたいと思っています。生きるためには何でもするという考え方が大きくなりすぎると危険なのです。多くの命を奪い、自然を壊すことも厭わない。そうなると、もう何も残らない。そんな暗闇のような世界ではいけないのです」

　そのためには若い女子が、普段の暮らしを純粋に生きることの喜びに昇華していくことが大切なのだ。日御子はこのことを永遠のものとして皆に伝えたかった。

「私の役割は、死ぬ時に穏やかな笑顔を浮かべられるような人生を送ることが、とても大事なことだと知ってもらうことなのかもしれません」

　日御子は自分の命数をはっきりと自覚しながら奴婢たちに語りかけていた。

死の宣告

正始八年（二四七年）が明けた正月の終わり頃に、倭載・斯烏越一行が帰国した。高良山の日御子のもとに報告に訪れた斯烏越の顔には血の気がなかった。

日御子の前に出た斯烏越は苦しそうな顔をして下を向き、何も言わない。たまりかねたタカアマヒコが声をかけた。

「なぜ黙っている。首尾はどうだったのだ」

「申し訳ありません。しくじったかもしれません……」

「何があった、申せ」

斯烏越は普段に似合わずとつとつと、ことの顚末を語った。

「誰がお前に狗奴国への援軍を求めよなどと言ったというのだ。視察団を送るとは何だ」

タカアマヒコは衛視に斯烏越を牢にぶち込むよう命令した。

斯烏越を遣使として送ることを進言したのは難升米である。

これまで遣使の長として帯方郡を訪れたのは、難升米とその使大夫である伊声耆掖邪狗だけで、日御子の側近の者はいなかった。

「今我が軍は狗奴国の問題を根本的に解決しようとかかりきりになっております。これまで帯方郡とは道をつけてきておりますから、一度、日御子様のお側の者を送って顔をつないでおけば、今後何かと安心かと存じます」

タカアマヒコは難升米の優しい言いように少し違和感を覚えたが、帯方郡太守・弓遵が戦死して以来、半年ほど空席になっていたところに大物の王頎将軍を迎えるというので、あまり遅くなるわけにはいかないと、派遣を決めた。そしてその人選について難升米は、王族である斯烏越を推薦したのだった。

今この席にも難升米は南部国境多用に付きとして欠席している。

日御子とタカアマヒコ、アワショウの三人は善後策を協議した。

「今回のことは間違いなく難升米の陰謀です。二、三か月後には魏の視察軍がやって来ます。どういたしましょう」

アワショウが言った。

日御子とタカアマヒコも難升米の陰謀だと強く感じていた。本当はタカアマヒコが行くことが一番よかったのだろうが、日御子もアワショウも魏に対してタカアマヒコのことは隠しておきたかった。もし日御子が殺された時には、タカアマヒコはイワレビコのもとに行き、新たな国の建国に加わることになっていたからである。

「すべて私の責任です。面目もございません」

謝罪するタカアマヒコに、気にするなと日御子は言い、

「優れた巫女の卜により我が死はすでに示されていたのです。この流れはもう変えられないのです。そのためにお前に頼んで精力的に神の社を建設させ、政に力を入れてきました。すべて予定通りということです。あとはうまく我が想い、祈りがあまねく倭国を満たし、そして海を越え、大八島に根付き続いていくように仕上げをするだけ」

「イワレビコ様からは、タカアマヒコ様にはいつでもかまわぬから、来て手伝ってほしい、そして、テル様の想い、祈りは必ず向こうでも引き継ぐとの伝言を受けています」

「テル……懐かしい呼び名。イワレビコ様のことです。きっと新しい国づくりの願いを実現させることでしょう」

「東の海を渡って奥に入っても、やはりこの倭種が住む国は九州島と同じで、山の多い地形とのこと。大風、大雨の季節に悩まされ、地震も多くあるそうです。そうした風土では中国のような国の形ではなく、日御子様のお考えを取り入れ、自然を受け入れ、守り、人々が助け合い、睦み合って暮らす姿が一番いいとイワレビコ様も感じているそうです」

「そう、あの魔人・イワレビコ様もそこに行き着いたのですね。私はもう十分、満たされる思いです」

日御子は立ち上がり、陽の昇る方に向き直り、一礼した。

「よし、魏の使節を迎えましょう」

北風が南風に変わる前の晩春に、魏の遣いである張政の軍団が倭国にやってきた。

大型の海船三十艘を仕立てての大軍団である。この時期、海は日によって南風が強くなるが、その向かい風をものともせず軍団は末盧国の唐津港に入ってきた。

邪馬壹国の伊支馬と伊都国の難升米王が、一大率と外交担当の資格により末盧国まで出向き、使節を迎えた。

伊支馬は中国の軍団を見るのは初めてで、馬に乗る盛装した将たちの軍団を見て心から驚いた。馬に乗り矛という長い武器を、楽々と振り回している者もいる。

こんな相手を敵に回しては勝てる見込みは全くないだろう。こちらは裸足で、せいぜい貧相な弓や重い鉄剣程度しかない。

五百人の軍団は、伊都国に用意した宿舎に一泊して翌日に高良山に向かうことになっていた。しかし、張政はそれを断り、対海国、一大国でもしたように、ゆっくりと唐津湾の地形を調べ、周囲の距離と方向を測りながら進んだ。伊都国の宿舎に入ったのは二日後、そして高良山に馬で登ったのは五日後となった。

「山の上の宮殿は高句麗の丸都城（がんとじょう）と似ている。山の上に水が湧き出ていることから、山と井戸の邪馬壹国（やまいこく）というわけか」

張政は注意しながら進んだ。まさかとは思うが、もし、自分が相手を攻めようとすれば、長い山道を縦列になって進まなくてはならない今を一番の攻め時とする。

高良山はそれほど高くはない山だが、急斜面で道は一つしかなく、後方に山地を控えており、奥が深い。ところどころ道が開けたところには武者だまりのようなものもある。息が上がった歩兵にとっては、ここで攻められたら厳しいところだ。

山頂近くになると石垣がめぐらされ、その上に楼観が連なって、兵士が歩いて移動できるようになっている。中国の街全体を囲む城壁とは比較にならないものだが、視察団の装備の五百人で攻めるのは無理だと張政は冷静に見ていた。

張政は慎重に歩を進めながら宮殿に着き、馬を日御子の宮室につないだ。

日御子を先頭にタカアマヒコ、難升米など、倭国の主だった者が勢ぞろいして歓迎の意を示した。

張政は魏の遣いではあるが、もともと一介の最前線の現場の武人にすぎず、こうした場に立つのは初めてのことだった。その緊張もあり、王頎将軍から命じられた任務を何の前置きもせず、直截に口にした。

「親魏倭王には歓迎いただき有難く思う。当職は今回、帯方郡王頎太守より倭国処分の任を申しつかって参った張政と申すものである。先般、貴国より帯方郡に遣いされた倭載・斯烏越より、倭国と狗奴国との間に争いがあると聞き及んだ。誠に遺憾ながら、以前、倭・難升米に狗奴国に対するに黄幢を詔賜してこの討伐を命じたにもかかわらず、さらに戦は激化しているという。かかることは魏としては帝国の秩序と権威にかかわる許されざる重大事である。これはひとえに倭国王たる卑弥呼殿の責に帰すべきものである。魏皇帝はこの問題を早期に収拾解決するために、倭・難升米に改めて詔書して黄幢を拝仮し、檄（げき）を作ってこの事実を倭の諸国に広く告諭するものである。またこれにより、以て倭国女王・卑弥呼に死を賜うものとする。以上、魏皇帝が勅命する」

歓迎の場は一転、騒然となった。

張政は自らの言葉が滑りすぎたことを少し後悔したが、不慣れなことで止まらなかった。

伊支馬が反論する。

「倭国処分と申されたが、当初聞き及んでいたことは視察ということだったはずだ。なぜそれが急に変わったのか。親魏倭王に対してあまりに無礼ではないか」

「魏皇帝の詔である」

「何を言うか。無礼者」

「そんな馬鹿な話があるか」

「親魏倭王を何と心得る」

「斬ってしまえ」

張政自身、興奮で顔が真っ赤になった。そして、相手を威嚇しようとにらみつけた。

難升米が立ち上がった。

「一つ教えてもらいたい。私はこれまで何度か帯方郡治まで行き、洛陽にも朝貢しましたが、あなた様には初めてお会いする。あなたはいったい何者ですか」

「塞曹掾史・張政である」

張政は昂然と胸を張って答えた。

曹掾といえば、魏の官職でも中級官吏である。帯方郡太守はそんな遣いを送り込み、倭国女王に死を宣告しているのである。

部屋の壁際には双方の屈強な衛兵が武器を持たずに主を守っていたが、誰かが、張政に向かって叫んだ。

「たかが塞曹掾史風情が親魏倭王に向かって何を言うか。出直してこい」

張政に暗い笑みがこぼれた。戦場で命のやり取りをしてきただけに、気取った言葉のやり取りは得意ではない。それよりもこうした騒然とした修羅場なら、誰よりも自分のほうが場数を踏んでいるという自信がある。

「今言った者は誰だ。出てこい」

張政が魏の権威を背負って叫んだ。

誰も前に出てこなかった。

張政は隣にいる部下の盧平に預けてあった書類を受け取り、頭上に掲げた。

「確かにたかが塞曹掾史だ。しかし、皇帝の命を受けた帯方郡太守から派遣された者だ。つまり、魏の全権である。俺に対する侮辱は魏皇帝に対する侮辱である。俺に手をかける者は魏に対する反逆者である。そうすれば、倭国の運命は公孫淵と同じ運命をたどることになる。やるからには覚悟してかかってこい」

その場の全員が一歩も動けなくなった。

張り詰めた空気の中、日御子が穏やかな口調で張政に話しかけた。

「倭国女王・日御子です。落ち着いてお話ししましょう」

張政は死の宣告にも特段の驚きを見せずに、平然と落ち着いている日御子をまじまじと見た。意味がわかっているのか。張政はこれほど静かに死を受け入れる人間を、王であれ兵士であれ、知らなかった。張政は驚き戸惑った。

「そなたが卑弥呼であるか。そなた、死ぬのが怖くないのか」

「あなたが先ほどおっしゃったように君臣の秩序を回復し、魏の権威を回復するためにわざわざ海を渡ってここまで来られた。それには誤解があるように思いますが、すでに私に対しての処分が決まっているとのこと。魏の皇帝がお望みとあらば、この日御子の命、献上いたしましょう。ただし、それ以上の命は差し上げられません」

「わかった。望み通りとしよう」

張政は女王の迫力に気圧され、思わずそう答えた。

「それで、我が命にはいかほどの余日をいただけますか」

「いやにあきらめがいいな。帰り道にわれらを襲うつもりか」

「まさか。でも、用心に越したことはありません」

「何を。今ここで殺すと言ったらどうする」

「まあ、恐ろしい。でも、いかに魏の全権を委ねられたとはいえ、今すぐここで私を殺したら、皇帝様と将軍の顔に泥を塗ることになりますまいか」

「おのれ、生意気な。物事を決めるに殺し合いほど確実なことはない。勝ち残ったものが天下を取る。これ以上明快なものはない」

「それがあなたの国のやり方ですか。ずいぶん物騒なことです」

張政は自分が追い詰められているような気になった。

「どうやら、あなたと私には不思議な縁があるかもしれませんね」

日御子は明るく笑いながら張政がいらだつようなことを言う。

「うるさい。たわごとを言うな。命乞いをしても無駄だ。お前はもうじき死ぬのだ」

難升米の誤算

張政一行は日が落ちないうちにと、高良山のふもとの宿舎に帰っていった。

夕暮れ迫る接見の間には日御子、タカアマヒコ、アワショウのほか、難升米と邪馬壹国の高官が残った。

帯方郡太守は倭国に遣いするに、外交とは全く無縁の辺境の武人を送り込んできた。これまでの友好関係を全く無視し、破壊する意思を感じざるを得ない行為である。

帯方郡が解放されて、日御子が最初に難升米を大夫に立てて遣いしたのが景初二年（二三八年）のこと。その時には魏の東北部はまだ戦の最中で、明帝ははるか海中の踰遠の国からの貢献をいたくお喜びになり、

「是汝之忠孝。我甚哀汝。（これ汝の忠孝なり。我はなはだ汝をいつくしむ）」

と言って、日御子に「親魏倭王」の称号と金印紫綬を仮授した。

それが舌の根の乾く間もない九年後の今、狗奴国との小さな紛争をあげつらい、国の根幹に首を突っ込もうとまでしている。

この間、魏で何があったか。明帝の死と斉王・曹芳の即位。司馬宣王による公孫淵征伐。高句麗宮王の反乱。韓国騒乱による帯方郡太守・弓遵の戦死と王頎到官。司馬一族の地位上昇。

それに対して倭国は臣下の礼を取り、随時、帯方郡に遣使した。そして、難升米には率善中郎将という魏の官位も贈られ、皇帝の軍隊のしるしである黄幢まで贈られた。いつの間にか、魏国内では女王よりも難升米の地位が高まっていったのが明白だ。

そして、先般の王頎太守に対する表敬訪問では、難升米が多忙として経験のない斯烏越が行かざるを得ず、不用意に狗奴国のことを伝えてしまった。

それを待っていたかのように、魏の態度が急変し、張政という中級官吏が派遣され、非礼極

まる言辞ですべて思いのままにしようとしている。

タカアマヒコは衛視に合図して難升米を拘束した。

「難升米！　お前は倭国を、女王様を魏に売ったな」

タカアマヒコは感情を抑えられなかった。

「滅相もございません。誤解でございます」

難升米も魏の本当の恐ろしさを張政によって初めて知った。この分では日御子を陥れて倭国の王となったとしても、恐怖におびえながら日々、過ごさなくてはならない。全くの誤算だった。

「これで国を乗っ取ったつもりか。愚か者め」

難升米はしたたかに打ちのめされ、床に倒れた。倒れながらもタカアマヒコと日御子をにらみつけた。

「笑わせるな。国を売っただと。世の中が見えてないのはお前たちだ。海の向こうはもうすでに、魏が公孫氏、高句麗、夫余、沃沮、濊、馬韓、辰韓、弁韓の東夷を平らげ、中華統一の仕上げに入っているところだ。お前たちがどうあがいても、こんなちっぽけな国など、明日にも消えてしまう運命なのだ。それがわからないのか。女王は中華の秩序を乱している。民など生かさず殺さずでいいのだ。女が太陽などと調子に乗るな。女は男のために米作りのための民を産む道具でいいのだ。お前たちは小さなことにこだわりすぎて世界の大きな流れが見えていないのだ。今からでも遅くない。まず張政に頭を下げるのだ。狗奴国を攻めることに集中して討伐するんだ。帯方郡太守に後顧の憂いを感じさせるな。倭国が生き残るにはそこから始めるしかない。それがわからぬなら、この国はおしまいだ」

「黙れ。大君様の大御心も知らずに。大馬鹿者」

「馬鹿はお前だ」

しばらく黙って聞いていた日御子が口を開いた。

「難升米、そなたの曾祖母のアメノウズメ殿はニニギノミコト様の天孫降臨に大きな助けとなってくれました」

「その通りだ。しかし、その実態は国津神のサルタヒコをだまし討ちにして亡き者にしたんだ、全くの汚れ役だ。今だって国中の者から毛嫌いされる検察の一大率だ。そんなものを好き好んでやりたい奴がどこにいる。お前たちは口では格好いいことを言うが、俺から見れば偽善者だ」

「それで国を売ったというのか。情けない」

タカアマヒコは口がうまく頭もいい難升米に対して、どこか信用できずにいたが、その理由が今理解できた。

人を恨むのは勝手だし、国王になりたいと願うのも勝手だ。しかし、国王になった後の国づくりの夢や計画が難升米には何もないようだ。

海外を見渡し、今、魏の勢力が強大だから、これに従っていけば間違いがないと単純に思っているだけだ。

倭国は中国でも韓国でもない。倭国は倭国なのだ。倭国はここに独自の自然、風土、人種と歴史とを持って存在しているのだ。

イザナギ様、アマテラス様、スサノオ様、大国主様、ウガヤフキアエズ様まで、歴代この地の王として君臨してきたご先祖様たちは、自らの想いを国土に重ねて、必死の思いで、独立を守り民の生活に配慮しながら、国づくりに邁進(まいしん)してきたのだ。それを思うと、タカアマヒコは怒りとともに悲しみが込み上げてくる。

日御子が難升米に声をかけた。

「難升米。今の魏の遣いの言葉を聞いてもまだ、あの下で倭国の王になりたいのですか」

「なりたいとも。少なくともお前よりはよほどうまくやる自信はある」

「そなたは私の後の国王になるでしょう」

「えっ。本当か」

突然の日御子の言葉に難升米だけでなく、一同に動揺が広がった。皆、固唾(かたず)を飲んで次の言葉を待った。

「私の占いにはそう出ています。おそらく、そなたの巫女も同じことを言ったのではありませんか」

「その通りだ。これは定まった運命なのだ」

「お前の世は長く続くのですか」

「ああ。卜では魏と長く付き合っていけると出た」

「そうか。それはよかった」

日御子の占いは違った。日御子の死後、魏から黄幢を詔賜された男が王となるが、その王は信望がなく、各国の不満は高まり、国は大混乱に陥るが、若い女が王となり、国をまとめていくとあった。

難升米の巫女は意図的にそれに伝えなかったようだ。

もし正直に伝えたなら、おそらく殺されるということを恐れたのだろう。

三種の神器を託す

二日後の朝、高良山の宮室の奥にある涸れることのない霊泉に日御子、タカアマヒコ、アワショウ、ノロの四人が集まった。

途中、晴れ渡った筑後平野に銀の龍のごとき筑後川がきらきらと輝き、家々からは竈(かまど)のやわらかい煙が立ち上っていた。

「美しい筑後平野、愛する邪馬壹国よ。永遠なれ」

日御子はしばし無心に下界を眺めた。緑の田んぼが青々と輝き、それが以前よりもだいぶん面積が広がっていることに満足した。

平野の向こうの山々を眺め、神の社の位置を確かめる。そこにいる巫女の顔が一人一人浮かんでくる。

思い残すことはあるだろうか。

日御子は魏の命によって死を賜ることが望外の幸運に思えた。中国では王朝の帝紀を記述して後世に伝える習わしがあるという。日御子は中国から渡ってきて文字、文書を倭人に教えている者からそのことを聞いていた。

歴史書の中にはその時代に存在した夷蛮国と民族の特徴を記述することも行われ、断片的ではあるが、昔の倭国のことを記した書物もあるという。

日御子は張政との短い会話の中で、倭国の国柄が中華世界の中でも特異な位置づけにあることを知り、ぜひ、文字で書物に記し、後世に残してもらいたいと考えた。

難升米と張政にそれをさせることができるのではないか。

中国の正式の遣いが倭国に来たのは、日御子の代になってからが初めてだった。帯方郡大守・弓遵の部下の梯儁(ていしゅん)が拝仮式の遣いとしてやって来たのだ。今回は太守・王頎の遣いの張政が当分倭国に駐留するはずだ。これを千載一遇の機会として、中国とは違う倭国が存在したことを、張政を通じて後世に伝えてもらいたい。

その思いが今の日御子を支えていた。

「タカアマヒコ、やり残したことはありますか」

「やりたいことはいくらでもありますが、いまさら言っても詮無いこと。すべて、後に残る者が続けてできるように仕組んでいます」

「そう。私が死んだら、手筈通り、すぐにここを出て密かにイワレビコ様のところに行きなさい。そして、大事な使命を託さなければなりません。正統なアマ族の王家を継ぐしるしの三種の神器（じんぎ）をイワレビコ様にお渡しするのです。アマテラス様のもとに集められ、今に至るまで引き継がれる、八咫鏡（やたのかがみ）、草薙剣（くさなぎのつるぎ）、八尺瓊勾玉（やさかにのまがたま）は、すなわち国の至高の宝であり、絶対に他国には渡してはならぬものです。それはあのイッセ大君様、イワレビコ様が東征に向かわれた時に、万が一の難を恐れ、断腸の思いで私に預けていかれたもの。こうなってしまった今、イワレビコ様にお返しすべきものです。命にかけて守ってほしい」

「しかと承知いたしました」

「アワショウ、手筈は整っていますか」

「東に向かい、瀬戸内に面したユキハシの港からそのまま出港します。イワレビコ様の秘密の船がすでに手配できています」

「それは良い。タカアマヒコにはもう一つ、大事な頼みがあります」

「承知しております。娘はノロ様のもとに預けていきます」

「張政は必ず王家の血筋に目をつけてくるでしょう。混乱の後の国王には、また一族を継ぐ女王が治めると私の占いにも出ているのです。それはタカアマヒコの孫娘のことでしょう。ノロ様には大切に育てていただきたいのです」

「承知しております。中国の支配は人を人とも思わない。女子供や職人、農民、海人など、人を虫けらのように扱って恥じないことは私も聞いて知っています。この国をそんな国にしてしまったら、アマテラス様たちに申し訳が立ちません。タカアマヒコ様の御子は大事に育てます。そして張政との間に子を産ませ、女王とするよう導きます」

「頼みます。ノロ様には幼い日からこれまで大変お世話になり、お力をいただきました。改めて心よりの感謝をお伝えします」

「もったいないお言葉でございます。でも、日御子様、最後の仕上げが大事です。慎重に、細心に」

卑弥呼以て死す

その後、張政は邪馬壹国の伊支馬や伊都国の爾支などを案内役に立て、倭国各地、各国を視察した。狗奴国との最前線にも行き、主に地形、道路、兵の配備、装備、人口と産業などを調査した。

その途中、昼の食事の最中に大きな地震があった。馬が驚いて暴れ、火にかけていた鍋がひっくり返って大やけどをした者が出るなどしたために、大騒ぎとなった。また、揺れが収まった後、大勢の者が一斉に山に走り、海を注視している。一緒に逃げたが、何かと思い聞いてみると、ツナミという海の怒りが来る可能性があるという。

帰り道では集落のところどころで火事が起きていた。道が寸断され、山崩れも起きていた。これほどの自然災害を、張政たちは経験したことがなかった。

「ここではこうした天災がよく起きるのか」

傍にいた伊支馬に聞くと、地震だけではなく、山崩れ、土砂崩れは梅雨時や秋の季節に毎年のように発生して、その度に死人が出るし、補修も必要だという。また、山が噴火し、灰が降ってくることもよくあり、農作物に被害が出るという。

張政は視察に車馬を使おうとしたが、九州島は平地がすぐ急な山に連なり、温暖多湿な気候のせいか、草木が茂盛して、馬はともかく車はほとんど使えないことがわかった。

倭載・斯烏越（しおえつ）の言い分に、狗奴国は山が深く攻めきれないとあったが、確かに長い山の稜線を戦場とするような戦いでは部隊の力ではなく、個人の力量が勝敗に大きく関係することは明らかだ。

山の戦いは塞曹掾史・張政の得意とするところだったが、果たして、狗奴国を早期に征伐できるかと言われれば、現場を視察した限り、自信が持てなかった。

もちろん負けることはありえないが、全滅させるためには、相手と同じ以上の兵力が必要と見込まれた。また、味方の大きな犠牲を覚悟せざるを得ず、それに対しての見返りは少ない。そんな相手だった。総合的に考えると、中国の大地に比較して、倭国は人が生きること、また、大人数の兵を養うこと、そのこと自体がかなり難しいことだと言わざるを得ない。

張政が仕えた王頎将軍にしても幽州刺史・毌丘倹将軍にしても、山をうがち、水を引いて豊かな農地を残してきた。征服先でも善政を敷いて、民に慕われたものだ。しかし、自然災害が多いこの地では、土地の手入れは一度で済むことはなく、賽の河原に小石を積み上げるように毎年毎年続けなければならないのだ。

王頎将軍との約束は、この国を安定させることも含まれている。日御子に引導を渡し、任務のほとんどを終えた気になっていた張政は、この任務が容易ならざるものであることを知った。

張政は初めて卑弥呼を訪ねた際、勢いで日御子の処遇を即断し、そのまま帯方郡太守に許可を求める書状を送ったことを後悔し始めていた。

一通り倭国内の視察を終えた張政は、高良山の日御子の宮室を訪ねた。

「女王がこの国を治めるに心がけておられることは何でしょうか。参考のためにお伺いしたい」

張政は意識して丁寧な言葉遣いで日御子に接した。

「各地を視察なさったと聞いております。大きな地震もあり大変でしたね。この地ではこうしたことがよくあります。ですから私がいつも心がけていることは、母が子を思うように民を思うということなのです。おかげさまでお国の米作りの技術を伝えていただき、以前より民が飢えることは少なくなりました。しかし、それも皆が助け合い、分け合い、まとまっていかなければ、生きていくことすら難しいのです。私は人々がそうした幸いの心を持てるようにと心がけてきたつもりです」

「この間は誠に無礼不遜な態度を取りましたこと、お詫びいたします。実は私は、この任務のことで悩んでいます」

「あなたはこの日御子に死を賜うという魏皇帝の詔をお持ちになり、それを半分果たした。それを完結させるのがあなたの役目です。思えば、倭国が帯方郡開放の際、遣いを送った時からこの運命は決まっていたのかもしれません。私はあなたを恨みません」

「卑弥呼様……。私はこれまで東夷の国を巡って様々な国と人種を見てきましたが、あなたのような考え方をする人間に会ったのは初めてです。その考えをまだどう理解していいのかわかりません。これから先も長く考え続けることになるでしょう。そしてこのことは二度と口に出すことはないでしょうが、あなたにはこのことを伝えたくて伺いました」

「張政様は、しばらく倭国にとどまることになるでしょう。この国の実情をよく見て、知っていただきたい」

「わかりました。今となっては私が女王にしてあげられることはないのかもしれません。大きな墳墓をお望みだとしても、魏では太祖・曹操丞相の薄葬令があってままなりません。もしできるとすれば、お望みの場所に塚を作って差し上げることぐらいでしょう」

「私は大きな塚などいりません。魏初代の曹操様とそこだけは通じるところがあるのかもしれませんね。もし場所を選ぶことができるとしたら、この高良山の下、道から少し外れたところに小高い丘があります。そこから筑後平野と龍の川がよく見えます。そこに小さな墓を作ってもらえれば、嬉しい」

「しかと承りました。卑弥呼様、もうこうした形でお会いすることはかなわぬと思いますが、この倭国に来られたこと、そして、卑弥呼様にお会いできたこと、この張政の生涯の宝物とします」

日御子は張政の後ろ姿を黙って見送った。

人が死んだ後どこに行くのかは日御子にもわからない。ただ、巫女としての自分に降りてくるものには、まぎれもなく、この世に生きている者ではない何者かの不思議な英知が宿ることを実感していた。その中には死者が目の前にいる者のように言葉を話し、問いに答えることもままあった。

自分の死後に墓が必要なのかどうかわからない。でももし、この高良山のふもとに自らの霊魂を永遠にとどめおき、この国の行く末を見守り、人々の幸いを祈り続けることができるなら、そうした存在であり続けたいと日御子は思った。

エピローグ
陳寿と卑弥呼

倭人在　帯方東南　大海之中。
依山島　為国邑。
旧　百余国。／漢時有　朝見者。
今　使訳所通　三十国。

陳寿は「魏書東夷伝倭人条」を『漢書』の「地理史倭人条」を念頭に置いて書き始めた。

陳寿の頭の中には、これまで折に触れ読み書きして血肉とした書物の文章が、数多く入っていた。

『漢書』は後漢の史家・班固とその妹の班昭らが前漢の高祖から王莽の滅亡までを記述した前漢の正史である。『漢書地理志』の中には倭人に関する記述が以下の通りある。

楽浪-海中　有-倭人。
分-為　百余-国。
以-歳時　来-献見-云。

陳寿は張政から聞き取りした成果を踏まえて、「楽浪海中」を「帯方東南大海之中」とし、「有倭人」の有を後の「有朝見者」に使うため重複を避けて「倭人在」とした。

この最初の部分は他の夷蛮国では人種名ではなく、「夫余」、「高句麗」、「東沃沮」、「濊」など、国名で記述したが、倭国については国名ではなく、「倭人」とした。

洛陽の読者にはこの『漢書』の記述が頭にあり、倭国ではなく倭人としたほうがなじみ深いし、泰始二年（二六六年）の壹与の壮麗な貢献もまだ記憶に新しいので、あえて倭人としたのだ。

西晋の時代、漢文は句読点がない。そのため読者に正しく文意が伝わるような工夫と技術が必要とされる。それにはまず、文章の始まりと終わりの区切りがわかり、意味が正しく通じるようにしなければならない。

陳寿は読んだ時の自然な調子が読者に納得されるように、文章内の文字数を揃え、ほかにも脚韻法、頭韻法などの作文技術を駆使して、命を削るように文を紡いでゆく。

冒頭の文章の例でいえば、三字-四字（二字＋二字）-四字（二字＋二字）のリズム。

倭-依-為の頭韻法、三字（一字＋二字）-三字（一字＋二字）のリズム。

旧と今の対比法、三字（二字＋一字）-三字（二字＋一字）のリズム。

最後に「今使訳所通」と「今」の一字でリズムを変え、一段の段落の終わりを予感させるようにリズムを変えること等、細かな注意を払いながら、生き生きと正しく読者に伝わるようにと心がける。

陳寿はいわゆる「魏志倭人伝」を次のように構成し、書き進めることとした。

一、倭人の地理・歴史の概要
二、女王国への行路
三、「女王国以北」以外の倭国
四、会稽との歴史的・地理的関係
五、風俗・風土
六、社会制度
七、女王国の歴史と卑弥呼
八、女王国起点の外国
九、卑弥呼の外交
十、卑弥呼以後の倭国

他の夷蛮国と比較しても力の入っていることは一目瞭然だが、『魏志』の掉尾（ちょうび）を飾る「倭人伝」には、それだけ力を入れる理由が大いにあると自信を持っていた。

晋国の編纂する三国志時代の史書は第一に皇帝に捧げることを目的としている。そのため、倭国と魏との関係については特に気を遣うところだ。ただ、救いといえば、倭国と魏は他の夷蛮国と違い直接戦ったことがあるわけではないので、平明な記述が許されるということだろう。

卑弥呼に関しては、すでに張華に「事-鬼道　能-惑衆」の部分だけは言ったことがある。陳寿はすでにあの時点で女王・卑弥呼について単純な鬼道使いではないことを思っていたが、全体についてもやはりその流れを踏襲せざるを得ないものと覚悟していた。

景初二年（二三八年）、はるか遠い倭国の卑弥呼の貢献に対して、明帝はことのほかお喜びになり、「親魏倭王」の称号を授けた。

（其年　十二月　詔書　報-倭女王　曰　制詔　親魏-倭王　卑弥呼。）

それが、その後、倭の大夫だった難升米への評価が魏内部では卑弥呼よりも高まっていった。中華統一を目指して戦いを進めていた魏とのどかな倭国との意識の差がそうさせたものだろう。

そして卑弥呼は、帯方郡太守・王頎将軍の着任の慶賀の言葉尻をとらえられ、狗奴国との不和を理由に塞曹掾史だった張政軍を受け入れざるを得なくなり、一気につぶされたのだ。結局、魏は卑弥呼の国づくりを好まなかったということだ。

「倭女王 卑弥呼 与 狗奴国 男王 卑弥弓呼 素-不和 遣 倭載-斯烏越等 詣郡-説相 攻撃-状。遣 塞曹掾史 張政等 因-齎 詔書-黄幢 拝仮 難升米 為-檄 告諭-之。」

自分で書いておいて何だが、この「説相攻撃状」は怪しい。自ら死を招き入れるような言いようで、この時の卑弥呼が少しでも状況をわきまえているなら出てくる言葉ではない。倭国内部で卑弥呼を死に追いやるような何らかの力が働いたということだろう。しかし、倭国の内部事情がどうあれ、それは当時の魏には好都合だった。

「卑弥呼 以死 大-作冢 径-百余歩。殉葬者 奴婢 百余人。」

「以死」とは追い詰められた末の死という意味だ。かわいそうだが、このような評価が与えられた卑弥呼の死に、一般的な王の死を表す「薨去」とは書けない。卑弥呼は悲劇の女王だった。しかし、最後まで倭国と倭人のことを思い、死をも受け入れた、誇り高い女王だったというべきだろう。

陳寿は蜀の大学者であり、大政治家であった師の譙周を思い出さずにはいられなかった。譙周は諸葛亮孔明に引き立てられ、孔明の死後には劉備の息子で蜀最後の皇帝となった劉禅のご意見番的な存在であった。陳寿はこの譙周の最後の弟子であった。

譙周は蜀が魏と対峙し、滅亡の淵に立たされた時、呉を頼って逃走し、あくまで戦うべきという主戦派の意見を抑え、和睦降伏論で蜀朝廷内の議論をまとめた。

そして、この譙周先生の働きが、蜀を壊滅的な破滅から救ったのである。

ている。

また、譙周は魏の司馬昭（晋の文王）とその後を注いだ司馬炎（武帝）にも信頼され、厚く遇され
陳寿は卑弥呼が命を投げ出すことで、倭国を滅亡から救い、その民の命を守ったと感じとった。卑弥呼は蜀の譙周先生の役割を、一人で命をかけて成し遂げたのだと想像し、胸が熱くなった。卑弥呼はやはり倭国の民にとって太陽だったのだ。

魏・蜀・呉三国の苛烈な闘争を思えば、陳寿の命も蜀滅亡の時に終わっていたはずだった。しかし、今こうして晋の著作郎として『魏志』の著作に励むことができているのは、譙周先生あってのことなのである。

卑弥呼は今も高良山のふもとの径百余歩（歩は約二五センチメートルなので百余歩は約三〇メートル弱）の冢（＝墓）で倭国のことを思い続けているのだろうか。

いやいや、まだ自分はそのことに感情を動かしている場合ではないと、陳寿は思い直した。陳寿の立場は晋の朝廷の中では強いものではない。

張華のような有力な後援者がいるとしても、朝廷内部の権力闘争は強い者ほど明暗が分かれることを、陳寿はこれまで嫌というほど見てきているのである。

陳寿が今できることは、権力闘争の敵対側であっても認めざるを得ない圧倒的な史書を書き上げることしかなかった。そのために命をかけることなのだ。

「倭人伝」最後の難関は、壹与の朝見の年月を記載できないということだ。

本来であれば、帝国にとって重要慶事である夷蛮国の朝見について、その年月を記載しないことはありえない。その年月ははっきりしていて、泰始二年（二六六年）十一月であることは洛陽の者なら誰もが知っている。

倭国の新女王・壹与が張政の帰還とともに朝見使節を送ってきたのは、晋の建国に合わせてのことだった。

それは、『晋書』に著述されるべきことであり、『魏志』に書くべきことではない。

しかし、陳寿はどうしてもこの倭国の壮麗な壹与の朝見と張政の晴れがましい凱旋帰還を、『魏志』の掉尾を飾るものとして著述したかった。

倭人条は異例ずくめでいい。それがふさわしい。陳寿はそう覚悟した。そのほうが卑弥呼の意味を中華に対比して、際立たせることができるだろう。後の人がそれを理解してくれればそれでいい。

卑弥呼　以死　大-作冢　径-百余歩。
徇　葬者　奴婢　百余人。
更立-男王　国中-不服　更相-誅殺
当時　殺-千余人。
復立　卑弥呼　宗女-壹与　年十三　為-王

国中遂定。／
政等以檄告諭壹与。

魏は倭国の混乱を抑えられなかったとして、女王・卑弥呼に死を以て償うように命じた。しかし、倭国の民は魏の予想をはるかに超えて、女王・卑弥呼に心を寄せて慕っており、魏が擁立して支えようとした男王を認めず、さらに国中が混乱したのだった。

魏の倭国女王への処分は控えめに言っても拙速だった。陳寿は歴史家の良心に従い、そのことを記録に残した。

結局、倭国の民は卑弥呼と同じ女王を推戴するまで治まらなかった。

倭人は卑弥呼の治世を佳きものと認め、死後もこれを求めてやまなかった。

果たして中国に民からこれほどに慕われた皇帝がいただろうか。卑弥呼は幸せな国王だったのだ。

魏の塞曹掾史・張政の軍団が倭国に渡って足掛け二十年。大役を果たした張政が女王・壹与に檄を以て告諭した時、まさに万感の思いが去来したことだろう。

陳寿は思いを込めて『魏志』の最後を以下のように著作した。

壹与　遣倭太夫　掖邪狗等　二十人／

送(そう)-政等(せいとう)* 還(かん)
因(いん)-詣臺(げいたい) 献上(けんじょう) 男女(だんじょ)-生口(しょうこう) 三十人(さんじゅうにん)
貢(こう) 白珠(はくしゅ) 五千孔(ごせんこう) 青大(しょうたい)-句珠(こうしゅ) 二枚(にまい)
異文(いもん)-雑錦(ぞうきん) 二十匹(にじゅうひつ)。

*張政たちの軍団のこと

争いがなく安定した自然に恵まれつつ人々が幸う倭国が、この壹与の貢ぎ物に十分に表れている。

これは二十九年前、卑弥呼が最初に貢献した時に「男女-生口十人 班布二匹二丈」だけしか贈れなかった国と、同じ国とは思えないほどの国力の充実を示していた。

そのことを卑弥呼は喜んでいることだろう。

陳寿は遠くはるかな東方海中の国を思いながら、卑弥呼の願いがかなうことを一人祈った。


（了）

あとがき

日本の古代史に興味を持ち始めたのは、二〇一六年に出版された木佐敬久先生の『かくも明快な魏志倭人伝』を、その翌年にたまたま書店で手に取り読んだ六十三歳の時のことだった。

社会に出て以来、長く税務会計の仕事に携わってきたせいだと思うが、それまで不確かな結論の出ないものには全く興味がなかった。その不確かな結論の出ないものの代表が日本の古代史だと思っていて、近づかないようにしていたのである。

日本の六世紀以前の古代史は『古事記』にしろ『日本書紀』にしろ、創作自由な神話の世界で、一部の好事家の古代史ロマンという自己満足が幅を利かせるだけの業界で、記紀二冊と、歴史の記録が刻まれているわけではないモノ言わぬ考古学だけが頼りでは、基準となる芯棒がなく、一般的な疑問にさえ答えることが不可能なはずで、考えるだけ時間の無駄と思っていたものだ。

それでも、日本人に人気の『三国志』は大好きで、中学生の時に姉が持っていた吉川英治の全六巻を何度か読み返してわくわくした記憶はある。

当時はその原文の中に「魏志倭人伝」が含まれているとは全く知らなかった。日本の古代史に希望が持てるとすれば、その『三国志』の「魏志倭人伝」の解読から始まるのではないかと漠然と考えていたものだ。

しかし、「魏志倭人伝」の研究は江戸時代から木を見て森を見ずの、研究とはとてもいえないような堂々巡りの連続で、解読の基本中の基本である邪馬台国の位置さえも、畿内説と九州説に分かれて定まらない。また、邪馬台国と卑弥呼のことは「魏志倭人伝」の中にしか記述がないというのに、しまいには、著者の陳寿はいい加減な男で、嘘を書いているなどと、研究の根本対象を否定して、強引に自説に持ち込み、矛盾を感じないなど、素人が手を出すような界隈ではない気がしていたものだ。

しかしある時、必要に迫られて、近所のジュンク堂書店で邪馬台国と卑弥呼の棚の前に立つことになり、偶然にもそこで木佐敬久先生の『かくも明快な魏志倭人伝』に目が行った。「明快な」という、それまでの古代史研究に似つかわしくない堂々とした修飾語に興味が湧いたのだ。

手に取ってみると、これがぐうの音も出ないほどにすごかった。気持ちよく打ちのめされたのだ。

批判的な目で様々な疑問点を確認しながら読み進めたのだが、その疑問がすべてすくい取られ、隅々まで解消されてゆく。個人的にはこの十年で読んだ本の中で一番の本だと思っている。

古代史のファンは多いはずで、この本はきっと世間の大きな関心を呼ぶだろう。同時に、このレベルの研究が世に出たからには、もうこの本以前には戻れないだろう。以後の研究はこの本を基準として進んで行かざるを得ないだろうとも思った。

しかし、その後しばらくしても、世間どころか、古代史ファン、マスコミ、研究者を含めて、目に見える反応は何もなかった。学問の世界のことは門外漢ではあるが、日本の歴史研究の底の浅さを垣間見た思いだった。

友人、知人を集めて池袋で二回、木佐先生をお呼びして「魏志倭人伝」の講座を開催してみたが、結果はもどかしいものだった。

それ以上、私に何ができるというものではないが、一方で、木佐先生の力強い精密な研究には、創作家に対して強いインスピレーションをもたらす可能性があるとも思った。そして、その最初のものが私のこの小説であるかもしれない。

私は一介の町の税理士だが、まちづくり関係の活動もしていたために、これまでに豊島区関係の本を三冊書いている。これらの本は創作とはほぼ無縁のもので、事実や活動を整理して書いたものである。それがせいぜいで、税理士に小説のような創作物が書けるなどとは思えなかった。

しかし、木佐先生の本を読んで、日本人で最初に書物に記述された実在の邪馬壹国女王・卑弥呼の数奇な人生を知ると、昭和二十年代のまだ農村社会が色濃く残っていた時代の田舎に生まれた日本人として、懐かしさがこみ上げてきた。そして、現在の日本を覆っている経済優先の社会に、どこか同調できずに基層となる部分を隠して経済社会人として生きて来ざるを得なかった自分の違和感を見つめ直してみたいとも思った。

木佐先生の解明した卑弥呼の倭人の時代までさかのぼって考えてみることで、その違和感の答えが得られるのではないかという希望が生まれてきたのだった。

『古事記』に書かれる神武天皇は、高天原から、天孫降臨の地である九州に降り立ったニニギノミコトの四代目の子孫とされる。そしてそれは「魏志倭人伝」の記述する邪馬壹国が西暦一五〇年頃に成立してから八十数年後に女王の座に就いた卑弥呼と同年代ではないか。

また、卑弥呼の倭国は三国時代の魏の国との関係に翻弄される立場であるが、それは『古事記』で神武天皇がさしたる理由もなく東征を思い立ち、出発したこととつながっているのではないか。

もう一つ、日本人の精神と社会に連綿として大きな影響を与え続けてきた日本神道は、いつの時代の誰によって思想的な基礎が作られたのかはっきりしていない。その思想は優しく、祈りは女性的ともいえるほどに繊細だ。それは山が多く平野が少ない土地で、しかも災害の多い厳しい自然の中で生き、さらに隣国から大きな圧力を感じながら生きた卑弥呼こそがふさわしいのではないか。

そうしたインスピレーションが湧いてきて、何かが生まれそうな、産み出せそうな気がしてきたのだ。また、その方法は正確な歴史を記述する研究書ではなく、小説形式がいいのではないかと思い立ったのが、創作のきっかけである。

この本は創作物で、木佐先生が『かくも明快な魏志倭人伝』に書かれた部分以外は、解釈まで含めて、私の想像の産物であることをお断りしておく。

そして、卑弥呼の思想としたものは、私自身が幼年時代に親や兄弟、祖母や年長の親戚からよく聞かされ血肉となっていたものが、社会に出て以来、表層意識から沈んで忘れていたものである。今回、長年社会との関係の違和感が解消されたことに、作者として満足がある。

木佐先生の『かくも明快な魏志倭人伝』は、多くの読者に何らかの創作意欲を湧き立たせてくれる本であることは間違いない。

私自身がそうだったように、全く小説を書いたことのない者に、書いてみようと思い立たせてくれるきっかけにもなるかもしれない。

古代史ファンや邪馬壹国と卑弥呼の研究者以外の方にも是非ご一読をお勧めしたい理由である。

ともあれ、木佐先生の『かくも明快な魏志倭人伝』との出会いの幸運に感謝したい。

謝辞

この小説は木佐敬久氏の長年の綿密な研究の成果である
『かくも明快な魏志倭人伝』［冨山房インターナショナル］にインスピレーションを受けて創作したものです。
木佐先生の研究に心からの敬意と感謝の意を表し、この本をささげます。
令和二年九月吉日
溝口禎三

参考文献

『かくも明快な魏志倭人伝』木佐敬久［冨山房インターナショナル］
『正史 三国志4 魏書4』陳寿著、裴松之注、今鷹真・小南一郎訳［筑摩書房］
『現代語訳 古事記』福永武彦訳［河出書房新社］
『古事記』倉野憲司校注［岩波書店］
『古事記』梅原猛［学研プラス］
『日本書紀（一）』坂本太郎・家永三郎・井上光貞・大野晋校注［岩波書店］
『日本書紀 上』日本古典文学大系 坂本太郎・家永三郎・井上光貞・大野晋校注［岩波書店］
『中国の歴史（三）』陳舜臣［講談社］
『日本人なら知っておきたい神道――神道から日本の歴史を読む方法』武光誠［河出書房新社］
『『古事記』と壬申の乱』関裕二［PHP研究所］
『邪馬台国から大和政権へ』福永伸哉［大阪大学出版会］
『アマテラスの誕生――古代王権の源流を探る』溝口睦子［岩波書店］
『海でつながる倭と中国――邪馬台国の周辺世界』奈良県立橿原考古学研究所附属博物館編［新泉社］
『建築から見た日本古代史』武澤秀一［筑摩書房］
『旅する長崎学11海の道Ⅰ壱岐 邪馬台国への道――海上の王国 旅人の交差点』長崎県企画、長崎文献社編［長崎文献社］
『旅する長崎学12海の道Ⅱ対馬 朝鮮外交への道――海神の島 大陸交流のかけ橋』長崎県企画、長崎文献社編［長崎文献社］
『三国志』北方謙三［角川春樹事務所］
『天孫降臨――日本縄文書紀』信太謙三［花伝社］
『0から学ぶ「日本史」講義』出口治明［文藝春秋］
『高良玉垂宮神秘書同紙背』荒木尚・川添昭二・古賀寿・山中耕作編著［高良大社］
『古代の風』市民の古代研究会・関東
『社会人のための世界史』東京法令出版編［東京法令出版］
『『古事記』を旅する神話彷徨』時空旅人編集部編［三栄書房］
『世界に誇る日本美術史――最高の教養を身につける』上野憲示［徳間書店］

溝口禎三
みぞぐち・ていぞう
1953年生まれ、青森県三戸町出身。
東京経済大学経済学部卒業。
税理士。
溝口税理士事務所所長、
株式会社ジャムスタジオ代表取締役社長、
豊島岡女子学園理事、
としま未来文化財団評議員、
在京三戸会会長、
池袋の路面電車とまちづくりの会会長を務める。
著書に『文化によるまちづくりで財政赤字が消えた』〔めるくまーる刊〕、
『財政支出ゼロで220億円の新庁舎を建てる』〔めるくまーる刊〕、
『阿修羅の戦い、菩薩のこころ』〔徳間書店刊〕。

永遠の卑弥呼

著者
溝口禎三
２０２０年９月20日　初版第１刷発行
発行所
株式会社春燈社
〒１７８-００６４東京都練馬区南大泉２-１-５　電話０３-６３２３-４４６９　ホームページhttp://www.shuntosha.co.jp
発売元
株式会社星雲社［共同出版社・流通責任出版社］
〒１１２-０００５東京都文京区水道１-３-30　電話０３-３８６８-３２７５
編集制作
株式会社春燈社
装幀
日下充典
本文デザイン
ＫＵＳＡＫＡＨＯＵＳＥ
印刷・製本
株式会社公栄社

ISBN978-4-434-27997-3 C0093